荷马史诗精读

何祥迪◎著

重庆大学出版社

图书在版编目 CIP 数据

荷马史诗精读/何祥迪著 .-- 重庆：重庆大学出版社，2024.12. -- ISBN 978-7-5689-4977-4

I.I545.072

中国国家版本馆 CIP 数据核字第 2024AS1032 号

荷马史诗精读

HEMA SHISHI JINGDU

何祥迪　著

策划编辑：张慧梓

责任编辑：黄菊香　　版式设计：张慧梓
责任校对：王　倩　　责任印制：张　策

*

重庆大学出版社出版发行
出版人：陈晓阳
社址：重庆市沙坪坝区大学城西路 21 号
邮编：401331
电话：(023)88617190　88617185（中小学）
传真：(023)88617186　88617166
网址：http://www.cqup.com.cn
邮箱：fxk@cqup.com.cn（营销中心）
全国新华书店经销
重庆市正前方彩色印刷有限公司印刷

*

开本：720mm×1020mm　1/16　印张：14　字数：163 千
2024 年 12 月第 1 版　2024 年 12 月第 1 次印刷
ISBN 978-7-5689-4977-4　定价：58.00 元

目　录

绪　言

1.为什么读荷马史诗

荷马史诗（*Homeric Epics*）是西方最古老的长篇叙事诗。诗歌在当下已经完全被边缘化，作为现代的中国人，为什么还要去读它？荷马史诗以战争为背景，讲述诸神与英雄的故事，但我们是无神论者，也无法成为那种半神半人的英雄，为什么还要去读它？荷马史诗篇幅宏大、人物众多、结构复杂，我们又应该如何阅读它？这些是我十多年来每次讲授荷马史诗课程都会被问及的问题，我相信也是每位阅读荷马史诗的读者会发出的疑问。

如果我们反过来问，我们不再阅读一切诗歌，不再阅读一切"怪力乱神"的作品是否可以？显然不行。孔子对儿子说："不学诗，无以言。"又对学生们说："小子何莫学夫诗？诗，可以兴，可以观，可以群，可以怨。迩之事父，远之事君；多识于鸟兽草木之名。"可见，阅读诗歌在培养人的语言能力、表达能力、观察能力、社交能力、认识能力等方面有着不可替代的作用。不难设想，从来不读唐诗宋词的人在描述事物和表达自己时是多么的贫瘠，当他登上泰山目睹雄伟气象时大概只能说"好美"，而不是说"会当凌绝顶，一览众山小"。

文明互鉴、交流融合，我们今天的知识体系（包括语言、概念、逻辑、思想等）已深度全球化融合，阅读西方经典著作既是了解其文化的核心途径，也已经构成我们每个人知识体系的重要组成部分。如果我们仅仅阅读西方现代著作而不阅读其古代著作，势必无法完整地理解其思想和文化。当然，如今我们阅读西方著作不应该也不可能照单全收，也不再像百年前的许多国人那样去西方"抓药"来治中国的"病"，而应该保持一种健康的阅读方式。根据甘阳先生和刘小枫先生的提法，"健康阅读西方的方式首先是按西方本身的脉络去阅读西方"，也就是确立我们自己的主体性，深入剖析西方自身的问题与其解决办法，切忌泛泛地进行中西文明比较，而应对西方流行的思想和制度保持清醒和警惕的态度等。[1]

这样一来，上述问题就不再是对阅读荷马史诗的拒斥，而是对阅读荷马史诗有什么特殊意义的追问，对荷马史诗本身有什么重要意义的追问，以及对如何阅读才能发现这些意义的追问。荷马史诗自诞生之后便在古希腊地区被广泛吟唱，雅典四年一次的泛雅典娜节庆上有荷马史诗吟诵比赛，古希腊诗歌、哲学、历史正是在模仿或借鉴或批判荷马史诗的基础上发展起来的。毫不夸张地说，荷马史诗是古希腊人的教科书，陪伴了每个人一生的成长，构成了古希腊民族认同的枢纽。

荷马史诗深刻影响了西方文学的发展，几乎所有著名的文学作品中都可以看到荷马史诗的身影：如维吉尔的《埃涅阿斯纪》可谓是荷马史诗的续集；但丁的《神曲》效仿奥德修斯下地狱；塞万提斯的《唐·吉诃德》效仿奥德修斯流浪；拉伯雷的《巨人传》效仿奥德修斯见到的巨人；莎士比亚的《哈姆雷特》改编了阿伽门农被兄弟和妻子杀死以及儿子奥瑞斯特斯复仇的故事；托尔斯泰的《安娜·卡列尼娜》是海伦故事的再现；乔伊

---

[1]　参见维拉莫威兹：《古典学的历史》，陈恒译，生活·读书·新知三联书店，2008，总序。

斯的《尤利西斯》化用了特勒马科斯寻找父亲的故事；等等。直到今天，荷马史诗仍然是西方阅读量最多的经典之一。从这个意义上说，读懂荷马史诗就了解了半部西方文学史和思想史。

荷马史诗在每个时代都有许多一流的古典学者用一生去整理、校勘、注解和研究，这就说明荷马史诗就像世界各民族的经典一样，在认识世界、人性和价值方面有着本质的洞察。荷马史诗把人类生活框定在自然世界和社会世界当中：它所描述的"怪力乱神"的形象（神、妖、魔、巫等）实际上就是自然现象，或者是人类童年时期对于自己无法理解且感到恐惧的自然事物的想象；它讲述了特洛伊战争过程中阿伽门农与阿基琉斯争吵的故事，以及特洛伊战争结束后奥德修斯流浪和返乡的故事，这就是把人类活动放在以战争为背景的环境当中，暗示着战争（包括冲突、纷争、杀戮、死亡等）是人类生活的底色，和平不过是战争的暂停或为战争做准备。荷马史诗解释人的本性：每个人都是身体与灵魂的结合体，死亡不过是身体与灵魂的分离；每个人都有欲望、情感和理性并受这些心理因素的驱动；人与人之间总是存在等级差别，并影响人与人之间爱与恨、合作与冲突、忠诚与背叛等关系。荷马史诗表达了多重且复杂的价值观，其中最重要的一点是，宣扬英雄主义，号召人们建功立业，追求荣誉，并承诺在此基础上可以获得权力、尊严、财富、美女等。但要深刻反思英雄主义的限度，即仅仅追求个人成功或凭借自身能力而目空一切的英雄（阿基琉斯）会挑战政治权威，破坏社会秩序，给人们带来无数苦难。生活的复杂性和偶然性决定了一个人无论在权力、力量、容貌、智慧等方面多么卓越，也不能确保一定会获得成功或幸福快乐。

2.如何读荷马史诗

"经为常道不可不读"（熊十力语），每个人都可以阅读经典，但是想要理解其丰富意义却不是一件容易的事情。阅读经典需要保持谦虚谨慎的态度：尽信书不如无书，尽疑书则不如不读；谦虚才能使人信书、获益和进步，谨慎才能使人怀疑、慎思和明辨。阅读荷马史诗大概可以遵循如下几个由低到高的层次。

第一，了解荷马史诗的基本文学和历史背景，诗歌形式、结构、语言和概念，熟悉主要人物及其言行和性格，掌握整个故事的内容和情节。

第二，理解荷马史诗的章句结构及其关系，形成一个初步的整体观，把每个章句放到整体中去理解，再从整体来解释许多离题、矛盾、疑难之处，对全书的字面意思进行融通性的解释。

第三，把荷马史诗放到古希腊的经典中去解读，由史（诗）入经，以经证史（诗），通过柏拉图、亚里士多德、修昔底德等大思想家的相关论述来理解荷马史诗，深入了解荷马史诗字里行间的意图，理解荷马史诗的世界观、人生观和价值观。

第四，把荷马史诗放到西方思想传统脉络中去理解，钻研荷马史诗的历代注疏和研究，从古罗马、基督教、中世纪阿拉伯、现代思想传统，乃至后现代主义的视角去理解荷马史诗，看看一代代的大思想家如何借助荷马史诗来反思或解决他们那个时代的危机。

第五，结合个人经验的阅读。作为功能，阅读在最高尚的层面上当然是"为中华之崛起而读书"；但作为目的，阅读本身是"为己"，即提高认知，检讨生活，明白什么样的生活才是好的生活，并选择适合自己的好生活。阅读荷马史诗绝不是要求读者做故事人物所做的事情，而是思考荷马史诗通过叙述他们的言行和结局所揭示的生活意义，并根据这种意义来生活。

以下我以《伊利亚特》和《奥德赛》的开篇示例，向读者朋友们演示一种可能通用的阅读方法，从整体上把握故事内容和结构，然后从细节处引发思考，最后将这种思考融入整体当中，由此形成融汇贯通的理解。

《伊利亚特》的第一个字是愤怒（μῆνιν），这点明了整本书要讲述阿基琉斯愤怒的故事。阿基琉斯的两次愤怒恰好将整本《伊利亚特》分为两个部分：第一部分是第1—10卷，阿伽门农夺取阿基琉斯的女俘布里塞伊斯，阿基琉斯一怒之下退出了战斗，随后希腊人连续两场战斗失败，阿伽门农迫于战败的压力派使者向阿基琉斯求和，但阿基琉斯不接受和解；第二部分是第11—22卷，阿基琉斯派挚友帕特罗克洛斯上战场打探消息，帕特罗克洛斯被涅斯托尔说服上战场，随后被特洛伊将领赫克托尔所杀，希腊人第三次战败，阿基琉斯再次震怒，为了替挚友复仇而重返战场，杀死赫克托尔，终于在第四次战斗中扭转战局。《伊利亚特》最后两卷（第23—24卷）分别描述帕特罗克洛斯和赫克托尔的葬礼，让这个充满暴力的世界暂时拥有了安静时刻，使战争双方紧张而痛苦的情绪得到宣泄，也使读者在经历了一番恐惧之后陷入无尽的哀思。

荷马歌唱阿基琉斯的愤怒，并不意味着愤怒是一种值得赞扬的情绪，愤怒即使在战场上也不构成勇敢的基础，反而让人失去理智，让阿基琉斯一步步走向毁灭。歌唱阿基琉斯的愤怒旨在实现"宙斯的意志"（Διὸς βουλή），宙斯的意志包括表面意志和潜在意志。宙斯的表面意志是恢复阿基琉斯的荣誉，先是通过阿基琉斯的缺席导致希腊人接二连三地战败，再通过阿基琉斯的参战带领希腊人扭转战局，由此彰显阿基琉斯的不可替代和决定性作用，为阿基琉斯赢得最大的尊重和荣誉。如果愤怒与勇敢无关，那么阿基琉斯获得尊重和荣誉也跟勇敢无关，而是跟宙斯的潜在意志相关。宙斯的潜在意志是实现正义，阿伽门农一贯行事不公，侵犯阿基琉斯的权益，最终阿伽门农遭到了应有的惩罚，阿基琉斯也得到了应有的赔偿。从更大的层面来看，宙斯的表面意志与雅典娜的意志在形式上有所不同，后者以毁灭特洛伊为目标，不过，雅典娜也必须服从宙斯，所以雅典娜的意志和行为是经由宙斯默许的，也是宙斯的潜在意志的体现。特洛伊接二连三对希腊人做出不正义的行为[1]，毁灭特洛伊就是惩罚其罪行，也就是一种正义的行为。宙斯的意志毫无疑问是绝对正义的，荷马将人的罪与罚具有的几何学般精确的必然性关联表现了出来：特洛伊人反反复复对希腊人犯下不正义之举，最终特洛伊城被毁灭而希腊人也得到了应有的赔偿。

　　《伊利亚特》的开篇也简明扼要地交代了人物关系，包括人与神、人与人、人与自我的关系。人与神的关系主要有三种：诗人从缪斯女神那里得到灵感才能唱歌，所以诗人在开始唱歌时应该赞扬缪斯，各技术人员也是从诸神那里得到相应的能力或天赋的；所有人生前都要遵守神灵命令，死后要进入冥府接受审判，最终获得绝对公正的奖惩；王权的正当性和权威性源于宙斯，王必须按照宙斯的意志（正义）来统治万民，也必定受到宙斯的意志（正义）的辖制。人与人的关系也集中体现为三种：统治者与被统治者的阶级关系，阿伽门农是人民的牧者、高高在上的统治者，他的

1　阿伽门农对阿基琉斯的不正义有两次，第一次是分配战利品不公平，第二次是夺取阿基琉斯的战利品。特洛伊人对希腊人的不正义也有两次，第一次是帕里斯拐走海伦，第二次是潘达罗斯违背誓言射伤墨涅拉奥斯。

恣意妄为惹怒阿基琉斯，导致人民尸横遍野；统治集团的内部关系，阿基琉斯与阿伽门农发生争吵，统治集团内部不可避免会存在派系、利益之争，从而对政治秩序和人民的生命构成严重威胁；国际关系，国际关系是国内阶级关系的拓展，权力扩张和利益争夺的需要驱使希腊人远征特洛伊，乃至于牺牲无数人的生命也在所不惜。人与自我的关系则体现为身体与灵魂的结合或分离，两者结合即为生，两者分离即为死；灵魂通过身体感知到世界，并形成驱动身体行为的要素（如欲望、情感、观念等）；身体有死，灵魂不死；一旦灵魂离开身体，就不再有感知和新认识；人死后身体必须被埋葬，灵魂才能进入冥界，否则只能四处漂泊；曝尸野外和不得埋葬是古希腊文化建构出来的比死亡更严厉的惩罚。

从《伊利亚特》描写的特洛伊战争中发生的故事，进入《奥德赛》描写的特洛伊战争结束后发生的故事，细心的读者会发现两个故事有很大差异。前者叙述许多人在同一个地方战斗，歌颂阿基琉斯的愤怒和勇敢，后者叙述一个人在许多地方流浪，歌颂奥德修斯的苦难和智慧。《伊利亚特》和《奥德赛》合在一起构成了完整的生活世界，对这两部史诗的理解也构成了对生活世界的完整理解。

完整的生活世界可以划分为外在的生活世界和内在的生活世界。外在的生活世界包含人与自然（神）、人与人、群体与群体、国家与国家的关系，以及规定这些关系的习俗、文化、道德、宗教、法律和制度，当这些规定符合正义时，这些关系就被理解为是正义的。外在的生活世界要么处于《伊利亚特》所呈现的战争状态，要么处于《奥德赛》所呈现的和平时期，但和平时期也存在各种各样的矛盾和冲突，这些矛盾和冲突的极端化就表现为内讧或战争，因此和平可以理解为战争的预备和目的。外在的生活世界就是一个以和平为界限的战争世界，而战争便是生活的底色。

内在的生活世界包含人所能意识到的欲望、情感和观念及其相互关系。人的欲望、情感和观念之间同样以"战争"的形式存在，它们之间彼此斗争，共同驱动人的行为。按照哲学更加具体地分析，欲望以饮食和性为代表，对欲望的控制被理解为节制；情感以悲伤和愤怒为代表，对情感的控制被理解为勇敢；观念以意见和信念为代表，对意见和信念的控制被理解为理性或智慧。阿基琉斯的愤怒只有在被控制时，他的勇敢才是真的勇敢，否则就是没有意义的，而且只能给自己和他人带来毁灭性的灾难。奥德修斯原本也是一个愤怒的人，但是他游历过许多城邦，见识过不同的思想，经历过无数苦难，慢慢成长为一位极富克制、勇敢、理性或智慧的人。然而，奥德修斯最终也无法彻底控制自己，更不用说彻底控制其手下。荷马通过阿基琉斯来检验和反思人的勇敢的极限，通过奥德修斯来检验人的节制和智慧的极限，也就是通过他们来检验和反思人在生活世界中之所能的极限。

《奥德赛》叙述奥德修斯在特洛伊战争结束后返乡途中四处流浪时发生在自己身上和他人身上的故事，整个故事情节看起来很简单，亚里士多德仅仅用三句话就概括了全部情节，"有一个人在外多年，有一位神老盯着他，只剩下他一个人了；他家里情形落到了这个地步：一些求婚者耗费他的家财，并且谋害他的儿子；他遭遇风暴，脱险还乡，认出了一些人，亲自进攻，他的性命保全了，他的仇人尽都死在他手中。这些是核心，其余是穿插"[1]。但要把一个简单的故事讲得很长，还要吸引听众，这才是最考验作者能力的。

1　亚里斯多德、贺拉斯：《诗学，诗艺》，罗念生、杨周翰译，人民文学出版社，1962，第17章。

不过,《奥德赛》本身要复杂得多,荷马在其中采用了巧妙的构思,用二合一的线索推进整个故事情节。第一条线索是描述特勒马科斯的离家和回家(第1—4、15卷),第二条线索是描述奥德修斯的回家和回忆(第5—14卷),最后描述奥德修斯与特勒马科斯相认和共同复仇(第16—24卷)。奥德修斯的回忆(第9—12卷)开创了"故事套故事"的叙述模式,也就是说荷马讲奥德修斯的故事,其中奥德修斯讲自己的故事,其中得摩多科斯又讲荷马的故事,这种叙述模式后来也被柏拉图和希罗多德广泛使用。

《奥德赛》开篇十行表明全书的主题。奥德修斯流浪过许多地方,经历过无数苦难,见识过不同民族的思想,因此成为求知者和智慧者的象征,足智多谋成为他名副其实的绰号。荷马要在神的启示下歌颂奥德修斯,他并不是歌颂苦难,而是歌颂智慧。此外,荷马还将许多人类生活的重大主题不动声色地融入奥德修斯的故事当中,例如特勒马科斯的自我成长与教育、佩涅洛佩的坚贞和机敏、普通公民的忠诚与背叛、求婚者的罪恶与惩罚等。

什么是智慧?智慧包含对人事和神事的认识。在人事中,最重要的是治国,所以奥德修斯要返乡恢复城邦秩序;在神事中,最重要的是人对神的敬畏和遵从,所以奥德修斯在返乡时遵从雅典娜。人之所以要追求智慧,根本原因在于没有智慧会为自己招来灾祸和死亡。但智慧的获得从来不是一件容易的事情,在通往美德(尤其是智慧)的道路上布满汗水,苦难便是追求和获得智慧的必经之路。如果智慧唾手可得,那么大多数人都是智慧者,智慧也就不值得成为诗人歌唱的主题。对诸神事务的认识主要是由那些得到神启的人来完成的,例如预言家、先知、鸟卜师等,但他们的认识只能被理解为神的智慧，而不是人的智慧；对人类最重要事务的认识主要是通过"见识过不少种族的城邦和他们的思想"来实现的，这样的智慧是属于人的智慧。在前哲学阶段，荷马史诗一直被视为古希腊人智慧的结晶，成为他们取之不尽、用之不竭的智慧宝藏。

第一章　荷马问题

荷马史诗因其年代久远，篇幅宏大，内容丰富和叙述巧妙而令现代人觉得不可思议。18世纪以来，人们不断怀疑荷马是否存在，力图搞清楚他是谁，他是否是荷马史诗的作者，他如何创作荷马史诗以及荷马史诗是否具有统一性。这些问题就构成了所谓的"荷马问题"。荷马问题自古至今一直是西方古典学研究的重点和兴趣所在[1]，但古人从未像现代人这样对荷马和荷马史诗提出如此彻底的质疑和产生严重的分歧，当然，也从未像现代人那样发展出科学、系统和实证的研究。

1　例如赫拉克利特的《荷马问题解答》、芝诺的《荷马问题》、亚里士多德的《荷马问题》、德谟特里奥斯的《论荷马》和安提斯提尼的《论荷马》等。参见第欧根尼·拉尔修：《名哲言行录》（5.87，7.4，5.26，8.81，6.17），徐开来、溥林译，广西师范大学出版社，2010。

第一节　荷马是谁

读一本书需要了解它的作者是谁吗？罗兰·巴特提出"作者已死"，强调文本内部结构的稳定性和读者解读作品的自由，但这种看法弱化了作者的意图，也抹杀了阅读本身的重要意义。孟子曾说："颂其诗，读其书，不知其人，可乎？是以论其世也。是尚友也。"（《孟子·万章章句下》）孟子的"知人论世"可谓开启了我国文学批评的先河，他认为读者不仅需要了解作品，还必须了解作者，因为读者只有诵读作者的书和了解作者的为人处世，才能全面准确地明白作者是否言行一致，是否有高尚品德，是否是值得交的朋友。孟子的"知人论世"脱胎于孔子的"听其言而观其行"（《论语·公冶长》），强调读书的目的在于寻求人生道德榜样，把榜样当作知己，学习和模仿榜样，进行自我教育，让自己在道德上日益精进，变得跟知己一样，最终成为拥有完美道德的人。

不过，当我们怀着这样的心理需要将目光投向荷马时，我们恐怕多少会感到失望和沮丧，因为我们没有拥有任何同时代有关荷马的记录，连古希腊人自己也搞不清楚荷马的生平事迹。古希腊"历史之父"希罗多德[1]曾经推断过荷马的生活年代，他说：

1　希罗多德（Herodotus，约480BC-425BC），著有《历史》一书，该书记载了希腊与波斯之间的战争（490BC-480BC）。希罗多德第一次用"历史"（*Historia*）这个词来命名他的著作，其原意是调查、探究、追问等，他将历史研究从民族志和地理志转向政治权力斗争，因此被誉为"历史之父"。

　　我认为荷马和赫西俄德[1]的时代不会先于我四百年，正是他们为希腊人制作神谱，给这些神命名，分配尊荣和技艺，并指出他们的外貌。那些据说比他们两人更早的诗人，在我看来反而是更晚的。[2]

　　如果希罗多德的看法值得信赖的话，那么我们从他的论述中得知：荷马大概生活在公元前9世纪；就希腊人所知的诗人当中，荷马和赫西俄德是最古老的诗人。希腊神话起初是比较零散的，经由荷马和赫西俄德的整理才成为一个完整的体系，在这个意义上，荷马和赫西俄德是希腊文化的创始人，也是希腊文化最古老的教师。根据习俗主义的看法，祖传的和古老的东西被认为是正确和好的[3]，因此诸神及其命令（法律）也被视为最正确和最好的，因为诸神创造了世界并且是最古老的。同理，荷马和赫西俄德既然是最古老的诗人，他们自然也被视为最正确和最好的诗人。

　　对于古希腊人来说，荷马就是诗人的代名词，荷马就是诗人，诗人就是荷马。正如对于中国人来说，诗人就是屈原；对于古罗马人来说，诗人就是维吉尔；对于意大利人来说，诗人就是但丁；对于英国人来说，诗人就是乔叟一样。当亚里士多德在《诗学》中分析荷马史诗的艺术特点时，他常常不需要说"荷马"怎样怎样，只需要说"那位诗人"怎样怎样，人们就明白他所指的正是荷马。如果一个人想要赞扬一名诗人，最好的方式莫过于把他抬高到跟荷马一样的地位，开俄斯的伊翁（Ion of Chios）就是

1　赫西俄德（Hesiod），跟荷马齐名的古希腊早期诗人，归于他名下的著作主要是《神谱》和《劳作与时日》。

2　希罗多德：《历史》，王以铸译，商务印书馆，1959，第134—135页。

3　参见列奥·施特劳斯：《自然权利与历史》，彭刚译，生活·读书·新知三联书店，2003，第85页。

这样赞扬欧里庇得斯：

> 你好，欧里庇得斯！如今在皮埃里亚密林中
> 你已住入了这间永远是黑夜的卧室；
> 虽然你已长眠于地下，要知道，你的英名将
> 同荷马一样，光辉夺目，与世长存。[1]

由于荷马声名远扬，备受众人喜爱，因此希腊各城邦都竞相证明荷马是自己的公民，借荷马来荣耀自己的城邦，一篇可能来自公元前4世纪的文献为我们描绘了这些颇为有趣的争论：

> 首先，斯缪奈人（Smyrnaeans）说，荷马是他们当地的米勒斯河（Meles）和克里忒斯（Cretheis）仙女所生，所以他原先被称为米勒斯格涅斯（Melesigenes，意思是"米勒斯的后代"），他失明后才被称为荷马（Homer），荷马一词通常用于表示失明的人们。接着，开俄斯人（Chians）证明荷马是他们的公民，说他们实际上还存留他的某些后裔，也就是众所周知的荷马里达（Homeridai，字面意思是"荷马后裔"）。还有，科洛佛尼奥斯人（Colophonians）甚至表明有这种传说，他们说荷马是教人读写的老师，以处女作《疯子》（*Margites*）开启创作生涯。[2]

这篇文献还列举了人们对荷马出身的五花八门的推测，被设想为其父

1　恩斯特·狄尔：《古希腊抒情诗集》（第一卷），王扬译注，上海人民出版社，2018，第135页。

2　Martin L. West（ed），*Lives of Homer*（Mass.，Cambridge，London：Harvard University Press，2003），p.319—321.

亲的人物有麦翁（Maion）、米勒斯（Meles）、德谟克利特（Democritus of Troezen，商人之神）、特勒马科斯（Telemachus，奥德修斯之子），而被设想为其母亲的人物则有美提斯（Metis）、克里忒斯（Cretheis）、忒米斯特（Themiste）、希涅托（Hyrnetho）、卡利俄珀女神（Muse Calliope）、波利卡斯忒（Polycaste，涅斯托尔之女）等。这些说法真真假假，是非难辨，但后人普遍认为荷马是小亚细亚的开俄斯人，"那位开俄斯诗人"遂成为指代荷马及其身份的常用套语。[1] 我们从这些争论中至少可以推测出两个可能跟荷马生活相关的信息：荷马是一位云游四海的歌手，他四处流浪，给希腊各城邦的王公贵族或平民百姓演唱；荷马所生活的时代普通希腊语和希腊文化逐渐形成，否则其他人无法听得懂和理解荷马史诗，反之，荷马史诗的泛希腊化和经典化又进一步加速了希腊民族意识和自我认同的形成。

由于荷马史诗是目前可知的西方最古老文献，故荷马史诗本身是我们推测或想象荷马形象的最稳妥的第一手来源。荷马史诗是符合六音步格的歌曲，希腊诗歌包含各种各样的韵律，其中尤其以六音步格最为工整和严肃，这种格律常常为史诗所用，因此也称为英雄格律，所以荷马最首要的身份无疑就是一位英雄史诗的吟游歌手。[2] 如果荷马史诗里面保存着这种歌手的记录，则这些记录也许可以被视为荷马本人的自述，或者至少可以从

---

1 参见陈中梅：《神圣的荷马：荷马史诗研究》，北京大学出版社，2008，第5页。

2 吟游歌手（*aoidos*）与吟诵歌手（*rhapsōidia*）有所不同，前者主要指各民族早期那些口头创作或歌唱民族英雄的歌手，通常会有乐器伴奏，为别人表演；而后者则主要指那些将这些诗歌串联起来歌唱的（翻唱）歌手，很多时候是为了比赛获奖而吟诵诗歌。

侧面反映出荷马的形象。幸运的是荷马史诗确实保存了不少这种歌手的记录。

我们翻看《奥德赛》第1卷就可以看到史诗歌手的身影，在奥德修斯的府邸，那些无耻的求婚者正在举办宴会，同时强迫歌手费弥奥斯为他们歌唱。费弥奥斯歌唱特洛伊战争结束后希腊人凯旋的种种遭遇，正如我们所知，有些人葬身海底，有些人顺利回家，有些人回到家却被谋害，有些人漂泊很久才回到家，有些人则下落不明等。佩涅洛佩担心丈夫奥德修斯死亡而不忍再听，她的儿子特勒马科斯却喜欢反复听，想要从中了解父亲的形象和功业（《奥德赛》1.325—359）。[1]

在《奥德赛》第8卷，国王阿尔基诺奥斯盛情款待流浪至此的奥德修斯，他同意并安排歌手得摩多科斯（Demodocus）唱歌助兴：

> 你们再把神妙的歌人
> 得摩多科斯请来，神明赋予他用歌声
> 娱悦人的本领，唱出心中的一切启示。（Od.8.43—45）
> 传令官回来，带来令人敬爱的歌人，
> 缪斯宠爱他，给他幸福，也给他不幸，
> 夺去了他的视力，却让他甜美地歌唱。
> 潘托诺奥斯给他端来镶银的宽椅，
> 放在饮宴人中间，依靠高大的立柱。
> 传令官把音色优美的弦琴挂在木橛上，

1　参见荷马：《奥德赛》，王焕生译，人民文学出版社，2003。通常引用荷马史诗只需要标出国际通用的章节和行数，因此无需标注页码。本书大量引用和参考《奥德赛》，为了阅读方便，后面不再标出该译本的出版信息，并用Od.的英语简写形式指代《奥德赛》。

在他的头上方，告诉他如何伸手摘取。

再给他提来精美的食篮，摆下餐桌，

端来酒一杯，可随时消释欲望饮一口。

人们伸手享用面前摆放的肴馔。

在他们满足了饮酒吃肉的欲望之后，

缪斯便鼓动歌人演唱英雄们的业绩，

演唱那光辉的业绩已传扬广阔的天宇，

奥德修斯和佩琉斯之子阿基琉斯的争吵，

他们怎样在祭神的丰盛筵席上起争执，

言词激烈，民众的首领阿伽门农心欢喜，

看见阿开奥斯人中的杰出英雄起纷争。（Od.8.62—78）

　　得摩多科斯在宴会上唱完这首英雄赞歌，在随后的舞会上又唱了一首关于阿佛洛狄忒偷情的诸神赞歌（Od.8.266—366），最后又在宴会上应奥德修斯本人的要求，歌唱奥德修斯用木马计攻破特洛伊城的故事（Od.8.499—520）。荷马史诗关于得摩多科斯唱歌有非常细节和丰富的描写，生动地再现了荷马之前那些歌手的形象：这是一位盲人歌手，得到神灵启示，拥有非凡的唱歌本领，备受人们的敬爱；他常常被带到宫廷宴会和舞会上，坐在众宾客中间，被赏赐佳肴与美酒，为王公贵族弹琴唱歌，增加乐趣；他歌唱的对象是远比普通人高贵的诸神和英雄，歌唱的内容主要涉及这些对象之间的纷争、冲突和战争；他能够应人们的要求或者根据不同的场合来歌唱，他的表演非常精彩，感染了当事人奥德修斯，并被赐予最细嫩的猪里脊肉作为额外犒赏。费弥奥斯和得摩多科斯是我们赖以想象荷马形象的最贴切来源，尤其是得摩多科斯的形象远比费弥奥斯更加细致、清晰、丰满和生动，所以人们更倾向于将荷马想象为一位像得摩多科斯那样的盲人。唯一不同的地方可能是，他们更像是国王随叫随到的侍从，或者是固定在一个城邦当中的（宫廷）歌手，而荷马似乎是四海云游的歌手。

第二节　荷马史诗的作者身份

公元前9世纪的希腊处于"黑暗时代"末期，所谓"黑暗"指这个时代缺乏文明特征，社会发展停滞，鲜有考古遗迹，更不用说传世文献流传下来。一般认为大约公元前8世纪中期，希腊人从腓尼基文字那里借来字母，古希腊人常常把文字的发明归功于更古老的诸神或人物，例如普罗米修斯（Prometheus）、克洛普斯（Cecrops）、俄耳甫斯（Orpheus）、里诺斯（Linus）、卡德摩斯（Cadmus）、帕拉米德斯（Palamedes）等，这些文字起源的不同传说恰恰反映出希腊人并不清楚希腊文字的起源。公元前7世纪的希腊文字材料仍然罕见，这种现象主要是由希腊文字尚未完善和写作材料（羊皮或牛皮）难以获得或保存造成的。可以想见，在这种情况下，写作技术必定是比较粗糙的，而且主要运用在献祭、战争、立法等重大或公共事务上。公元前6世纪开始，希腊与埃及的交易和贸易发展起来，埃及莎草纸大量被引入和生产，书写材料变得易得，希腊的写作技术才日趋成熟，私人写作也逐渐兴起，并在下一个世纪呈井喷之势，涌现出大量个人写作的文学、哲学、历史、医学等著作。从文字、书写材料和写作技术的发展来看，荷马肯定是一位文盲（也许还是盲人），他不可能使用文字来创作荷马史诗，难道他仅仅凭借口耳相传和口头表演的方式就能够创作鸿篇巨著的荷马史诗吗？须知即便是科学技术发展到今天的地步，要完成这样篇幅的著作也不是一件容易的事情。这样的怀疑对于古希腊人来说是不存在的，但是对于异族人和后人来说则是常有的事情。

西塞罗说："据说就是这位皮西斯特拉托斯，曾经首先把先前散乱地流传的荷马史诗安排成我们现在阅读的样子。"[1] 这个说法意味着荷马史诗要么由许多人创作，要么由荷马本人创作，后来被零散地抄录和流传，最终由皮西斯特拉托斯（自己或命人）收集、抄录和整理而成。西塞罗的说法脱胎于柏拉图，柏拉图《希帕库斯》中的苏格拉底说："他（皮西斯特拉托斯）最先把荷马史诗带到这片土地，并命令诵诗人在泛雅典娜节上轮流吟诵，一人一段，直到现在仍然如此。"[2] 柏拉图所了解的荷马史诗是口头表演，他毫不怀疑荷马的作者身份，而西塞罗所看到的荷马史诗已经成书了，他可能怀疑荷马的作者身份。1世纪著名犹太学人约瑟夫（Flavius Josephus）则直接否认了荷马的作者身份，他认为没有人具有如此天赋能够独立创作荷马史诗，正如没有谁能够独立撰写《圣经》一样，因此荷马史诗绝不可能是由这种目不识丁的盲人写作。[3]

在启蒙运动时期，古典学者对荷马作为荷马史诗的作者身份的怀疑、对荷马史诗统一性的批判达到了顶峰，这种怀疑和批判也扩展到柏拉图、

1　西塞罗：《论演说家》（3.137），王焕生译，中国政法大学出版社，2003，第605页。

2　柏拉图：《希帕库斯》（228b—c），胡镓译，刘小枫主编《柏拉图全集：中短篇作品》（上），华夏出版社，2023，第753页。

3　约瑟夫：《驳阿皮安》（1.2.12），吴轶凡译，上海三联书店，2023，第7页。

亚里士多德等古代作家和作品上。毫不夸张地说，如何评价荷马及其史诗构成了16、17世纪古今之争的试金石，也是18世纪启蒙与反启蒙的分水岭。坚持现代优越于古代的人往往会拿古代最伟大的荷马来开刀，仿佛只要驳倒荷马，整个古代文化的优越性也就荡然无存了；反之，坚持古代优越于现代的人则致力于维护荷马的权威。第一种批判承认荷马存在并创作了荷马史诗，但是荷马史诗是非常蹩脚的作品，例如法国僧侣奥比纳克（Abbe d'Aubignac）认为荷马史诗不是诗歌典范，其情节和人物枯燥无味，其道德和神学观令人作呕；英国神学家、历史语言学家理查德·本特利（Richard Bentley）认为荷马史诗是松散的，经过后人整理才成型。第二种批判认为荷马不存在或荷马只是广大普通吟游歌手的一员，而且荷马史诗是一个大杂烩，里面充满各种矛盾，各种故事之间支离破碎，缺乏一致性和整体性，其代表人物是沃尔夫（Wolf），认同沃尔夫看法的还有拉克曼（Lachmann）、赫尔曼（Hermann）、格劳特（Grote）、维拉莫维茨（Wilamowitz）等古典学者。在崇今派的怀疑主义的冲击下，崇古派不得不对荷马及其史诗作出辩护：维柯认为，如果没有荷马这个人，荷马史诗也不是个人创作，那么荷马史诗就是全部希腊人的杰作，正是这种集体智慧和原创性才彰显了荷马史诗的伟大；英国古典学者罗伯特·伍德（Robert Wood）认为，荷马虽然目不识丁，但他有超强的记忆力，荷马史诗的场景和事件具有历史真实性，口头创作比文字创作的优点在于自然流畅，没有文字雕琢的机械感。

否定荷马的能力和荷马史诗的权威，将荷马和荷马史诗拉下神坛，造成两个方面的严重后果。第一，对荷马史诗的批判源于对《圣经》的批判，反过来又消解了《圣经》的神圣性。斯宾诺莎用《圣经》来批判神学家的成见，为哲学和言论争取自由，又以理性主义立场来解释《圣经》的矛盾，树立《圣经》和宗教的权威；艾希霍恩（Eichhorn）的《圣经》研究则进一步将《圣经》视为历史和人类学文献，要求《圣经》学者重构标准本之前的文本史，否认摩西是五经作者。沃尔夫借用了《圣经》批判的立场和方法来批判荷马史诗，这反过来又影响了后来的《圣经》批判，例如德国德·韦特（De Wette）开创《圣经》"文献假说"，苏格兰威廉·罗伯逊·斯密斯（W. R. Smith）教授主张圣经汇编说，而他们的方法和观点进一步得到尤利乌斯·韦尔豪森（Julius Wellhausen）的发扬以及被维拉莫维茨所接受，以至于成为20世纪《圣经》研究的一道重要支流。第二，沃尔夫对荷马史诗的语言学和历史学"分析"也被广泛运用到赫西俄德、柏拉图、亚里士多德等作家作品的研究当中。古代经典被认为是充满矛盾和离题的大杂烩，因而被打上人类思想幼稚和不够科学的标签。20世纪中期以来，这种古典"分析"立场又跟分析哲学的逻辑论证方法融合起来，汇成当代古典学和古代哲学研究的主流。分析哲学跟斯宾诺莎一样在试图解释和弥补古典作品的缺陷的同时却废除了古典作品的神圣性，从此再无圣人和经典。

一个确凿无疑的事实是，荷马不是第一位歌手，也不是横空出世的。希罗多德称他是最古老的诗人，目的只是表明他是最伟大的诗人，荷马史诗本身就表明早在特洛伊战争发生和结束的时候就有吟游歌手及其歌唱的英雄史诗。这一点我们完全可以理解，正如我们在抗日战争和解放战争时期和之后都有大量歌手创作英雄赞歌，旨在鼓舞士兵和国人的士气，赞扬领袖和英雄的丰功伟绩。可以合理地想象，从特洛伊战争到荷马的几百年间，无数的吟游歌手创作了大量的英雄颂歌，包括类似于荷马史诗这样的颂歌，以及其他失传的颂歌。这些颂歌经过一代代歌手的演唱和打磨，逐渐形成具有固定叙述模式和内容的小故事。因此，要么荷马也是其中的歌手之一，后人将这些诗歌汇编起来，冠以荷马之名；要么荷马是这些诗歌的集大成者，他去世后其他人继续演唱他的诗歌。

就上述第二种可能性而言，荷马是否或能否创作荷马史诗的问题成为一桩历史疑案，这个问题讨论了两千年也没有得出答案，我们可以肯定以后也不可能有答案，因此这是一个无法证实也无法证伪的问题。在无法证实的情况下承认荷马的存在和荷马作为荷马史诗的作者固然是一种"独断论"，在无法证伪的情况下去否定荷马的存在和荷马作为荷马史诗的作者更是一种"独断论"，而且后者比前者更加"独断"。一方面，历史的真相总是会随着时间的流逝而被后人遗忘或怀疑，但是这种怀疑并不能否认历史的真相存在，今天我们可以信誓旦旦地说鲁迅是真实的，千百年之后人们可能会遗忘或怀疑；另一方面，古希腊人几乎不怀疑荷马的真实性和荷马史诗的伟大，这样一种信念在西方文化史当中发挥了作用，在这个意义上荷马的真实性和权威是毋庸置疑的，因为一切真实性和权威最终都会从历史转化为观念、存在于观念之中、通过观念产生效果。所以，我们主张"相信荷马的存在和荷马史诗的伟大"是一种比怀疑主义和虚无主义更少独断色彩的立场，因而也是一种更保险的立场。

第三节　荷马如何创作

荷马史诗的统一性争论。第一场战斗（第3—7卷）表明：狄奥墨得斯在雅典娜的帮助下勇猛作战，但他无法代替阿基琉斯；埃阿斯打伤赫克托尔，但无法杀死赫克托尔，也无法代替阿基琉斯。第二场战斗（第8卷）表明赫克托尔的英勇，透克罗斯弓箭手虽然杀敌众多却被赫克托尔打伤，他无法代替阿基琉斯。第9—10卷表明奥德修斯凭借自身的智慧获得成就，但也无法代替阿基琉斯。第三场战斗（第11—18卷）表明埃阿斯和帕特罗克洛斯也无法代替阿基琉斯。第四场战斗展示了阿基琉斯的勇猛。

20世纪发展成熟的"口头理论"可以帮助我们理解荷马创作诗歌的可能性和步骤，不过我们还是要承认这样的理解也仅仅是基于现实进行合理想象和推理的结果。

①程式创作。我们阅读荷马史诗首先会发现一个有趣的现象，诗文经常会出现一些绰号（修饰语），例如足智多谋的奥德修斯，捷足的阿基琉斯，人民的牧者阿伽门农，白臂的海伦，杀人者赫克托尔，牛眼睛的赫拉。在荷马史诗当中，这些绰号是人物的修饰语，它们具有两种功能：一种功能是为了满足六音步格韵律的需要，这些修饰语与人物名字的固定搭配正好构成六音步格韵律的预制板块，无论这些预制板块放在哪个位置都是符合一个诗行的韵律的；另一个功能是揭示出人物的特点，虽然这个预制板块是个偏正短语，在诗歌叙事当中本质上是要强调人物的名称，但是

修饰语绝大多数都会跟人物的典型特点相关。使用绰号的现象也典型地出现在《水浒传》当中，例如及时雨宋江、玉麒麟卢俊义、智多星吴用、豹子头林冲、花和尚鲁智深、黑旋风李逵、九纹龙史进等等。《水浒传》的人物绰号一般为三个字，跟荷马史诗的情形相仿，这一方面是为了满足字面工整、读音平仄和汉语节奏的需要，另一方面也揭示出人物的典型特点。这种用具有固定搭配的预制板块来创作的方式，学术界称之为"程式"（formula）创作。程式理论的创始人帕里这样定义程式，"在吟游诗歌的措辞中，程式可以定义为：一种在相同韵律的条件下经常用于表达某种本质观念的表达方式。在某种观念中本质的东西是指拿掉所有风格上的附属物仍然保留着的东西"[1]。

根据帕里的研究，荷马诗歌的程式表现为：代词+连词+分词+动词连用，这种连用通常会跟着某个名词+修饰语所组成的主干，于是程式句子就出来了，比如，$\tau\grave{o}\nu$（代词，这）+$\delta\acute{\eta}$（连词）+$\pi\alpha\rho\iota\sigma\tau\alpha\mu\acute{\epsilon}\nu\eta$（分词，站在旁边）+$\pi\rho o\sigma\acute{\epsilon}\varphi\eta$（动词，说）+$\gamma\lambda\alpha\upsilon\kappa\tilde{\omega}\pi\iota\varsigma$（形容词，目光炯炯的）+$\mathrm{'A}\theta\acute{\eta}\nu\eta$（名词，雅典娜）："目光炯炯的雅典娜站在他旁边这样说"（*Od.*24.516）。类似句式经过更改不同词语便可以产生千变万化的句子：

目光炯炯的雅典娜 + 激励他 + 这样说（*Od.*24.516）

强大的波吕斐摩斯 + 抚摸它 + 这样说（*Od.*9.446）

牧猪奴欧迈奥斯 + 讥讽他 + 这样说（*Od.*22.194）

1　Milman Parry, *The Making of Homeric Verse: The Collected Papers of Milman Parry*, edited by Adam Parry (Oxford: Clarendon Press, 1971), p.13.

金发的墨涅拉奥斯＋激励他＋这样说（*Il*.4.183）[1]

白臂女神赫拉＋气愤他＋这样说（*Il*.24.55）

集云神宙斯＋回答她＋这样说（*Il*.24.64）

我们看到修饰主语部分的形容词有些是专有修饰语，有些则是装饰修饰语。"目光炯炯"这个修饰语专属于雅典娜，"集云神"这个修饰语专属于宙斯，这些修饰语跟主语形成固定搭配，不能用在其他人物形象身上。"强大的""金发的"可以用在任何男人身上，"白臂的"也可以用在任何女人身上，这些修饰语纯粹是为了适应韵律的需要，或者为了在歌唱时产生富于变化的效果。英雄的专有修饰语与装饰修饰语都涉及勇敢、强壮、名声、忠诚和神圣等品质，但所有英雄普遍具有的修饰语与单个英雄的修饰语有所不同，比如：捷足的阿基琉斯指他在奔跑速度方面无人能敌，而足智多谋的奥德修斯则指他在出谋划策方面无人能敌，人民的牧者阿伽门农指他是希腊全军的统帅，等等。诗人使用哪种修饰语取决于他本人的词汇量和韵律，当荷马所掌握的词汇非常多，掌握这些程式的样板非常多，而且能够在表演歌唱时形成熟练的习惯时，他便可以从他的程式库里面自由地抽取适合的形容词和动名词。当然，不管如何变化，他必须保持相应的程式跟所要表达的思想观念保持一致。

过去人们并不能理解荷马为什么大量使用程式，或者会用书面文学的标准来批评这种用语的原始和幼稚。一些古代学者（如阿里斯塔库斯和波

1　荷马：《伊利亚特》，罗念生、王焕生译，人民文学出版社，2003。通常引用荷马史诗只需要标出国际通用的章节和行数，因此无需标注页码。本书大量引用和参考《伊利亚特》，为了阅读方便，后面不再标出该译本的出版信息，并用 *Il.* 的英语简写形式指代《伊利亚特》。

菲利）认为修饰语表示普遍的意义，表示事物的本性，但跟上下文没有太大关系，比如"目光炯炯的雅典娜"表示雅典娜的本性是目光犀利、勇敢和智慧的，而并不是说雅典娜在当时的情景中瞪大眼睛——很好奇或很气愤。现代有些语文学家认为荷马在选择固定修饰语时不可能同时兼顾其意义和韵律，因此，荷马的方法很幼稚，诗歌极为简单，一切固定修饰语都是作为装饰。19世纪中后期，学者们又普遍认为荷马史诗的每个词都是作者精心打磨的结果，固定修饰语表达某些道德含义。帕里则抱有一种更科学和合理的态度，他认为荷马的修饰语有些是传统的，有些则是不符合传统的，前者普遍起着装饰作用，而后者则可能具有特殊意义，但前者居多，后者罕见。

程式作为口头诗歌创作的现象和规则并不是荷马个人所为，而是之前一代代的歌手个别地创作和缓慢累积起来的，那些不适合韵律或者不够优美的程式就逐渐被淘汰掉了，那些优美的程式则经受了历史的检验而保存了下来。正如帕里所说："如果某位吟游歌手为一位很少在英雄世界中露面的英雄找到这种基本长度的程式，或者如果他为相对重要的英雄找到一种只能在少数情况下可以使用的拐弯抹角的表达方式，那么其他吟游歌手就不太可能借用这些表达方式，因此它们就不太可能进入传统。"[1]

程式之所以能够成为规则，就在于程式不是诗人个性化的表述，诗人必须按照程式所规定的词组和句子来创作，因此程式也就是荷马的"叙事"伦理之一。在程式规则的约束下，诗人在用词和表述方面的创新是极

---

[1] Milman Parry, *The Making of Homeric Verse：The Collected Papers of Milman Parry*, edited by Adam Parry（Oxford：Clarendon Press，1971），p.56.

为有限的，荷马的特点或者原创性在于他比其他诗人更频繁地使用某些名词—修饰语程式，或者更加不频繁地使用某些名词—修饰语程式。如果荷马需要一个修饰语来描述某位英雄，但又没有专有的修饰语，他就得使用专门起韵律作用的普遍修饰语，比如荷马用"神样的"来修饰潘达罗斯（*Il*.4.88），尽管他亲口说潘达罗斯是一个愚蠢的人（*Il*.4.104）。如果他只晓得一个这种修饰语，那他就别无选择，只能用它。如果这两种情况都不存在，那么他很可能就可以自己创造一个修饰语，不过这样的情况可能是罕见的。但是，修饰语本身的属性基本上是固定的，它要么是特有的，要么是装饰的，诗人所创造的修饰语也必须符合这条规则，而听众也熟悉和习惯这种规则。帕里说：

> 对于荷马和他的听众而言，固定修饰语与其说是装饰一行诗句或一首诗歌，不如说是装饰英雄歌谣的整体。这些修饰语对他而言构成诗歌的一个熟悉要素，我们这些后世的人很难领悟这些要素，但它们对于诗人和听众的重要性通过荷马的一切表现出来：通过故事、人物、风格表现出来。在这个方面，固定修饰语就像诗歌的其他熟悉要素一样。如果吟游歌手剔除了它们，听众会感到无比惊讶；他努力将它们放进诗歌以便吸引听众的注意力。史诗诗行没有修饰语对于听众而言就像一位英雄人物没有其传统特点。[1]

如果我们对比书面文学就会看到程式的大量使用是口头诗歌非常典型

1　Milman Parry，*The Making of Homeric Verse：The Collected Papers of Milman Parry*，edited by Adam Parry（Oxford：Clarendon Press，1971），p.137.

的特点。公元前3世纪的阿波罗尼俄斯用希腊语写成的《阿尔戈英雄纪》深受荷马的影响，但它是个人创作的英雄史诗，它对程式的使用比荷马史诗要少得多。古罗马诗人代表维吉尔用拉丁语写成的《埃涅阿斯纪》可以视为荷马史诗的续篇，不可避免受到荷马的影响，但它同样是个人创作的英雄史诗，它对程式的使用也比荷马史诗少得多。

②主题创作。继帕里提出荷马史诗的程式创作特点之后，他的弟子洛德进一步提出了荷马史诗的主题创作特点。程式是在历代歌手的演唱中累积起来的固定用语，它具有节俭和经济的作用，也就是说它极大地方便了歌手对诗歌的学习、背诵和演诵，但是程式受到严格韵律的制约而极大压缩了歌手自由创作的空间。然而洛德发现，虽然程式是固定的，但是故事的主题却不是固定的，歌手可以用特定的程式表达不同的主题，也可以在同一个主题中使用不同的程式。就像搭积木一样，虽然积木只有双头、四头、八头、长方形、四方形、薄层、厚层、红色、黄色、蓝色、绿色等规定的几种形式，但是通过巧妙地搭配不同的积木就能搭建出千变万化的作品。

洛德说："主题是用词语来表达的，但是，它并非是一套固定的词，而是一组意义"[1]，"在歌手的日常积累中，一个重要的主题可以采用多种可能形式。当他在新歌中唱到这种主题时，他更易于依据自己业已储备的材料来重新创作这一主题"[2]。程式和主题都是用词语来表达，所不同的是程式在词语、词组、句子当中往往是固定的，但是主题作为故事想要表达

1　阿尔伯特·贝茨·洛德：《故事的歌手》，尹虎彬译，中华书局，2004，第97页。
2　阿尔伯特·贝茨·洛德：《故事的歌手》，尹虎彬译，中华书局，2004，第115页。

的意义则是不固定的。文学的主题是非常多的，例如爱情、友情、亲情、战斗、集会、忠诚、冲突、背叛、革命、认识、成长、发现、复仇、流浪等等。这些主题可以通过一些小的故事来表现，也可以由一系列小的故事组合成宏大叙事来表现。当然，一个小故事也可以有多个主题，一部作品也可以有多个主题，但是核心的主题通常只有一个。

在《伊利亚特》当中，"争吵"这个主题主要体现在阿伽门农与阿基琉斯的关系当中，但是这个主题也体现在阿基琉斯与奥德修斯、奥德修斯与大埃阿斯、宙斯与赫拉之间等。"决斗"这个主题体现在墨涅拉奥斯与帕里斯、狄奥墨得斯与格劳科斯、大埃阿斯与赫克托尔、帕特罗克洛斯与萨尔佩冬、阿基琉斯与赫克托尔之间等。"集会"这个主题也反复出现在希腊人阵营（召集者包括阿伽门农和阿基琉斯）与特洛伊阵营（召集者是普里阿摩斯和赫克托尔）。"婚姻不忠"这个主题既表现在海伦身上，也表现在克吕泰墨涅斯特拉、阿佛洛狄忒身上，而"忠于婚姻"这个主题既表现在安德罗马克身上，也表现在佩涅洛佩身上。"复仇"这个主题也是非常常见的，例如阿基琉斯的复仇，奥德修斯的复仇。如果我们仔细考察这些小故事，就会发现荷马用不同的故事来叙述相同的主题，但是他在不同的故事当中所采取的方式是完全不同的，从而产生了完全不同的意义，也产生了完全不同的伦理教导。荷马追求叙事方式上的变化和丰富性，目的是避免雷同、僵化和单调，给听众带来意料之外的惊喜和快感。反过来，在同一个故事中也可以表现不同的主题，阿伽门农与阿基琉斯争吵的故事表现了权威、正义、荣誉等主题，奥德修斯与佩涅洛佩相互考验表现了忠诚、正义、伦理、爱情等主题。

一部史诗就是由不同的故事通过一定顺序创编而成，因此一部史诗也包含着各种各样的主题。不过所有这些主题最终都会指向一个统一的、核心的主题，《伊利亚特》的主题就是"阿基琉斯的愤怒"，《奥德赛》的主题就是"奥德修斯的流浪"。我们阅读《水浒传》同样会发现它每一回讲述不同的故事，例如宋江怒杀阎婆惜、武松打虎、鲁智深拳打镇关西、林冲风雪山神庙、李逵中州劫法场等，而这些不同的故事有着不同的主题，但是所有这些主题最终都服务于一个统一的主题，那就是"忠义"。

真正体现诗人创造力的地方在于他用什么样的方式把这些不同的故事组织起来，连贯成一个完整的整体。洛德说：

> 在建构一个较大的主题时，诗人的脑海里便有了一个计划，这个主题计划不仅仅限于叙事的必需要素。在主题群之中，有一些涉及顺序和平衡的因素。例如，对于集会这一主题的描绘，遵循着一种顺序，即从集会的头目，他的贴身护卫，到世袭的贵族，再到斟酒人，他是集会当中最年轻的人，因此他要服侍这些年长的人。而结束点则是故事中的主角。这种向前推进的方式帮助了歌手，给他提供了某种叙事的方法。[1]
>
> 一个主题牵动另一个主题，从而组成了一支歌，这支歌在歌手的脑海里是作为整体而存在的。……口头诗歌中的主题，它的存在有其

---

[1] 阿尔伯特·贝茨·洛德：《故事的歌手》，尹虎彬译，中华书局，2004，第132页。

本身的理由，同时又是为整个作品而存在的。[1]

这样一来，我们就可以明白，也许历代许多歌手都歌唱特洛伊战争的故事，但是他们所采取的方式是不同的，所要表达的主题也是不同的。这些差异跟每个歌手对故事的理解差异相关，也跟主题本身的变化多端相关，正如洛德所言："对具体歌手或整个传统来说，并没有一个'纯粹'的主题的形式。主题的形式在歌手的脑海里是永远变动的，因为主题在现实中是变化多端的……主题并非静止的实体，而是一种活的、变化的、有适应性的艺术创造。主题是为歌而存在的。"[2]

主题创作能够解释或赋予歌手更多的灵活性和创造性，然而主题创作会带来一个比较麻烦的历史问题，也就是我们手中的荷马史诗还是荷马所作的吗？一般认为荷马死后很多年才有文字，才有关于荷马史诗的记录，才有荷马史诗的文本，那么荷马死后他的诗歌被不断传诵，必然也会在流传过程中被那些诵诗人所改编。如果我们对比手中的荷马史诗跟柏拉图对话录所记载的荷马史诗就会发现两者有所差异，这种差异可能是柏拉图的记忆不准确所导致的，也可能是本身就存在各种版本不同的荷马史诗所导致的，还可能是后人在整理和校勘柏拉图对话录和荷马史诗时人为地造成的。这个问题的难解之处在于我们所掌握的资料实在太少，以至于我们很难在现有的基础上作出科学的辨析和有效的判断。

③结构创作。任何诗歌的创作都会存在结构化的倾向，某种结构一旦形成就会规范诗歌的创作，就像唐诗有格律而宋词有词牌一样，荷马史诗

1　阿尔伯特·贝茨·洛德：《故事的歌手》，尹虎彬译，中华书局，2004，第135—136页。
2　阿尔伯特·贝茨·洛德：《故事的歌手》，尹虎彬译，中华书局，2004，第136页。

也有自己的结构，其中比较明显的是对称结构。《伊利亚特》第1卷用对称结构描写了人类世界与诸神世界（参见表1.1）。

表1.1 《伊利亚特》第1卷结构

人类	诸神
请求（1.1—52）	请求（1.493—530）
争吵（1.53—247）	争吵（1.531—569）
调解（1.248—307）	调解（1.570—604）
分离（1.308—492）	分离（1.605—611）

这两个世界形成了明显的对称结构，而且两个世界发生的事情恰好也形成了对称结构，这样的对称结构在荷马史诗中几乎随处可见（参见表1.2—表1.4）。

表1.2 《伊利亚特》第2卷结构

希腊联军	特洛伊联军
长老开会（2.1—83）	长老开会（2.786—806）
军队集合（2.84—483）	军队集合（2.807—810）
联军目录（2.484—785）	联军目录（2.811—877）

表1.3 《奥德赛》第1卷结构

诸神	人类
宴会（1.1—27）	宴会（1.106—155）
宙斯感慨（1.28—43）	特勒马科斯感慨（1.156—251）
雅典娜建议（1.44—79）	雅典娜建议（1.252—324）
雅典娜谋划（1.80—105）	特勒马科斯谋划（1.325—444）

表1.4　《奥德赛》第2卷结构

广场	王宫
公民集会（2.1—14）	贵族集会（2.296—300）
谴责求婚者（2.82—207）	威胁求婚者（2.301—336）
寻求父亲帮助（2.208—256）	寻求奶妈帮助（2.337—381）
雅典娜帮助（2.257—295）	雅典娜帮助（2.382—434）

对称是人类认识自然和表达认识的重要方式，也是荷马史诗认识人物行动和安排故事的重要方式，它在荷马史诗中随处可见，举凡场景、人物、事件、对话、行动等都可以看到对称结构。对称带来平衡，平衡带来秩序。追求秩序之美不仅存在于诗歌当中，也存在于古希腊的音乐、建筑、雕塑、绘画等艺术类型当中。我们甚至可以说世界各民族的艺术都追求某种程度的秩序美，这种秩序美根植于自然事物的对称和自然规律的平衡当中，所以它才会有普遍性和永恒性。

除了对称结构，荷马史诗还存在一种环形结构。从20世纪40年代开始到20世纪60年代，西方关于荷马史诗的环形结构的研究已经趋向完善，而且广为荷马史诗研究界所认识和认同，我们可以借用程志敏的表述来概括环形结构：

所谓环形，是指荷马史诗中，相同或相似的要素、看法或概念，在故事的开头和结尾处都出现了，这种重复就是一个"环"。当该单元中一系列元素先是以某种顺序出现，如A—B—C……，然后又在结尾处以相反的顺序再现，即……C—B—A，这就是一系列的"环"。因此，"'环形结构'是指在一段话或一段故事开头处重复了主题，在这一段的末尾有时一字不差（verbatim）有时用或多或少相似的语言再重复一遍，这样一来就构成并凸现为一种离散的诗体"。[1]

我们可以通过一些诗句来展示具体的环形结构。在《伊利亚特》第6卷，荷马讲述了狄奥墨得斯与格劳科斯的决斗，决斗之前狄奥墨得斯问格劳科斯：

> 这位勇士，你是凡人当中的什么人？
> 我从未在人们赢得荣誉的战争中见过你，
> 但是你现在有胆量比别人前进得多，
> 来到我的有长影的枪杆下，只有那些
> 不幸的父亲的儿子们才来碰我的威力。
> 但是如果你是一位永生的神明，
> 自天而降，我可不愿意同天神作战。
> 甚至德律阿斯的儿子、那个强有力的
> 吕库尔戈斯也没有活到很长的寿命，
> 因为他同天神对抗，曾经把疯狂的
> 狄奥倪索斯的保姆赶下神圣的倪萨山，
> 她们被杀人的吕库尔戈斯用刺棍打死，
> 手中的神杖扔在地上。狄奥倪索斯不得不
> 钻进海浪里逃走，忒提斯把惶悚的他
> 接到怀抱里，凡人的吼声仍使他战栗。
> 生活舒适的天神对吕库尔戈斯发怒，

1　程志敏：《〈荷马史诗〉导读》，华东师范大学出版社，2007，第145页。

宙斯弄瞎他的眼睛，使他短命，

因为他为全体有福的天神所憎恨。

所以我不愿同永生永乐的神明斗争。

如果你是吃田间果实的凡人中的一员，

你就走近来，快快过来领受死亡。（*Il.*6.123—143）

这段话形成了A—B—C—B'—A'的往返循环结构：

A 你是凡人，我就杀死你（6.123—127）

B 你是神，我就不跟你作战（6.128—129）

C 吕库尔戈斯跟神作战而死亡（6.130—140）

B' 你是神，我就不跟你作战（6.141）

A' 你是凡人，我就杀死你（6.142—143）

在这段话里，不仅狄奥墨得斯的言辞有环形结构（A—B—C—B'—A'），而且他所列举吕库尔戈斯的故事也有环形结构，也就是说环形结构又套嵌着环形结构：

a 吕库尔戈斯死亡

b 吕库尔戈斯赶走保姆

c 狄奥倪索斯逃跑

b' 忒提斯接收狄奥倪索斯

a' 吕库尔戈斯死亡

惠特曼是环形结构理论的杰出研究者，他发现这种环形结构不仅存在于特定段落和章节，而且贯穿整个荷马史诗，正是一个又一个的套嵌，使得《伊利亚特》和《奥德赛》构成了一个完整结构。[1] 我们略举《伊利亚特》第1卷与第24卷为例子（参见表1.5）。

表1.5　《伊利亚特》前后两卷的环形结构与对称关系

第1卷	第24卷
A 瘟疫与葬礼	F'诸神争吵
B 争吵和掠夺	E'忒提斯与宙斯
C 忒提斯与阿基琉斯	D'忒提斯与阿基琉斯
D 驶向克律塞	C'驶向希腊阵营
E 忒提斯与宙斯	B'和解和归还
F 诸神争吵	A'死亡与葬礼

　　在口头诗歌当中，环形结构当然跟记忆有关。通过这种顺序和倒序的叙事方式，诗人能够加深记忆，并能够通过有限的叙事歌唱双倍的长度。由于口头叙事具有时间上的瞬时性，因此听众不一定能够完全记住歌手所唱的内容，歌手必须一而再再而三地重复演唱。书面文章没有这种记忆和听觉上的缺陷，因此书面文学不必采取环形创作的方式，相反，如果谁这样创作，反而被视为一种画蛇添足。

　　不过我们要清楚，环形结构创作仍然是传统的习惯使然，并不是荷马发明的全新的创作手法。而且这种习惯并不限于文学，还广泛存在于其他艺术类型。惠特曼认为，环形结构是一种装备，这种装备尤其发展成为一种建筑原则，这种装备跟几何陶艺术完全一致：

1　Cedric H. Whitman, *Homer and the Heroic Tradition*（Cambridge, Mass.: Harvard University Press, 1958）, pp.257—260.

环形创作这个名字的产生是因为这种由相同或非常相似的元素围成的外壳产生了圆形效果，即视觉圆形的声学模拟；各种圆形（尤其是同心圆）是原始几何陶艺的主要母题。在后来的几何艺术中，这种设计并不常见，但圆形的理念在战士或哀悼者循环往返的雕带中得到贯彻，这些雕带的动人美学原理就在于不间断的连续性，完美且永恒的运动。人们可能确实会发现，类似的圆形性渗透到所有荷马史诗当中，尤其是《伊利亚特》，不仅在场景中，而且在整个诗歌中。同样，这一原则的根源在于实践需要。[1]

我们并不清楚惠特曼所发现的整本书的环形结构是否是荷马自觉设计和创作的结果，或者是后来编者自觉设计和编订的结果，但是它却解决了一个争论几百年的问题，也就是荷马史诗是由一系列小故事堆砌而成的，许多章节是离题的，与主题不太相关，这使整个结构显得比较支离破碎和杂乱无章。对于口头文学而言，演唱的流动性正如意识的流动性，因此这种流动性没有书面文学那样步步紧扣是很自然的事情，正是这种流动性将这些小故事和离题汇成一个主流。如果这些离题与套嵌变得比主题更长、更大、更多，那么这些离题本身就构成了主题不可分割的部分，它们就不再是离题的，不再是主题的可有可无的补充了。

如果可以用搭积木作类比的话，荷马史诗是一个积木成品，这个积木成品由很多部分组成（小故事），这些部分又由各种小片段组成（诗行），

---

1 Cedric H. Whitman. *Homer and the Heroic Tradition*（Cambridge, Mass.: Harvard University Press, 1958）, pp.253—254.

小片段又由最初的不同规则的积木组成（程式），而荷马是荷马史诗这个积木成品的最终作者，也有可能是其他某些部分或片段的作者，但其他部分或片段主要是由他的前辈来完成的。荷马不是凭空创作荷马史诗，也不是唯一对荷马史诗有贡献的作者，但这丝毫不会削弱荷马的伟大，因为所有古代歌手都是通过口耳相传和表演来创作的，而荷马也许在整合能力和叙事能力方面超越了其他歌手。

第二章　历史与神话

　　荷马史诗在叙述有关特洛伊战争的故事时，除了描写人间的战争和事务，还描写超越凡人之上的神灵世界，以及神灵对凡人世界的干预。人们不禁追问，特洛伊战争是一个实际发生的历史事件，还是一个虚构的神话故事？荷马史诗所描述的人间究竟是怎样一个世界，我们能否重构那个世界的政治、社会和文化？[1]诸神世界是否真实存在，在史诗中发挥了怎样的功能，应该如何理解？希腊的历史、神话和诗歌跟同时期中国的历史、神话和诗歌大相径庭，对它们的了解是深入理解荷马史诗的重要背景，也是反观中国传统文化特色的重要视角。

1　代表性研究者包括德国的海因里希·施里曼（Heinrich Schliemann）、英国的阿瑟·约翰·伊文思（Sir Arthur John Evans，施里曼的女婿）、美国的卡尔·布列根（Carl Blegen）、英国的迈克尔·文特里斯（Michael Ventris）和约翰·查德威克（John Chadwick）、美国的摩西·芬利（M.I.Finley）等。

第一节　特洛伊战争

按照荷马史诗的描述，特洛伊战争的起因是特洛伊王子帕里斯拐走了斯巴达王后海伦及其财产，于是斯巴达王墨涅拉奥斯及其兄弟迈锡尼王阿伽门农，联合古希腊许多城邦远征特洛伊，发誓要将海伦及其财产夺回来。古希腊人常常将人间事务的决定权归属于诸神，以此来表达他们对诸神的敬畏和虔诚，根据"金苹果之争"的传说，帕里斯拥有海伦是他将金苹果判给阿佛洛狄忒所得到的回报。因此特洛伊战争的起因跟帕里斯和诸神相关。

据说当年宙斯推翻了父亲克罗诺斯的统治，并取而代之成为人神之王，他娶了很多妻子，还喜欢人间许多女子，也喜欢女神忒提斯。不过，有预言说忒提斯会生下一位比父亲更强大的儿子，宙斯听闻后担心如果跟忒提斯结合生下比自己更强大的儿子，自己的王权和统治便会存在被推翻的危险，因此只能忍痛割爱将忒提斯许配给佛提亚王佩琉斯。忒提斯后来给佩琉斯生下了阿基琉斯，阿基琉斯果然比父亲更强大，他是特洛伊战争的希腊联军的堡垒，立下赫赫军功，最终战死沙场，被尊为最伟大的英雄，灵魂前往冥府统治众亡灵（*Od*.11.491）。

在忒提斯与佩琉斯结婚时，他们盛情邀请了诸神来参加婚礼，唯独没有邀请不和女神厄里斯，于是厄里斯很气愤，来到宴会上抛下一个金苹果，上面写着"给最美者"。一时间，参加宴会的诸神为了获得金苹果发生争执，赫拉、雅典娜和阿佛洛狄忒最是僵持不下，她们一起请宙斯作出裁决。宙斯可为这个事情犯难了，因为赫拉是他的妻子，雅典娜和阿佛洛狄忒都是他的女儿，将苹果判给其中一位就会惹恼另两位，宙斯灵机一动，让这三位女神去找帕里斯作判断。

帕里斯是特洛伊王普里阿摩斯的儿子，可惜天生背负亡国的命运，一出生就被父母丢弃在野外。要说这帕里斯也是命不该死，一头母熊用奶水喂养了他，几天后一位牧羊人发现了他，既惊讶又于心不忍，将他抱回家里抚养成人。帕里斯得到阿波罗的宠爱，拥有了俊美的容颜，擅长使用弓箭，还掌握了弹琴艺术。赫拉、雅典娜和阿佛洛狄忒一路嘟囔拉扯，找到了正在野外放羊的帕里斯，向他说明了来意，分别允诺给他最高权力、最大荣誉和最美女子，以便让帕里斯将金苹果判给自己。帕里斯不爱江山，也不想做英雄，却希望得到最美女子，于是便将金苹果判给了阿佛洛狄忒，这也就得罪了赫拉和雅典娜，这两位女神发誓要毁灭特洛伊城。

后来帕里斯归宗，为了证明自己的能力，他主动请缨，带领特洛伊船队去希腊寻找和带回以前被拐走的姑姑赫西奥涅。[1]帕里斯率众人来到斯巴达，由于斯巴达王墨涅拉奥斯有事外出不在家，所以海伦依照对外乡人和王子的礼遇接待了帕里斯。帕里斯对海伦一见钟情，忘记了此行的真正使命，而海伦也对这位远道而来的英俊王子心生欢喜，忘记了自己的身份和

---

1 阿波罗和波塞冬曾经帮助帕里斯的祖父拉奥墨冬建造特洛伊城，而拉奥墨冬却背信弃义，拒绝支付允诺的薪水，结果遭到诸神唾弃。于是大力神赫拉克利特攻破特洛伊城，杀死拉奥墨冬，将其女儿赫西奥涅（Hesione）拐走，送给萨拉米斯的国王忒拉蒙做妻子。特洛伊国王、拉奥墨冬之子普里阿摩斯对于姐姐被拐走充满仇恨，又时常怀念姐姐，渴望寻回姐姐。帕里斯认祖归宗之后，自告奋勇去希腊寻回赫西奥涅，结果却遇到了海伦并将其拐回特洛伊。

家庭。帕里斯认定这世上最美的海伦便是阿佛洛狄忒曾经允诺给自己的礼物，所以他一不做二不休，将海伦及其财产全部拐走，扬帆起航返回特洛伊城。墨涅拉奥斯返回斯巴达得知真相，为这奇耻大辱愤怒无比，立即寻求兄长迈锡尼国王阿伽门农（娶了海伦的姐姐克吕泰墨涅斯特拉）的帮助，最终兄弟俩号召希腊各城邦组成希腊联军，出动1080条航船渡过爱琴海远征特洛伊城，发誓要夺回海伦及其财产。

荷马史诗用浪漫主义的手法来解释特洛伊战争的起因。在一场诸神选美大赛中，帕里斯一失足成千古恨，因无法抵御自然情欲的影响而作出了错误的判断，给自己、他人和城邦带来毁灭性的灾难。希腊各部落信守对海伦的誓言[1]联合起来远征，而特洛伊人则为了捍卫海伦而抵抗希腊人，双方持续作战十年之久，死伤无数却也无怨无悔。试问有多少人会相信人间事情是由诸神决定的，而不是由我们自己所决定的呢？试问还有哪位女子能够像海伦这样，拥有迷倒众生的绝世容颜，又有多少男人能够像古希腊人那样，将誓言和荣誉看得比自己性命还重要呢？

不过，历史学家常常从现实主义的角度来批评荷马的浪漫主义，认为荷马并不了解特洛伊战争的真相，纯粹为了自己的剧情需要和讨好听众而瞎编故事。根据希罗多德的说法：①波斯人认为希腊人（伊阿宋）抢劫美

1　希腊各城邦的贵族都来追求海伦，海伦的父亲廷达瑞斯不能得罪他们，便听从了奥德修斯的建议，让所有求婚者抽签发誓不得伤害被选中的人，如果有谁以武力夺取海伦，其他求婚者需要合力将她夺取回来，归还给被选中的人（*Il.*1.159；4.267）。

狄亚[1]，帕里斯为了复仇而抢劫海伦，但希腊人为了一个女人而毁灭特洛伊就过分了，所以波斯人在公元前490年也以复仇为借口攻打希腊；②埃及祭司提到帕里斯抢劫海伦后被海风吹到埃及，埃及国王普洛忒乌斯严厉谴责帕里斯的卑鄙行径，截留了海伦及其财产，将帕里斯放了回去。希罗多德本人相信埃及人的说法，认为海伦确实不在特洛伊，否则普里阿摩斯和赫克托尔绝不会为一个女子付出如此惨重的代价，但是希腊人并不相信。[2]希罗多德抹掉了"金苹果之争"的奇思妙想，不再将特洛伊的罪责归咎于海伦，但他还保留了一定的神秘主义，认为诸神是人间（帕里斯）不义行为的裁决者，以此证明毁灭特洛伊城的希腊人是诸神正义的执行者。修昔底德则进一步从唯物主义角度抹杀了诸神的意义和英雄主义传统：他认为希腊人发起特洛伊远征是为了财富而不是海伦，跟海盗抢劫财富的行为没有什么区别；他认为希腊各城邦是畏惧阿伽门农的权力而不是为了誓言和荣誉参战；他还认为希腊人费了十年时光才攻下特洛伊城是由于那时缺乏人口、金钱、补给和技术。所以他得出一个结论：特洛伊战争并不是最伟大的战争，那时的希腊人也没有什么了不起的。[3]

历史学家对荷马史诗的批判引出了"诗与历史"哪个更真实的争论，此后，哲学家又对荷马史诗发起攻击，由此又引出了"诗与哲学"哪个更真实的争论，这些争论进一步涉及谁更有资格对社会群体进行教育和立法

---

1 阿尔戈斯的英雄伊阿宋夺取金羊毛的故事广为流传，在欧里庇得斯的悲剧《美狄亚》中，美狄亚爱上伊阿宋，帮助伊阿宋取得金羊毛，伊阿宋将美狄亚带回希腊，后来伊阿宋移情别恋，美狄亚杀死她跟伊阿宋的孩子来报复伊阿宋，随后升天而去。

2 参见希罗多德：《历史》（1.1—4；2.113—120），王以铸译，商务印书馆，1959。

3 参见修昔底德：《伯罗奔尼撒战争史》（1.9—10），何元国译，中国社会科学出版社，2017。

的大问题，不仅贯穿于西方文学批评史，也广泛存在于中国文学批评史当中。然而，荷马史诗向来是驳而不倒的，它用浪漫主义的想象揭示出跟历史和哲学不同层面的"真相"，甚至在人性层次上揭示出跟历史和哲学同样的"真相"：人们对自认为美的东西（美女、财富、权力、荣誉）产生无法遏制的冲动，甚至愿意为了这种美的东西而克制其他需要或献出自己的生命；人总是难免会受到欲望和情感的影响而犯下过失和过错，很多情况下总是要承受自己的过失和过错所造成的后果；正义虽然会迟到，但总归不会缺席，正义的必然性就像逻辑与数学那样精确；即使没有神灵在冥冥中干预或决定人，人作为有限的个体也始终无法认识整全而复杂的世界，因此人无论如何穷尽自己的理性和手段，行为结果和生活结局也未必能够尽如人意，甚至会事与愿违。

从中世纪到启蒙时代，受基督教影响，人们拒斥荷马史诗的道德和宗教，主要将阅读荷马史诗视为一种消遣和娱乐[1]，把其中的神话故事当作想象和传说，并不相信特洛伊战争是一个历史事件，直到19世纪的考古学发掘和研究才慢慢扭转这种怀疑论。德国商人兼考古学家施里曼自幼深受荷马史诗的影响，他试图通过考古来证明荷马是诗人兼历史学家。1870年，施里曼在土耳其西北部的希沙里克山进行考古发掘，发现了城墙遗址和大量金银器皿，他宣称这些就是特洛伊国王普里阿摩斯的宝藏，并把"特洛

1　耶格尔说："正是基督教徒最终教导人们以纯粹审美标准来鉴赏诗歌，他们依据标准拒斥古典诗人绝大多数道德和宗教教导，视之为错误的和邪恶的，却接受了古典诗人作品的形式因素，视之为审美上是有益和愉悦的。"Werner Jaeger, *Paideia：The Ideals of Greek Culture*，*Volume I*，translated by Gilbert Highet（Oxford：Basil Blackwell，1946），p.35.

伊第七层（Ⅶ）"定位为特洛伊战争所发生的青铜器时代。1876年，施里曼又来到荷马史诗所记载的迈锡尼地址进行发掘，发现了6座竖井墓坑，以及无数精美器物，包括一副黄金面具，他认为这就是阿伽门农的面具。不管施里曼的解读是否准确，但是他的考古发现确实证实了存在一个更古老的希腊文明，这个文明曾经陨落而不为后人所知。他的发现轰动了整个德国学界，深刻改变了人们对特洛伊战争和荷马史诗真实性的看法，并将希腊历史往后推了几百年。1900年，英国考古学家伊文思在克里特岛的米诺斯遗址进行发掘，发现了一座宫殿遗址，出土了大量瓶罐、泥板（线形文字A和B）、手工制品和壁画等，他把这个文明定义为传说中的米诺斯文明（也称为克里特文明）。1939年，美国考古学家布列根继续施里曼的工作，在荷马史诗记载涅斯托尔的城邦所在地皮洛斯进行发掘，他也发掘出了宫廷地基和黄金，以及大约600块类似于线形文字A和B的泥板。1952年，痴迷于希腊文化的英国建筑师文特里斯破译了这些泥板，并通过BBC发表了自己的见解。他认为这些泥板都是用一种古老的希腊语所写的，这些语言先于荷马史诗五百多年。1956年，英国的文特里斯和查德威克合作出版了《迈锡尼时期的希腊语文书》（*Documents in Mycenaean Greek*），这部著作成为准确破译线形文字的标准本。[1] 这些考古发现和研究虽然未能彻底证实特洛伊战争的真实性，但是在很大程度上表明青铜时代完全有可能存在迈锡尼文明和特洛伊文明，而且它们之间爆发特洛伊战争也是完全有可能的。

1　上述考古发现参见 Joachim Latacz, *Troy and Homer：Towards a Solution of an Old Mystery*（New York：Oxford University Press, 2004）, p.154—159。

根据西方史学界的考据和建构，古代希腊史大致被划分为以下六个时期[1]：

①新石器时代（7000BC—3000BC）：农耕兴起，驯化植物和动物。

②青铜器时代（3000BC—1200BC）：

早期（3000BC—2100BC），基克拉迪文明；

中期（2100BC—1600BC），米诺斯文明；

晚期（1600BC—1200BC），特洛伊战争；

③黑暗时代（1200BC—700BC）：从特洛伊战争结束到美塞尼亚战争。

④古风时代（700BC—480BC）：从美塞尼亚战争到希波战争结束。

⑤古典时代（480BC—323BC）：从波斯战争结束到亚历山大大帝逝世。

⑥希腊化时代（323BC—30AD）：从亚历山大逝世到罗马征服托勒密，统一地中海。

特洛伊战争被认为发生在青铜器时代晚期，漫长且残酷的特洛伊战争导致希腊地区人口锐减、政治动荡和经济衰败，再加上自然灾害和外族入侵，最终导致青铜器时代的希腊文明迅速衰落，希腊历史转入所谓的"黑暗时代"（铁器时代）。从特洛伊战争结束到荷马时代经历了数百年，特洛伊战争的英雄故事也不断被歌手们演唱、表演和传承了数百年。这个历史间距就引出一个学术争论问题：荷马史诗究竟反映了特洛伊战争发生的社会面貌还是荷马所处的社会面貌呢？

现代研究表明青铜器时代晚期最显著的特征是宫殿文化。从特洛伊的

---

1 参见波默罗伊等：《古希腊政治、社会和文化史》，傅洁莹、龚萍、周平译，上海三联书店，2010，第7页。

普里阿摩斯宫殿到伯罗奔尼撒的阿伽门农宫殿、墨涅拉奥斯宫殿、涅斯托尔宫殿，再到克里特的米诺斯宫殿，这些宫殿都充分说明这个时期的人们已经开始定居生活，定居点的规模、复杂性和精细化程度都在增长，街道和房子的规划显示出高度组织的社会形态。在宫殿文化当中，随处可见的宗教壁画表明宗教仪式发挥着非常重要的家庭凝聚和共同体认同作用；墓穴显示出的集体埋葬和火葬说明围绕亲属关系建立起来的家族力量是获取和维护权力的主要手段；高大城墙、精良武器、体育竞技都表明精英之间为了社会地位和政治地位而相互竞争。在铁器时代，集体埋葬逐渐转向单独埋葬；随葬品也逐渐增多和丰富，尤其是铁兵器作为随葬品的增多反映出社会技术的变革和进步，外来商品作为随葬品也表明希腊共同体之间初步发展出开放和商品交换的社会网络；男女坟墓的区别从物品数量多寡转向物品类型和埋葬方式，很可能表现出传统高度等级化的社会朝着平等化社会发展的趋势。[1]

不过荷马史诗似乎同时存在着青铜器时代和黑暗时代的社会形态，因此有人认为考古发现证实了特洛伊文明和迈锡尼文明的存在，由此大大强化了荷马史诗反映出真实特洛伊战争的可能性，因此荷马史诗反映出了青铜器时代晚期的社会状况是有一定可能性的。而且荷马史诗中也可以找到很多内在证据，例如驯马的特洛伊人跟出土材料中的特洛伊人对马的使用相吻合；"战争列表"应该是从古代传下来的，因为其地理特点与后来不尽相同；诸如雅典这种后来强大的城邦在古代并不是非常突出；等等。因

1　参见 Robin Osborne, "Homer's society", in Robert Fowler（ed.）, *The Cambridge Companion to Homer*（Cambridge：Cambridge University Press，2004），pp.206—219。

此荷马史诗主要反映了迈锡尼时代的实际社会情况。另一些学者（例如 M. I. Finley）则认为荷马史诗以希腊的方式来理解特洛伊人恰恰表明荷马并不了解特洛伊，例如特洛伊的宗教信仰、人物和地址的命名方式都跟希腊人相同；史诗记载的特洛伊人的职业数量和种类跟皮洛斯宫廷档案相差甚远；史诗基本上没有描写迈锡尼时代的宫殿社会状况，因此奥德修斯的世界晚于迈锡尼的世界，荷马史诗的世界也晚于迈锡尼的世界，也就是黑铁时代的世界。[1] 我们认为社会形态的混杂实际上是荷马史诗在漫长和广泛流传过程中发生变异的结果，荷马及其前后的歌手都会不断将自己的见闻、感情、所思、所想融入史诗当中，因此，无论是"以诗证史"还是"以史证诗"的方法，都不可能搞清楚荷马史诗真实、具体的历史社会结构。

第二节　荷马史诗的成书

如果说"制造和使用生产工具是人区别于其他动物的标志"（恩格斯），那么口头语言的使用（让更多人可以相互交流和共同生活）则是人类社会形成的标志，而文字的产生和运用则是社会文化产生的标志。在这个意义上，荷马史诗的书面过程标志着西方文化的开端，而荷马史诗的文本编辑、注解和研究则反映出西方文化的发展史。

据说斯巴达立法者吕库古（Lycurgus）在亚细亚游历期间接触到荷马

1　更多相关讨论参见晏绍祥:《荷马社会研究》，上海三联书店，2006，第二章。

史诗，欣赏其政治教训和道德规范，于是按照次序把零散的荷马史诗编撰成册，并将它们带回斯巴达。[1] 这个说法很可能是基于斯巴达、迈锡尼、阿尔戈斯在荷马史诗的各城邦中占据统治地位的事实建构起来的。另一种说法是雅典立法者梭伦（Solon）规定："对荷马作品的诵读不得替代，应当依次进行，例如，第二个诵读者必须从第一个诵读者停止的那个地方开始。"[2] 可惜，我们没有发现其他证据能够表明梭伦曾经收集、记录和整理过荷马史诗。柏拉图在《希帕库斯》（*Hipparchus*，228b）中提出第三种看法：雅典僭主庇西斯特拉图斯的长子希帕库斯是智慧者，他首次将荷马史诗带到雅典，强迫诵诗人在泛雅典娜节庆上背诵它们，一个接着一个地背诵，直到现在还这样做。他们以高规格仪式和重金豪礼邀请大诗人阿纳克里翁（Anacreon of Teos）和西蒙尼德来到雅典城，以便教育公民和统治最好的人们。虽然柏拉图强烈批判他们的僭主统治，但是并不否认他们是荷马史诗成书的首批贡献者。尽管古典时期希腊戏剧的文字创作和舞台表演已经成为主流文化，但是在荷马史诗吟诵比赛中获得优胜奖的歌手仍然可获得巨大的荣誉，也可以为自己带来丰厚的收益。荷马史诗的权威经由官方的修订和组织得到确立，而官方也通过掌握标准版的荷马史诗而拥有了文化话语权。拿荷马史诗的篇幅跟公元前6世纪的希腊语书写技术和材料相比，官方最初是否能拥有完整版的荷马史诗是值得商榷的，即使柏拉图和亚里士多德大量引用荷马史诗也不能表明他们那时已经有

1　参见普鲁塔克：《希腊罗马名人传》（上），席代岳译，吉林出版集团，2009，第83页。

2　第欧根尼·拉尔修：《名哲言行录》（1.57），徐开来、溥林译，广西师范大学出版社，2010，第27页。

了完整版荷马史诗，就古希腊人熟悉荷马史诗的程度而言，他们仅凭记忆也能对荷马史诗信手拈来，并在此基础上作出大量细致且精辟的评论。

公元前335年，马其顿的亚历山大大帝挥师南下，统一希腊，变雅典为臣属国；亚历山大大帝去世后，其手下大将在各地划邦为王，彼此征战；公元前2世纪罗马人东扩吞并希腊；公元前1世纪苏拉又洗劫雅典。在这样混乱和动荡的政治局势下，希腊人恐怕也没有能力和闲情抄写荷马史诗。希腊的文化中心从公元前3世纪开始就逐渐向埃及转移，这得益于埃及托勒密王朝对知识和文化的渴求，以及在亚历山大里亚港建立了网罗天下书籍的图书馆。经过亚历山大里亚图书馆三任馆长的努力，荷马史诗的成书才算定型下来，形成了后人尊称的"通行本"或"权威本"。

塞诺多图斯（Zenodotus of Ephesus）是亚历山大里亚图书馆第一任馆长（284BC），也是首次收集和整理荷马史诗的校订者。凭借帝王的支持，他必定获得更多的手稿，据说他为了提供一个形式上更连贯的文本，在增删校订荷马史诗方面是非常胆大妄为的。除了阐释和校订荷马史诗，他还将这些技术运用于抒情诗、悲剧、戏剧、历史、演说、医学等重要文体。他开始规范希腊语的本性和结构，确定类比法则和优秀作家用法，对词语不同含义、同义词、同名异义词、方言等作出定义等。[1]

塞诺多图斯的继承人阿里斯托芬尼（Aristophanes of Byzantium），他仔细审查早期遗留文本的权威性，首次细察希腊语语法，尤其是比喻，以及

---

1 参见 F. A. Wolf, *Prolegomena to Homer 1795*, translated with Introduction and notes by Anthony Grafton, Glenn W. Most（New Jersey：Princeton University Press, 1985），pp.167—168。

其他哲学主题，还发明了符号和语音标记单词，可以用来断句，仅这点就足以标榜千古。跟他的前辈一样，他还注疏、评论和编辑了其他许多人的著作，例如赫西俄德、阿尔凯乌斯（Alkaius）、品达、柏拉图、阿里斯托芬等。[1]

阿里斯托芬尼的继承人阿里斯塔库斯（Aristarchus of Samothrace）的主要贡献在注疏。据说，他写了800份以上的语法和批评注疏，评点过荷马史诗以及埃斯库罗斯、索福克勒斯、阿里斯托芬、品达等古希腊作家的文学作品。可惜我们没有得到任何一份注疏，只有零散和残缺的句子。他最重要的工作是对荷马史诗进行校订、评注和润色，尽管他不像塞诺多图斯那样大胆删增，但是也提出了"凡是不能证明是荷马的诗句都要拒斥"的原则，对荷马史诗作了不少改动。[2]他还确定了语法结构，重读原理，以及其他遵循连贯比喻法则的正确拼法，由此奠定了自己的语文学大师地位，正如沃尔夫所说："所有语法方面的精妙开端都被归到阿里斯塔库斯。"[3]

自亚历山大里亚图书馆的三任馆长奠定荷马史诗文本的权威本之后，荷马史诗的校订工作大体完成，随后的工作便转向了注疏和研究。阿里斯塔库斯去世后，其门徒对遗留工作进行了补遗：①阿里斯通尼科

1　参见 F. A. Wolf, *Prolegomena to Homer 1795*, translated with Introduction and notes by Anthony Grafton, Glenn W. Most（New Jersey：Princeton University Press，1985），pp.182—185。

2　例如 *Il*.4.117；7.353；9.416；14.500；15.449—451；15.712；18.444—456；24.556—557等处被他视为伪作。

3　F. A. Wolf, *Prolegomena to Homer 1795*, translated with Introduction and notes by Anthony Grafton, Glenn W. Most（New Jersey：Princeton University Press，1985），p.199.

斯（Aristonicus）写了论文《论〈伊利亚特〉和〈奥德赛〉的标记号》（Περί των σημείων των της Ιλιάδος και Οδυσσείας）。②狄迪莫斯（Didymus）写了论文《论阿里斯塔库斯的校订》（Περί της Αρισταρχείου διορθώσεως）。随后又有两位学者参与进来：③希罗狄奥斯（Herodian）写了论文《论〈伊利亚特〉和〈奥德赛〉的韵律》（Περί της Ιλιακής κα'ι Οδυσσειακής προσωδίας）。④尼卡诺尔（Nicanor）《论荷马的标点》（Περί της 'Ομηρικής στιγμής）。这些著作我们已经不得见，似乎在5、6世纪被汇集起来，被称为《四家注》（Viermänner kommentar），可惜这《四家注》也没有流传下来，只有某些片段保留了下来，但它仍然构成了后来学述研究的基础。后世传下来的一些抄本证实了《四家注》的存在，如10世纪的抄本Venetus A空白处还保留了阿里斯塔库斯所使用的标记，以及大量批注。后世常将《伊利亚特》的批注分为三组：四家注（确定拼读、重读、呼气等语法规则）、解经注（分析技巧、人物、情节、讲故事）和狄迪莫斯的注（讨论词汇表、神话问题、荷马问题）。[1]

抄本Venetus A是现存最古老的《伊利亚特》文本，誊写在牛皮纸上，该手稿来自小亚细亚的帕伽马，保存在威尼斯，被称为Venetus A. Vellum。抄本Venetus A据说产生于925年，但尘封于书斋八百多年后才重见天日。希腊裔学者、红衣主教贝萨里翁（Basilios Bessarion）是文艺复兴时期西方重新发现希腊文学的最直接责任人，他收集了包括抄本Venetus A在内的一千多部希腊语著作，1468年他将自己的藏书赠给威尼斯议会。已知最早使

1　Francesca Schironi, *The Best of the Grammarians*（Ann Arbor：University of Michigan Press, 2018），pp.7—8.

用抄本 Venetus A 的学者是 1480 年代的马丁努斯·腓勒提库斯（Martinus Phileticus），随后是 1546 年或 1547 年的韦托雷·福斯托（Vettor Fausto）。1554 年，贝萨里翁藏书转移到如今的圣马可国家图书馆（Biblioteca Sansoviniana），直到德·维洛森（de Villoison）在 1788 年重新发现并出版了它，以及 Venetus B 的 B scholia（= Codex Marcianus Graecus 453），这是除 D 学述（scholia minora）以外的任何《伊利亚特学述》（*Iliadic scholia*）的首次出版。维洛森出版的 A 和 B 学述促使沃尔夫萌生出利用新材料重新校对荷马史诗的想法，并将这个想法扩展为全面研究古希腊语言、历史、文化的宏大计划，虽然他的想法和计划最终因为材料稀少未能实现，但是沃尔夫因此成为现代古典学的开山鼻祖，为现代荷马学研究奠定了基本框架。19 世纪打字机字体和正确拼读法代替了早期的基于手稿的排版印刷，但是非专业读者仍然无法直接阅读荷马史诗原文。直到 1902 年托马斯·威廉·阿伦（T.W.Allen）的荷马史诗牛津版出现，该牛津版以现代希腊语的方式进行出版，囊括大小写、重音、呼气标识，分节奏、音标，分单词和分段落等，才使荷马史诗希腊文本变得可读。

现代读者主要依靠现代西方语言译本来阅读荷马史诗。以英语译本为例，最早的荷马史诗全译本是格里高利·查普曼译本（George Chapman，1603—1612），随后是约翰·奥吉尔比译本（John Ogilby，1656），托马斯·霍布斯译本（Thomas Hobbes，1675），亚历山大·蒲伯译本（Alexander Pope，1715—1726），有关这些英译本的优劣以及荷马的风格已经在阿诺德的《论翻译荷马》[1]中得到详尽讨论。时至今日，《伊利亚特》的英译本共计86种，《奥德赛》的英译本共计74种；21世纪以来荷马史诗共有15种英译本，平均不到两年就有全新译本面世，没有哪个古典文本的翻译频率能够与之比肩。可见荷马史诗在西方世界是除了《圣经》外阅读最广泛的著作，对荷马史诗的研究也是永无止境的过程。

在汉语世界当中，最早的译本是徐迟的《依利阿德选译》（重庆美学出版社，1943），该译本以7种英文版为底本，采用五音步无韵新诗体，选译15段，共计八百余行。第一个荷马史诗全译本是傅东华译本（1934）[2]，该译本以英译本为底本。第一个以希腊语为底本的《奥德赛》是杨宪益译本（1979）。[3]第一个以希腊语为底本的《伊利亚特》全译本是罗念生和王焕生译本（1994），随后王焕生又推出了《奥德赛》译本（1997），两位译者为每卷加上标题，译文风格雄浑、行文流畅、语言典雅。同一时期的荷马史诗全译本是同样以希腊语为底本的陈中梅译本（1994），该译本与罗念生和王焕生译本相比更精准，但在文雅层面略有不足。

1　阿诺德在该书中概述了荷马史诗的风格特点。"荷马的译者首先得熟悉这位作者的四个品质：他是极其快速的；他在思想推进和表达上（即句法和言辞）都是极其明朗和率直的；他的思想主旨是极其明朗和率直的；最后，他是极其高贵的。" Matthew Arnold, *On Translating Homer*（London：Longman, Green, Longman, and Roberts, 1861）, pp.9—10.

2　参见荷马：《奥德赛》，傅东华译，商务印书馆，1934。该译本以库珀的英文版为底本（William Cowper, 1791），采用韵文体。荷马：《伊利亚特》，傅东华译，人民文学出版社，1958。该译本以里恩的英文版为底本（Emile Victor Rieu, 1950），采用散文体。

3　参见荷马：《奥德赛》，杨宪益译，上海译文出版社，1979。采用散文体。

第三节 古希腊神话体系

现代研究已经表明，古希腊神话是本土自然崇拜结合其他民族的神话和宗教混合而成的产物，包括巴比伦神话、印度神话、埃及神话、亚述神话、闪族宗教等。古希腊神话体系随着希腊化过程扩展到非希腊地区；在罗马人征服了希腊之后，经过罗马人的改造成为罗马人的神话和国教；直到基督教在罗马世界兴起并被确立为罗马国教时（392年），古希腊－罗马神话才逐渐丧失支配公民精神的意义。如希罗多德所言，古希腊神话体系源于荷马和赫西俄德，荷马史诗描绘了人神共存的世界，这个世界所处的时代通常被想象成英雄时代，因为英雄的最初所指就是诸神与人类发生性爱关系后产下的后代，这样的后代也称为半人半神。[1] 因此阅读和理解荷马史诗不得不事先了解一下古希腊神话体系，以及古希腊神话在古希腊人的观念和生活中的功能和意义。

古希腊诸神体系包含"四元神"和"四大神族"。[2] "四元神"也就是卡俄斯（Chaos，混沌神）、该亚（Gea，大地女神）、塔尔塔罗斯（Tartaros，地心神）和爱若斯（Eros，性爱神），其中卡俄斯繁衍出第一个神族，即夜神家族；该亚则繁衍出其他三个神族，即天神家族、海神家族和奥林波斯

---

1 柏拉图曾经对"英雄"作出一个有趣的词源分析，苏格拉底在《克拉提洛斯》中说："英雄是半神半人……所有英雄要么出自男神对会死女人的爱欲（eros），要么出自会死的男人对女神的爱欲（eros）。倘若你从古阿提卡语言来加以验证，你就好理解了，因为它表明英雄（ērōs）这个词不过是爱欲（eros）一词的稍微变体，英雄出自爱欲。"柏拉图：《克拉提洛斯》（398c—d），刘振译，刘小枫主编《柏拉图全集：中短篇作品》（上），华夏出版社，2023。

2 有关古希腊神话体系主要参考吴雅凌：《劳作与时日笺释》，华夏出版社，2015。

山神家族。

（1）夜神家族

第一代：卡俄斯独自生下黑夜与虚冥。

第二代：黑夜与虚冥共同生下白天与天光。黑夜独自生下18位神：厄运、横死神、死亡神、睡眠神、做梦神；诽谤神、悲哀神、赫斯佩里得斯姐妹；命运女神、3位复仇女神；报仇神、欺瞒神、承欢神、衰老神、不和神。

第三代：不和神独自生下14位神：劳役神、遗忘神、饥荒神、悲伤神、混战神、争斗神、杀戮神、暴死神、争端神、谎言神、抗议神、违法神、蛊惑神、誓言神。

（2）天神家族

第一代：该亚独自生下乌兰诺斯（天空）、丛山、蓬托斯（大海）；该亚与塔尔塔罗斯生下提丰。

第二代：该亚与乌兰诺斯共同生下18位天神：俄刻阿诺斯、特梯斯、许佩里翁、忒娅、克利俄斯、科伊俄斯、福柏、克罗诺斯、瑞娅、伊阿佩托斯、忒弥斯、谟涅摩绪涅；3位库克洛佩斯（布戎忒斯、斯特若佩斯和阿耳戈斯）；3位百手神（科托斯、布里阿瑞俄斯和古厄斯）。

第三代：俄刻阿诺斯与特梯斯生下3000位河神和水神；许佩里翁与忒娅生下赫利俄斯、塞勒涅和厄俄斯；克利俄斯和欧律比厄生下阿斯特赖俄斯、帕拉斯和佩耳塞斯；科伊俄斯和福柏生下勒托、阿斯忒里亚、赫卡忒；克罗诺斯与瑞娅生下赫斯提亚、德墨特尔、赫拉、哈得斯、波塞冬、宙斯；伊阿佩托斯和克吕墨涅生下墨诺提俄斯、普罗米修斯和厄庇米修斯。

第四代：赫利俄斯和珀尔塞伊斯生基尔克和埃厄特斯；阿斯特赖俄斯和厄俄斯生下3位风神（泽费罗斯、玻瑞厄斯和诺托斯）、启明星和群星；帕拉斯和斯梯克斯生下泽洛斯和尼刻，克拉托斯和比阿；佩耳塞斯娶阿斯忒里亚。

第五代：埃厄特斯娶伊底伊阿生美狄亚（美狄亚后来嫁伊阿宋生墨多俄斯）。

（3）*海神家族*

第一代：该亚独自生下蓬托斯（大海）。

第二代：该亚与蓬托斯共同生下5位神：涅柔斯、陶马斯、福耳库斯、刻托、欧律比厄。

第三代：涅柔斯与多里斯共同生下50位女神；陶马斯与厄勒克特拉共同生下伊里斯、阿厄洛和俄库珀忒；福耳库斯与刻托共同生下两位老女神（彭菲瑞多和厄倪俄）、3位戈耳工（斯忒诺、欧律阿勒和墨杜萨）和1条妖蛇。

第四代：墨杜萨（被珀尔塞斯砍头后）独自生下克律萨俄耳和佩伽索斯。

第五代：克律萨俄耳和卡利若厄共同生下革律俄涅、厄客德娜。

第六代：厄客德娜与提丰共同生下俄耳托斯、刻尔柏若斯、许德拉、客迈拉；厄客德娜与俄耳托斯生下斯芬克斯和1头狮子。

（4）奥林波斯山神家族

第一代：宙斯娶墨提斯生雅典娜；娶忒弥斯生时辰女神（欧诺弥厄、狄刻和厄瑞涅）和命运女神（克洛托、拉刻西斯和阿特洛珀斯）；娶欧律诺墨生美惠女神（阿格莱娅、欧佛洛绪涅和塔利厄）；娶德墨特尔生珀耳塞福涅；娶谟涅摩绪涅生9位缪斯；娶勒托生阿波罗和阿尔特弥斯；娶赫拉生赫柏、阿瑞斯和埃勒提伊阿（其中赫拉独自生下赫淮斯托斯）；娶迈亚生赫耳墨斯；娶塞墨勒生狄奥倪索斯；宙斯娶阿尔克墨涅生赫拉克勒斯。

海王波塞冬娶安菲特里忒生特里同；冥神哈得斯娶珀耳塞福涅。

第二代：阿瑞斯娶库忒瑞娅生普佛波斯、代伊摩斯和阿尔摩尼亚；赫淮斯托斯娶阿格莱娅；赫拉克勒斯娶赫柏。

古希腊诸神当中有不少女神下嫁人间男子，也有不少男神与人间女子有染，从而生下许多英雄，其中许多英雄便是荷马史诗里面的人物：①德墨特尔嫁伊阿西翁生下普路托斯；②阿尔摩尼亚嫁卡德摩斯生下伊诺、塞墨勒、阿高厄、奥托诺厄（嫁阿里斯泰俄斯）和波吕多洛斯；③卡利若厄嫁克律萨俄耳生下革律俄涅（后被赫拉克勒斯所杀）；④厄俄斯嫁提诺托斯生下门农和厄玛提翁；⑤厄俄斯嫁刻法罗斯生下普法厄同；⑥普萨玛嫁埃阿科斯生下福科斯；⑦忒提斯嫁佩琉斯生下阿基琉斯；⑧库忒瑞娅嫁安喀塞斯生下埃涅阿斯；⑨基尔克嫁奥德修斯生下阿格里俄斯、拉提诺斯、特勒戈诺斯；⑩卡吕普索和奥德修斯生下瑙西托俄斯和瑙西诺俄斯；⑪宙斯化作天鹅与勒达相爱生下海伦；等等。

　　古希腊诸神体系以三代"神王"为主干：乌兰诺斯是第一代神王，他因为荒淫无度而被自己最小的儿子克罗诺斯（用该亚提供的镰刀）阉割；克罗诺斯推翻父亲而成为第二代神王，为避免重蹈父亲的覆辙，他将妻子瑞娅所生子女悉数吞食，后来瑞娅将宙斯交给该亚藏了起来，宙斯长大后便推翻了父亲，成为第三代，也是永久的神王，将所有不服从他的神打入塔尔塔罗斯封印起来。荷马史诗所涉及的诸神正是宙斯所掌管的奥林波斯山神家族，他们也是史诗中的主要英雄和国王的家世所追溯的祖先。

　　古希腊神话的功能和意义主要是解释宇宙、政治和道德。首先，古希腊神话具有浓厚的自然崇拜色彩。通过将散乱无序的诸神整理成一套神谱，希腊人可以利用这套神谱来解释宇宙的产生、结构和自然现象，体现出希腊人从无序中创造秩序的世界观。古希腊神话有很多不可思议的事情，比如单性繁殖、弑父、乱伦、革命、战争等，但是这些无序最终在宙斯的统治下获得了秩序，宇宙的产生和动荡经历了从单一到复杂，从混乱到有序的过程。正如克莱所言："追踪赫西俄德的神谱，意味着理解其宇宙层次之演变，以及决定演变的各种本原。"[1]西方世界观经历了神话理论，到柏拉图哲学（数学）理论、基督教创世理论，以及现代科学的种种理论，各种理论实际上就是西方人建构起来的宇宙模型，从根本上来说，不同模型的差别并不在于真假，而在于哪种理论更优雅、更具有解释力和

1　Jenny Strauss Clay. *Hesiod's Cosmos*（Cambridge：Cambridge University Press，2003），p.14.

更能预言未来。[1]

　　其次，古希腊神话的主线是讲述宙斯如何争夺王权、运用王权和稳定世界的故事，因此这种自然神话也蕴含着深刻的政治原则，即最高统治者凭借力量获得最高权力，但是他必须依靠正义和法律来统治，如此才能确保天下稳定和江山永固。这种"神义论"也被当作人间政治权力的正当性来源，不仅英雄身份和国王权力往往被追溯到诸神那里，而且诸神和所有凡人都必须敬畏和服从作为正义化身的宙斯的意志。"君权神授"的思想普遍产生于世界各民族的早期历史当中，也延续到现代社会之前的封建时代，这种思想一方面通过神的权威来树立君王的权威，即君王借助神的权威来获得民众的认同和支持，进而维持社会的稳定；另一方面则借助神的权威来规范君王的行为，即一旦君王拥有狂妄自大之心或做出僭越神法的行为就会遭到诸神的警告或惩罚，从而保护公民基本权利不受侵犯。

　　最后，古希腊神话将宙斯视为正义的化身，将宙斯之法视为人间行为的道德准则，并通过诸神的奖惩来诱惑或威胁人类遵守这些道德准则。荷马史诗描述了诸神和英雄的许多弑父、乱伦、偷情、盗窃等不道德现象，但是人间的不道德行为最终都会遭到诸神的惩罚，这就强化了道德在影响古希腊人的观念和行为上的作用。古希腊神话并不教导人可以做神所做的事情，而是教导人应该做神所要求的事情。不过，以神话的方式来约束人的道德行为仍然是有所不足的，如果一个人不相信神或者不惧怕神的惩罚，这种约束就会失效。因此，神话最终只能成为一种个体的信仰，这是

1　参见史蒂芬·霍金、列纳德·蒙洛迪诺：《大设计》，吴忠超译，湖南科学技术出版社，2011，第39页。

它后来备受哲学和科学诟病的地方。但现代哲学和科学同样未能有效防止人类作恶，从根本上来说，现代人仍然面临着神话所提出的"如何限制人作恶"的难题，现代人无法通过简单拒斥神话来解决这个难题。神话对于现代人的意义在于它总是可以重新唤起人类对道德善恶的反思。

第三章　阿基琉斯一怒

　　特洛伊王子帕里斯拐走斯巴达王后海伦及其财产，希腊各城邦组成联军由阿伽门农统领远征特洛伊，阿基琉斯是佛提亚部落的统领，也是希腊联军最勇猛的战士。阿伽门农骄横跋扈，自私自利，处事不公，待人蛮横，引起阿基琉斯的极度不满。特洛伊战争第十年的某一天，阿基琉斯在诸神的建议下屡屡挑战阿伽门农的权威，强迫他归还女俘克律塞伊斯，而阿伽门农则夺取了阿基琉斯的女俘布里塞伊斯，以公开羞辱他的方式来强化自己的地位。阿基琉斯一怒之下退出战斗，希腊联军虽有雅典娜女神襄助，仍然接连败北。在军师涅斯托尔的建议下，阿伽门农承认自己的过错，被迫派出使者向阿基琉斯赔礼道歉，但阿基琉斯余怒未消，拒绝礼物，不接受和解，拒绝参战。阿基琉斯和阿伽门农在争吵过程中都陷入某种困境，他们的能力、观念和性格决定了他们的选择，而他们的不恰当选择和行为又导致了他们的痛苦或不幸。诸神从未强迫人，他们也许会提建议或帮助人，但他们最重要的功能是确保人的选择与结局之间的必然性。

第一节 争吵

阿基琉斯与阿伽门农的争吵被归因于阿波罗神，实则源于阿伽门农（*Il.* 1.8—11）。克律塞斯是克律塞城守护神阿波罗的祭司，他带着礼物到希腊军营，向阿伽门农赎回女儿克律塞伊斯，并祈祷希腊人攻下特洛伊城且平安归去。全体希腊人都同意这场交易，唯独阿伽门农表示拒绝，他还威胁并赶走克律塞斯。克律塞斯无奈，只得求助于阿波罗，阿波罗一怒之下给希腊军营降下瘟疫，导致希腊大量牲畜和士兵死亡（*Il.* 1.12—53）。

克律塞斯处于一种尴尬地位，跟其他祭司、先知、圆梦师、预言家、鸟卜师、诗人一样，他虽然拥有超人的能力，却不得不服从人间的最高统治者。阿伽门农对于是否归还克律塞伊斯拥有最终决定权，因此希腊人的瘟疫不是克律塞斯和阿波罗造成的，而是阿伽门农错误选择的结果。阿伽门农的错误选择源于他的贪婪和傲慢：他贪婪女色，不顾公共利益，不屑通行的社会规则[1]；他不尊重克律塞斯，要么是他不相信克律塞斯的祈祷，要么是他以为自己也能够实现克律塞斯的祈祷。

在赫拉的启示下，阿基琉斯召开将士集会，想要搞清楚瘟疫的原委。阿基琉斯认为阿波罗神愤怒的原因可能是希腊人疏忽了"祈祷和百牲祭"

1　即用礼物可以赎回俘虏或平息愤怒，参见 *Il.* 1.12—23；2.225—234；6.425—428；10.375—456；11.101—112；22.44—54；24.683—688。

（*Il.* 1.65），而预言家卡尔卡斯则指出是因为阿伽门农对阿波罗祭司的"不敬"（*Il.* 1.95），并提出解决问题的方案：无偿归还克律塞伊斯，将百牲祭送往克律塞献给阿波罗。阿基琉斯一开始就陷入了古希腊悲剧常常设置的那种困境：他私自召开集会的行为以及他在集会上目空一切的言辞挑战了阿伽门农的权威[1]，但他若不听从赫拉的启示也会有"渎神"风险，尽管阿基琉斯的言行举止是为了公共利益，但他还是要为自己的选择付出一定的代价。

阿伽门农赔了夫人又折兵，但暂时还没有充分理由对阿基琉斯发怒，他在口头上迁怒于卡尔卡斯，却在行动上接受了卡尔卡斯的提议（*Il.* 1.430—474），同时却要求希腊人为他提供一份"礼物"（*Il.* 1.95）来弥补自己的损失。像阿基琉斯一样，阿伽门农也陷入了一个困境：不归还克律塞伊斯则无法平息阿波罗的愤怒，归还克律塞伊斯则失去礼物，所不同的是阿基琉斯在他的困境中是无辜的，而阿伽门农则是有罪的。阿基琉斯指责阿伽门农"贪得无厌"（*Il.* 1.122），然后指出一个事实和提出两种可能：礼物已经分完了，现在收回礼物又不合适，将来可以给阿伽门农三倍以上的赔偿。阿基琉斯的辱骂和以掌握利益分配权自居的态度再一次挑战了阿伽门农的权威，阿伽门农在两种可能中做出最坏的选择，他表示可能要夺取阿基琉斯的礼物（*Il.* 1.138），以此回应阿基琉斯的挑战。阿基琉斯长期积累的对阿伽门农处事不公的不满情绪瞬间爆发，他谴责阿伽门农贪婪、

---

1 集会召集权属于阿伽门农，但阿基琉斯根本无视阿伽门农，只要他想就可以召开集会，《伊利亚特》中共有5次集会，前后两次是阿基琉斯召开（*Il.*1.54，19.40）的，中间3次是阿伽门农召开（*Il.*2.50；7.385；9.10）的。

无耻和不要脸，并威胁要退出战斗，返回故乡佛提亚（*Il.* 1.149—171）。阿伽门农将阿基琉斯退出战斗视为"逃跑"，他也表达出自己对阿基琉斯的长期不满，"你是宙斯养育的国王中我最恨的人，你总是好吵架、战争和格斗"（*Il.* 1.176—177），他最终决定夺取阿基琉斯的女俘布里塞伊斯，以此羞辱阿基琉斯，回应阿基琉斯的挑战，申明自己的至高权力和权威。阿基琉斯此时的愤怒达到顶峰，他考虑是应该抽刀杀死阿伽门农，解散集会，还是压住怒火，控制血气（*Il.* 1.192）。

接下来是雅典娜对阿基琉斯的劝告（*Il.* 1.195—247）。阿基琉斯对雅典娜说阿伽门农太狂妄，其傲慢将让他丢掉性命（*Il.* 1.204—205），而雅典娜则警告阿基琉斯不要杀掉赫拉同样喜爱的阿伽门农，但可以辱骂他，将来自会得到三倍赔偿。赫拉同时喜爱阿基琉斯与阿伽门农，而这两位英雄的冲突似乎暗示着赫拉的喜爱存在矛盾，换言之"诸神所喜爱的就是善的，诸神所喜爱的事情就是虔诚的"[1] 这种传统的虔诚观念存在矛盾，这种矛盾在诸神纷纷加入战争进行厮杀时得到淋漓尽致的展现（*Il.* 20.19—75；21.390—520）。尽管阿基琉斯在雅典娜尚未降临之前就进行了思考，但是诸神的干预让阿基琉斯第二次陷入困境当中：如果杀死阿伽门农可能会触怒赫拉，如果让步则表明他对阿伽门农的挑战是错误的。阿基琉斯此时尚未丧失理智，他选择尊重神灵，保持虔诚，接受了雅典娜的建议（*Il.* 1.216—218）。阿基琉斯谴责阿伽门农贪生怕死、不敢参战（懦夫），以此回应阿伽门农指责他胆怯逃跑，并预言他退出战斗后阿伽门农将会因战士

---

1 柏拉图：《游绪弗伦》（7a—8a），胡镓译，刘小枫主编《柏拉图全集：中短篇作品》（上），华夏出版社，2023，第752页。

的死亡而悲伤和恼怒。阿基琉斯的权杖表明他应该服从阿伽门农，因为他的权杖是木头做的，代表立法者和神法捍卫者，而阿伽门农的权杖是匠神赫菲斯托斯锻造、从宙斯传承下来的，代表人间的统治者（*Il.* 2.100—108）。这两者的区别是涅斯托尔劝解的基础。

涅斯托尔凭借自己的年长[1]、战功和说服力表明自己具有劝解的资格，其"马人的故事"[2]暗示阿伽门农试图抢夺布里塞伊斯是错误的，而且会导致严重后果。阿伽门农不能领会这个暗示，由此埋下他后来第一个受伤退出战斗的伏笔（*Il.* 11.251—283）。涅斯托尔恭维阿伽门农是善的（*Il.*1.275），并劝他控制怒气，不要夺取布里塞伊斯，以免阿基琉斯退出战斗，导致战争失利，又劝告阿基琉斯要服从阿伽门农，因为阿基琉斯虽是女神所生而"更勇敢"（*Il.*1.280），但阿伽门农得到宙斯的恩宠、统治更多的人而"更强大"（*Il.*1.281）。涅斯托尔在明知阿伽门农存在过错的情况下依然选择维护阿伽门农的权威，同时也给予了阿基琉斯足够的尊重，这体现出他高瞻远瞩的政治立场和智慧，他的建议也得到了阿伽门农和阿基琉斯的赞同。在那个"君权神授"观念被普遍承认和接受的时代，统治者的权威神圣不可侵犯，正如宙斯的权威神圣不可侵犯一样，尽管从道德层面看无辜的阿基琉斯更值得同情。

1　年长在古代社会具有天然的优势，因为年长意味着更多的生活经验和智慧，以及更多的社会阅历、资源和权力，比较*Il.*4.321—325；9.60；9.160—161。

2　国王佩里托奥斯（Peirithoos）迎娶希波达米娅（Hippodameia），邀请马人（Centaurs）参加宴会，而马人却喝醉酒，饱暖思淫欲，丧失理智，企图抢劫新娘和其他女宾，最终被佩里托奥斯等人所消灭。这个故事在《奥德赛》里得到反讽的运用：求婚者像马人那样吃饱喝足后侵占侍女，企图占有佩涅洛佩，他们用这个故事来谴责奥德修斯吃饱喝足后还想赢得射箭比赛以占有佩涅洛佩，结果奥德修斯就像佩里托奥斯杀死马人一样杀死求婚者（*Od.*21.295—304）。

但阿基琉斯为公民不服从统治提出一个理由：被统治者应该服从统治者的命令，但是盲目地服从是"懦夫和无用的人"（*Il*.1.294）。所谓"无用的人"主要指不懂思考、稀里糊涂、没有能力的人。[1]统治者当然会犯错，此时服从统治者的命令就是错上加错[2]，但除非阿基琉斯找到新的判断政治命令的标准，否则判断政治命令的标准依然是统治者的意志。阿伽门农虽然在秘密场合承认自己的过错（*Il*.9.115—120），但是他从来不会在公开场合承认自己的过错（*Il*.19.85—136）。实际上，统治者并不是由于永远正确才有资格统治，而是由于有资格统治才是永远正确的。

阿伽门农掠夺了阿基琉斯的女人，并按照卡尔卡斯的建议平息了阿波罗的愤怒。阿基琉斯宣告退出战斗，将怒气从阿伽门农洒向全部希腊人。他请求母亲祈求宙斯挫败希腊人，以此来强化阿伽门农的愚蠢造成的恶果，激起希腊人对阿伽门农的厌恶（*Il*.1.394—412）。阿伽门农的狂妄与埃塞俄比亚人的虔诚（*Il*.1.423）形成鲜明对比。忒提斯的请求让宙斯陷入两难，为了报答当年自己登基时忒提斯所助的一臂之力（*Il*.396—406），宙斯不得不答应了忒提斯的请求，但这样一来他就会遭到赫拉的怨恨（*Il*.1.518），不过最终宙斯还是利用其权势压住了赫拉（*Il*.1.565—567）。看起来，神人对宙斯的敬畏和虔诚似乎更多依赖于宙斯的力量（比较*Il*.8.5—27；397—468）。

1　比较*Il*.1.231；*Od*.8.209；9.515。赫西俄德也区分了三种人："至善的人亲自思考一切，看清随后和最后什么较好。善人也能听取他人的良言。既不思考又不把他人忠告记在心上，就是无益的人。"吴雅凌：《劳作与时日笺释》，华夏出版社，2015。

2　苏格拉底基于这个理由来驳斥特拉叙马霍斯，但苏格拉底还试图提供一条比政治正确更高的正确标准，参见柏拉图：《理想国》（339c—340a），何祥迪译，云南人民出版社，2021。

　　阿基琉斯与阿伽门农的争吵可以分为三个层面：为了礼物，为了荣誉，为了权力。古希腊战争残酷无情，战败方的男人往往被杀死，被俘虏的女人和小孩则成为奴隶，被视为一种可以分配、赠送和交易的礼物。阿伽门农失去了自己最心爱的女俘克律塞伊斯，他要夺走阿基琉斯的女俘布里塞伊斯，以弥补自己的损失。阿基琉斯虽然不缺乏女人，但他也喜欢布里塞伊斯，而布里塞伊斯虽然全家被阿基琉斯所杀，但是仍然喜欢并期待嫁给阿基琉斯（*Il.*19.295—299）。任何男人都无法容忍别人在大庭广众之下将自己心爱的女人夺走，如果一个男人连自己心爱的女人都无法保护，那他无论如何都感到无比的羞辱和痛恨自己的无能，何况是最勇敢的英雄阿基琉斯。

　　礼物象征着荣誉。一个人战功越高就越受人尊敬，越受人尊敬就越有荣誉，而荣誉越高就能得到更多、更好的礼物，包括财产、金钱、物品、女俘、土地、社会地位等。追求荣誉本身是对战士奔赴战场的行为动机的唯一合理解释，战士明白人终有一死的道理，他们期望通过追求荣誉，被后人记住，获得某种不朽，从而将生死置之度外或视死如归（*Il.*12.310—328）。可以设想，克律塞伊斯是最美的女俘，布里塞伊斯次之，阿基琉斯会认为自己战功最高，本该配得克律塞伊斯，却只能分到布里塞伊斯，如今还要被阿伽门农夺走。因此，阿伽门农夺走布里塞伊斯至少是第二次剥夺和羞辱阿基琉斯的荣誉。剥夺阿基琉斯的荣誉实际上也就剥夺了他参战的意义，既然参战与否都无法获得荣誉，那么阿基琉斯自然就要退出战斗，不再冒着生命危险去追求荣誉（*Il.*1.490—492；9.388—429）。

荣誉的分配取决于统治者对礼物的分配，因此阿基琉斯与阿伽门农的争吵还包括对权力（地位）的争夺。权力因其掌握利益的分配权而成为现实生活的最大利益，也因其最为显要而成为获取荣誉的最重要来源，或者成为拥有最高荣誉的明证。[1] 阿基琉斯跟所有其他英雄不同的地方在于他对于战争的胜负具有不可替代的决定性作用，当他意识到自己的价值时，他势必变得骄傲和雄心勃勃，他势必会凭借自己的价值向阿伽门农的权威发起挑战（Il.1.287—289）。涅斯托尔的劝告揭示出阿基琉斯秉承那种"强者为王"的自然法则，而阿伽门农则秉承那种"王者最强"的文化（政治）法则——阿伽门农因得到宙斯和更多凡人的承认和支持而成为王者，阿基琉斯与阿伽门农的冲突实质是自然法则与文化（政治）之间的冲突。阿基琉斯此时的屈服（Il.1.319—351）和最终的死亡（Il.18.95—96，22.355—366）标志着文化法则对自然法则的胜利，荷马以阿基琉斯的牺牲为代价换取人类文明的进步。

第二节　第一场战斗

荷马倾向于使用反衬手法，主角阿基琉斯退居幕后，舞台前厅所发生的事情皆以幕后的阿基琉斯为背景。过去9年希腊人在阿基琉斯的协助下尚且未能攻下特洛伊城，如今阿伽门农却自以为没有阿基琉斯照样能战斗（Il.1.174—180），甚至相信宙斯给他送来的梦，以为第二天就能攻下特

1　阿基琉斯在杀死赫克托尔、扭转战局后获得最高荣誉，因此他在帕特罗克洛斯的葬礼竞赛上以王者姿态来分配礼物和荣誉（Il.23.258—897）。

洛伊城。在内阁会议上，涅斯托尔肯定明白，没有阿基琉斯就不可能战胜特洛伊人，但他还是表达出对阿伽门农的绝对信任，这种信任甚至超过了对宙斯的信任（*Il*.2.79—83），凭借这份信任涅斯托尔就无愧是阿伽门农最敬重的人。宙斯欺骗阿伽门农的梦被反复提及三次（*Il*.2.5—15，22—34，60—70），超过其他命令被提及的次数[1]，这显示出荷马对于宙斯的意志开始实施的重视。如果有必要，阿伽门农本可以在集会上第四次提及宙斯的梦来鼓舞将士，但他似乎信赖自己甚于信赖宙斯，他隐去了宙斯的梦，转而像往常那样"检验"（*Il*.2.79）士兵。阿伽门农显然高估了自己的权威和将士对他的忠诚，当他宣布撤退时，思乡心切的士兵们一哄而散（*Il*.2.144—154）。我们可以合理地说，阿伽门农的自负和涅斯托尔的忠诚是宙斯的梦能够发挥作用的前提。

奥德修斯重新恢复军队秩序既不是宙斯的意志，也不是阿伽门农的刻意安排，甚至也不是赫拉的意志，因为在雅典娜带着赫拉的懿旨到来之前，奥德修斯目睹将士一哄而散时"痛苦就钻进了他的心脏和灵魂"（*Il*.2.171），毋宁说，奥德修斯是在雅典娜的启发下将内心想法转变为实际行动。奥德修斯感到痛心疾首并非他不知道阿伽门农的"检验"计划，而是他没预料到阿基琉斯退出战争后事态恶化的程度超出了往常，或者他料想希腊人将在战场上面临失利。奥德修斯是唯一兼备智慧和力量的英雄，他能针对不同天性的人，采取恰当的说服和强制措施（*Il*.2.189—206），他的立场是支持君主制和阿伽门农。特尔西特斯作为一个丑角出现，他是全书当中唯一

1　其他地方一般提及两次，例如宙斯命令雅典娜不许参加战斗（*Il*.8.397—424）；命令波塞冬退出战斗（*Il*.15.156—183）；命令阿基琉斯归还赫克托尔的尸体（*Il*.24.112—137）。

具有名字的民众，他对阿伽门农的辱骂似乎跟对阿基琉斯的辱骂没有多大区别，却遭到奥德修斯的谴责和殴打（*Il.*2.211—269），奥德修斯的做法被视为做得最好的一件事情。这充分说明一个人的集会发言权和社会地位取决于他的战功，没有战功的人没有资格发言，无论是正确与否都没人理睬。待军队恢复秩序之后，奥德修斯与涅斯托尔从正反两方面激励士兵，前者提醒将士过去的诺言、当下的耻辱和未来的希望（卡尔卡斯的预言）（*Il.*2.284—332），后者发出"逃跑者死"的致命威胁，强调宙斯的意志必定会实现，并提出了具体的军事部署战略（*Il.*2.336—368）。

从两军的部族（战船）列表来看（*Il.*2.494—877），希腊联军比特洛伊联军多得多。希腊共有29支部队，1080艘战船，估计9万人[1]，其中领袖阿伽门农和墨涅拉奥斯兄弟俩出动的战船最多（200条）。特洛伊联军只有15支部队，以赫克托尔的部队人数最多，其余每支部队的人数看起来并不多[2]，共有12支部队的首领将在这四场战斗中明确阵亡。希腊军队井然有序，相互帮助，而特洛伊联军则语言不一，嘈杂无序（*Il.*3.1—9，4.428—438）。荷马对希腊人的偏爱跃然纸上，遍布整部《伊利亚特》：荷马描述的四场著名决斗都以希腊人胜利告终[3]；在战场上常常有特洛伊人下跪求饶[4]，而希腊人从来没有下跪求饶；在战斗中希腊人常常反杀特洛伊人，而

1　荷马提到两个船员数目，一个是120人每艘船（*Il.*2.510），另一个是50人每艘船（*Il.*2.719，11.170），如果折中来算就是1080×（120+50）÷2=91800人。

2　在第12卷，所有特洛伊联军组成5个队列（*Il.*12.88—107），这也可以看出人数并不是很多。

3　帕里斯挑战墨涅拉奥斯（《伊利亚特》第3卷），格劳科斯挑战狄奥墨得斯（《伊利亚特》第5卷），赫克托尔挑战大埃阿斯（《伊利亚特》第7卷），赫克托尔挑战阿基琉斯（《伊利亚特》第22卷）。

4　例如多隆求饶（*Il.*10.375—381）；佩珊德罗斯和希波洛科斯求饶（*Il.*11.122—147）；特罗斯求饶（*Il.*20.463—471）；吕卡昂求饶（*Il.*21.64—135）；赫克托尔求饶（*Il.*23.336—369）；等等。

特洛伊人则几乎没有反杀；尽管希腊人在宙斯意志的实施下节节败退，但荷马却描述更多的特洛伊人阵亡，而且特洛伊人的阵亡总是被描写得比希腊人的阵亡更加悲惨和死有余辜。历史总是由胜利者来书写的，荷马的亲希腊立场跟他（或者还包括后世的荷马史诗编撰者）的希腊人身份相关，但荷马以另一种方式超越了他的公民身份和历史，即他并不认为胜利者就是正义的，而认为正义者才会胜利，这一点可以从四场战斗中宙斯（正义）的天平倾向看出来。

荷马对第一场战斗的描述展示出典型的环形叙事策略：首先是帕里斯与墨涅拉奥斯的决斗，其次是双方混战，然后是狄奥墨得斯与格劳科斯的决斗，接着是双方混战，最后以赫克托尔与大埃阿斯决斗结束。帕里斯像一名喜剧人物那样登场：他用奇装异服来耀武扬威，一看到墨涅拉奥斯，便瞬间成了惊弓之鸟（Il.3.17—37）；赫克托尔指责他漂亮却无能，好色又惹祸[1]，他却以其漂亮和琴艺源于神宠为荣，反讽赫克托尔心硬不风流，并提议要跟墨涅拉奥斯决斗（Il.3.58—75）；他在决斗中首先投枪，但不到两个回合就败下阵来（Il.3.346—375）；他无法在决斗上战胜墨涅拉奥斯，却返回家里征服墨涅拉奥斯的前妻海伦；他总是在海伦面前自夸比墨涅拉奥斯更强大，却在失败之后颠倒是非，以自己缺乏神灵帮助为由，来掩盖自己的失败和无能（Il.3.430—440）；他提议通过发誓和决斗来决定海伦的归属，却在决斗失败之后出尔反尔，违背誓言，拒绝归还海伦（Il.7.347—364）。悲剧人物比一般人更好，而喜剧人物则比一般人更坏[2]，帕里斯时

1　赫克托尔每次见到帕里斯就用最严厉的话来谴责他（Il.3.39—57；6.325—330，768—773）。

2　参见亚理斯多德、贺拉斯：《诗学，诗艺》，罗念生、杨周翰译，人民文学出版社，1962，第2章。

刻追求性爱的满足，他是人类低级需要和欲望的化身，他的言行举止显得更像喜剧人物。性爱对于人类而言是必要和难以抗拒的，即使对于诸神而言不是必要的也是难以抗拒的，连宙斯也无法抵御阿佛洛狄忒的魅力（第14卷），但是不顾一切地沉迷其中就会带来毁灭。荷马用帕里斯将会毁灭城邦的谶语揭示出某种生活的真理，又用特洛伊毁灭的事实证实了这个谶语。

与所有特洛伊女人时刻担忧男人在战场上的生死存亡相反（*Il.*6.237—241，381—389），海伦根本不关心两位丈夫的决斗，以及所有在战场上为她而战的男人，她独自待在房间里欣赏自己的魅力，仿佛将所有男人的痛苦视为自己快乐的源泉（*Il.*3.125—128）。海伦的冷漠或超然态度根源于她的必然处境：一方面，她美得不可方物，她的美让所有人沦陷和惧怕（*Il.*3.154—160；24.775），但她无法改变自己作为工具人的身份，她是男人满足欲望的对象，是丈夫决斗和两军战斗的赌资，是任由阿佛洛狄忒摆布的木偶；另一方面，丈夫的决斗，乃至特洛伊战争的胜败也丝毫不会影响她的独立、自由与地位，无论是希腊人还是特洛伊人战败，她都不会像其他女人那样降为奴隶和丧失王后（妃）身份。人只有对那些具有可能性的事情进行考虑和谋划才是有意义的，对于那些不可能的（必然或偶然的）事情进行考虑和谋划要么是杞人忧天，要么是傻帽。[1] 聪明如海伦的人绝不会去考虑那些不可能的事情。海伦不仅最美，也最聪明：她可以叫出所有希腊人的名字，掌握医术和巫术，懂得模仿所有希腊男人

---

[1] 参见亚里士多德：《尼各马可伦理学》（1111b20—25；1140a30—1140b5），廖申白译，商务印书馆，2003。

的妻子的声音，能够跟奥德修斯斗智斗勇。她深知自己作为战争起因的过错，以及他人对自己的严厉谴责，但她懂得如何巧妙地应付，她逢人就表达出自己的自责、羞愧和痛苦（*Il.*3.141—142，410—412；6.344—348），以便赢得他人的同情和原谅，却从来不为矫正自己的过错付出任何行动。海伦的自我沉沦、背弃丈夫和为国惹祸可谓罪大恶极，却丝毫没有遭到惩罚，这种不对称性是由她的必然处境所决定的，因为必然的事情是无所谓是非善恶对错的，但是有罪必罚的绝对正义并没有因此而缺席，对海伦的罪的惩罚最终降落到所有主宰其地位的人或神身上。[1]

荷马借助海伦之口向普里阿摩斯介绍希腊军中最显眼的三位首领，阿伽门农、奥德修斯和大埃阿斯（*Il.*3.177—235），如果阿基琉斯在场肯定还会介绍他。看起来有点奇怪，难道过去9年普里阿摩斯还没有认识他们，或者是他老眼昏花了？这种奇异现象可以通过口头文学的特征加以解释，一方面听众当然熟悉所有这些人物和故事，但是口头表演的即时性总是能够在每次的重复表演中给听众带来新鲜的快感（比较*Od.*1.352），另一方面口头表演具有一种意识流的性质，在讲述故事主线的过程当中会不断变化和离题，以便解释特定人物或事件的来龙去脉，例如在如火如荼的战场上两位士兵不可能停下来对话，但是荷马必须插入他们的对话来介绍他们的家世。[2]

帕里斯与墨涅拉奥斯的决斗结果由于阿伽门农的自负和女神阿佛洛

---

1 有关海伦形象及其罪与罚的更细致分析，可以参见何祥迪：《海伦的罪与罚》，刘小枫、贺方婴主编《古典学研究：肃剧中的自然与习俗》（第八辑），华东师范大学出版社，2021，第91—105页。

2 比较狄奥墨得斯与格劳科斯的对话（*Il.*6.120—236），阿基琉斯与埃涅阿斯的对话（*Il.*20.176—258）。

狄忒的干预变得扑朔迷离。帕里斯提议谁在决斗中成为"更强的征服者"（*Il*.3.71，92，138）就可以拥有海伦及其财产，而阿伽门农则在发誓时却说谁"杀死"对方就可以拥有海伦及其财产。帕里斯唯恐被杀而要求证明"更强"，而阿伽门农则自信墨涅拉奥斯必胜而强调"杀死"（*Il*.3.281，284）。当然，阿伽门农还强调了如果特洛伊人违约的处理方式，但他略去了希腊人违约的可能性。问题在于帕里斯被阿佛洛狄忒救走，墨涅拉奥斯没有杀死帕里斯，那么帕里斯是否需要归还海伦及其财产呢？阿伽门农和希腊人（*Il*.3.455—461）、宙斯（*Il*.4.13）、特洛伊长老安提诺尔（*Il*.7.350—353）都宣布墨涅拉奥斯赢了，阿伽门农、希腊人、安提诺尔要求帕里斯归还海伦及其财产，但宙斯并没有就是否要归还的问题表态，帕里斯和普里阿摩斯不同意归还海伦，只同意归还财产并赔偿。

决斗结果及其判定的含糊性使荷马的叙事陷入一个无法解开的结，荷马需要将诸神从天上请下来。[1] 宙斯指使雅典娜去怂恿特洛伊人破坏誓言（*Il*.4.71），雅典娜利用感激、荣誉和利益去诱惑潘达罗斯向墨涅拉奥斯放箭（*Il*.4.86—100）。雅典娜并未强迫潘达罗斯，潘达罗斯的贪婪和愚蠢使他无法经受住诱惑，他果真拉弓放箭射伤了墨涅拉奥斯（*Il*.4.132—140），从而破坏了决斗誓言中"其他人保证友谊"的条款。潘达罗斯的箭使他和整个特洛伊人再次犯下不正义行径，这次的不正义构成决斗和整个特洛伊战争的转折点，也就是说，过去9年希腊人只要求归还海伦及其财产，自此以后希腊人决计要杀光特洛伊人，毁灭特洛伊城。阿伽门农看到墨涅拉

---

[1]　贺拉斯在谈论诗歌创作时建议"不要随便把神请下来，除非遇到难解难分的关头非请神来解救不可"，亚理斯多德、贺拉斯：《诗学，诗艺》，罗念生、杨周翰译，人民文学出版社，1962，第147页。

奥斯受伤流血，以为他要死了，他惊恐又愤怒地说：

> 有件事在我的灵魂和心里非常清楚，
> 神圣的伊利昂、普里阿摩斯和普里阿摩斯的
> 有梣木枪的人民遭毁灭的日子定会到来，
> 克罗诺斯的高坐宝座、住在天上的儿子宙斯
> 会愤慨他们的欺诈，提着黑色大盾牌
> 向他们冲去。这些事定会实现成事实。(*Il.*4.163—168)

在战场中，墨涅拉奥斯想要饶恕阿德瑞斯托斯时，阿伽门农冲过来命令墨涅拉奥斯：

> 你可不能让他逃避
> 严峻的死亡和我们的杀手，连母亲子宫里的
> 男胎也不饶，不能让他逃避，叫他们
> 都死在城外，不得埋葬，不留痕迹。(*Il.*6.57—60)

第一场战斗结束后，特洛伊人将帕里斯拒绝归还海伦但愿意提供赔偿的消息带给希腊人时，当天战斗表现最勇猛的狄奥墨得斯代表全部沉默的士兵说：

> 不要让人接受阿勒珊德罗斯的财产
> 或是海伦。人人知道，连蠢人也知道，
> 毁灭的绳索套在特洛伊人的脖子上。(*Il.*7.400—402)

人们常常怀疑希腊人为了一个女人去毁灭特洛伊是否超出了正义的限度，却没有看到特洛伊的毁灭完全是咎由自取。如果人们对比特洛伊的两次不正义行为就可以看到，抢劫海伦及其财产并不是特洛伊毁灭的原因，只要特洛伊人归还便可以避免战争，而违背诸神的誓言才是特洛伊毁灭的根本原因，因为这个誓言是由宙斯（神王）、赫利奥斯（太阳神）、该亚（大地女神）和复仇神（阴间神）共同作证的（*Il*.3.277—280），而违背这个誓言的结果就是一位匿名首领所祈祷的，"愿他们和他们的全体孩子的脑浆如同这些酒流在地上，妻子受奴役"（*Il*.3.299—301）。既然特洛伊国王普里阿摩斯担保了这个誓言（*Il*.3.105，252），他又主张一切人间行为由诸神评判和决定（*Il*.3.165，308—309；7.377—378），那么他的虔诚就必须要求他接受特洛伊毁灭的结局。因此，毁灭特洛伊的不是希腊人，而是诸神，希腊人不过是执行神意的结果；更准确来说，毁灭特洛伊的不是诸神，而是特洛伊人自己，诸神只是担保了特洛伊人的选择与行动之间的必然性而已。

阿伽门农立即宣战，他在阵前来回鼓舞将士，赞扬了伊多墨纽斯、大埃阿斯和涅斯托尔，批评了奥德修斯和狄奥墨得斯，这五位英雄基于自身性格、处境和思想上的差异作出了不同的回应（*Il*.4.250—418）。总体来看，第一场战斗双方的胜负跟诸神的参战密切相关。首先，在雅典娜与阿瑞斯的帮助下（*Il*.4.439—544），希腊人与特洛伊人展开你来我往的厮杀，双方势均力敌，特洛伊有名字的将士阵亡5人（被刺中头部或胸部），逃跑1人，而希腊有名字的将士阵亡3人（被刺肋部或腹部），无人逃跑。其次，当阿瑞斯被雅典娜骗出战场后（*Il*.5.35—453），没有神助的特洛伊人大败，有名字的将士阵亡11人，被俘2人，而希腊人在雅典娜的帮助下无一人伤亡。再次，当阿瑞斯在阿波罗的要求下加入战斗时（*Il*.5.454—909），双方又处于势均力敌的状态，特洛伊有名字的将士阵亡11人，其中7名为奥德修斯所杀，受伤1人，而希腊有名字的将士阵亡11人，其中8人为赫克托尔所杀。再其次，在阿瑞斯和雅典娜同时退出战斗后，特洛伊人又大败，特洛伊有名字的将士阵亡14人，被俘1人，而希腊有名字的将士阵亡仅仅3人（*Il*.6.1—7.16）。最后是赫克托尔与大埃阿斯的决斗（*Il*.7.17—312），以大埃阿斯略胜结束当天的战斗。大埃阿斯也无法代替阿基琉斯。

以上战况揭示出荷马对希腊人的偏好。雅典娜比阿瑞斯更聪明、更具战斗力，因此得到雅典娜支持的希腊人也比特洛伊人更勇猛且取得更大胜利；即使在希腊人与特洛伊人都缺乏神明支持的情况下，希腊人也比特洛伊人更勇猛且取得更大胜利。在荷马的叙述当中，特洛伊人的死法主要是胸部以上被击中，而希腊人的死法主要是胸部以下被击中，这象征着希腊人更有力量；特洛伊一方有人逃跑、求饶和被俘虏，希腊一方则没有这种情形，这象征着希腊人更有骨气；特洛伊人会遭到反杀，而希腊人则不会，这象征着希腊人更顽强；最终结果是希腊人胜利，特洛伊人溃败，这象征着希腊人代表正义。

在这场战斗中，狄奥墨得斯在雅典娜的帮助下，成为最勇猛的英雄，获得最大声誉。狄奥墨得斯不像同伴那样吹嘘自己比父辈更强，他维护阿伽门农的权威，专注于战斗（*Il*.4.405—418）；他是唯一向雅典娜祷告的英雄，也像父亲提丢斯那样得到雅典娜的帮助（*Il.*5.111—127）；他时刻谨记雅典娜的教导，明白凡人的限度，不去对抗神灵，除非得到雅典娜的特殊指示（*Il.*5.30—132，443—444，815—834；6.128—141）。狄奥墨得斯的第一个战功是杀死破坏誓言的潘达罗斯。潘达罗斯在埃涅阿斯的掩护下射中狄奥墨得斯的肩膀，然后又投出标枪，但没有刺中，反而被狄奥墨得斯杀死，"枪尖击中潘达罗斯眼旁的鼻子，穿过白色的牙齿。那支顽强的铜枪把舌头从根上凿掉，枪尖从颔下冲出去"（*Il.*5.290—292）。荷马用极为细腻的拟人手法来描写长枪的运动，达到令人恐惧的戏剧效果，恰如其分地描述了潘达罗斯的死亡：爱夸海口的人被凿掉舌头，再也无法说话了。

狄奥墨得斯的第二个战功是打伤女神阿佛洛狄忒。他在杀死潘达罗斯的同时用石头砸伤埃涅阿斯，阿佛洛狄忒试图将儿子救走，却被狄奥墨得斯刺伤，"长枪刺伤她的纤细的手掌，枪尖穿过秀丽女神们为她编织的神圣的袍子，刺破她腕上面的嫩肉"（*Il.*5.335—337）。在通常情况下，人不敬畏神往往会惹来灭顶之灾[1]，但狄奥墨得斯是在神授权下打伤阿佛洛狄忒的，因此被免去惩罚。狄奥涅举三个例子，说明凡人经常打伤诸神，以此安慰女儿阿佛洛狄忒（*Il.*5.381—415），但是这些凡人最终也没有遭到惩罚。阿佛洛狄忒掌管性爱却插手战事，她的受伤反而成为雅典娜和宙斯的笑料（*Il.*5.420—430）。

狄奥墨得斯的第三个也是最大的战功是打伤战神阿瑞斯。阿佛洛狄忒呼吁阿瑞斯加入战斗，而雅典娜却指示狄奥墨得斯攻击阿瑞斯，"擅长呐

---

[1] 如阿伽门农和帕特罗克洛斯（*Il.*16.700—863）对阿波罗的不敬，吕库尔戈斯对狄奥倪索斯不敬（*Il.*6.128—141，比较*Il.*7.142—156）等。

喊的狄奥墨得斯向阿瑞斯投掷铜枪，雅典娜使它飞向他的下腹部，正是他捆着布带的地方，他击中他，刺伤他，刺破白皙的皮肉，再把铜枪拔出"（*Il*.5.855—859）。如果联系到阿瑞斯曾经跟阿佛洛狄忒偷情（*Od*.8.266—369），我们就明白为什么阿瑞斯要帮助阿佛洛狄忒，也就明白狄奥墨得斯击中阿瑞斯的"下腹部"是多么的讽刺和恰当。阿瑞斯的受伤未能换来任何神明的同情，反而遭到宙斯的严厉谴责，连累其母亲赫拉也遭到宙斯批评管教不严（*Il*.5.889—898）。

狄奥墨得斯与格劳科斯的决斗尤其展示出他的虔诚和好客。格劳科斯的祖父柏勒罗丰凭借美德、勇猛和神助获得王权（*Il*.6.115—195），格劳科斯本人也遵循祖父和父亲的教导成为一名追求卓越的英雄。狄奥墨得斯的父亲提丢斯曾经以主人身份招待过柏勒罗丰，两人结为好友，狄奥墨得斯与格劳科斯继承了祖辈的友谊，两人握手言和（*Il*.6.215—231），但互相交换礼物的价值悬殊（*Il*.6.234—6）暗示出狄奥墨得斯比格劳科斯更加勇猛。狄奥墨得斯与格劳科斯的家族友谊与帕里斯违背主客之道形成鲜明的对比，荷马对帕里斯的谴责跃然纸上。

狄奥墨得斯代替阿基琉斯成为战场上的主力，但是他仍然无法替代阿基琉斯：狄奥墨得斯是在雅典娜的帮助下才变得最勇猛（*Il*.10.284—295），即便如此，当阿基琉斯参战时特洛伊人不敢出城门，如今特洛伊人却打到希腊人船边（*Il*.5.788—791）；狄奥墨得斯在没有得到雅典娜的帮助前曾经被潘达罗斯射中了肩膀（*Il*.5.95—111），在失去雅典娜帮助之后又被帕里斯射中了脚掌而不得不退出战斗（*Il*.11.372—400）；赫克托尔的挑战表明狄奥墨得斯无法跟赫克托尔决斗，埃阿斯才是仅次于阿基琉斯的英雄（*Il*.7.161—199），但只有阿基琉斯才能杀死赫克托尔。

特洛伊一方最重要的人物是特洛伊王子赫克托尔，他拥有人类所能拥有的各种身份、能力和地位。在家庭关系中，他有父母、兄弟姐妹、妻子和儿子，而且他在每个家庭角色中都被描述成榜样：作为儿子，他尊重父母；作为臣子，他服从和帮助父亲，所以被父亲称赞为"人中的神，不像凡人的儿子，而像天神的儿子"，也被所有人认定为王权继承人（*Il*.3.116—117，313—314；24.259—260）；作为兄弟，他从国家和道德层面上谴责帕里斯，却出于亲情需要保护帕里斯，从未谴责过海伦（*Il*.6.360—364；22.113—114）；作为丈夫，他关心和深爱妻子，即使自己随时面临死亡也安慰妻子，并同情妻子未来可能遭到的苦楚（*Il*.6.485—490）；作为父亲，他希望自己的儿子成为最勇敢的战士、声名远扬的英雄，以及最强大的君主（*Il*.6.476—481）。在荷马史诗当中，父亲永远会教导儿子要有力量，要上战场，要勇敢杀敌，要争当第一和追求卓越，格劳科斯的父亲这样教育他（*Il*.6.207—210），阿基琉斯的父亲这样教育他（*Il*.11.783—784），帕特罗克洛斯的父亲也这样教育他（*Il*.11.785—789）。

在城邦关系中，赫克托尔也被描述为最有责任的领袖和最英勇的战士。赫克托尔毫无疑问是最杰出的特洛伊战士。荷马曾经把他比作一条咆哮着流入大海的江河，令当时最勇猛的狄奥墨得斯也感到颤抖（*Il*.5.596—600）。赫克托尔像所有英雄那样渴望战功、尊重和荣誉，想要被世人传颂而获得不朽；如果说海伦作为伟大战争的起因被后人记住而获得不朽，那么赫克托尔则由于保卫海伦被人记住而获得不朽（*Il*.6.358，7.91）。赫克托尔完全不同于飞扬跋扈、颐指气使、自私自利、固执己见的阿伽门农，他秉承全心全意为人民和国家服务的宗旨，总是到城邦和战友最需要他的地方去，哪里需要赫克托尔，哪里就有赫克托尔的身影。在《伊利亚特》第3卷，帕里斯说要跟墨涅拉奥斯决斗，以决定海伦及其财产的归属，以及整个战争的胜负，赫克托尔立即为他安排决斗。在第5卷，萨尔佩冬呼吁赫克托尔参与战斗、命令首领和士兵们坚守阵地，于是赫克托尔立即鼓励士兵们。同样在第5卷，当萨尔佩冬受伤并请求赫克托尔保护时，赫克托尔二话不说就过来驱赶希腊人，确保萨尔佩冬安全撤退。在第6卷，赫勒诺斯建议赫克托尔回城，向雅典娜女神献祭，赫克托尔立即跳下战车，背着大盾牌回城。在第12卷，波吕达马斯建议特洛伊部队下车，走过希腊人的战壕，赫克托尔迅速照办。

赫克托尔是名字唯一出现在整本《伊利亚特》当中的人物，他最初以"杀人者"（*Il*.1.241）的身份被阿基琉斯提及，而被称为"杀凡人者"（*Il*.6.31，455，518）的还有战神阿瑞斯，因此赫克托尔是如战神一般的英雄（*Il*.8.349）。杀人者这个属性只能属于战士，因为杀人者只有在战场上才被视为正义的和高贵的。赫克托尔本质上是一位战士，他的家园就是战场。作为"杀人者"（*Il*.6.494—502；16.77；17.428），赫克托尔必须辞别妻儿，离开宫殿，奔赴战场；他也能够带领特洛伊人攻到希腊人船边，完成了阿基琉斯最初提到他时的使命；同时也杀死了帕特罗克洛斯及其御者。最后，"杀人者"赫克托尔被阿基琉斯所杀，阿基琉斯成为唯一的"杀人者"（*Il*.24.479），而赫克托尔则不再被称为"杀人者"，而是被称为"驯马者"（*Il.*24.804）。与赫克托尔相反，阿基琉斯是一个绝对孤独的个体，一个自然人的存在状态，由此我们能够理解，当阿基琉斯的唯一朋友帕特罗克洛斯被杀后，阿基琉斯表示不想活下去了，或者活着已经没有意义了。

第三节　第二场战斗

宙斯挫败希腊人的计划在第二场战斗才正式开始。荷马喜欢采用欲扬先抑的叙述手法，头一天希腊人在雅典娜的帮助下战胜特洛伊人，第二天希腊人则由于宙斯的意志而败给特洛伊人，由此彰显宙斯的大能。宙斯在奥林波斯山上召开诸神集会，他凭借自己的大能，发出强有力的命令，要求诸神服从他的命令，严禁诸神直接参与希腊人与特洛伊人的战斗，否则就将违反命令者打入囚禁诸神的塔尔塔罗斯，但他允许雅典娜给希腊人提供"建议"，然后就返回自己的圣地（*Il.*8.1—52）。宙斯并没有向诸神明示他会立即支持特洛伊人，他在整个上午的战斗中也没有介入战斗。直到中午，宙斯才用他的天平来明示希腊人的失败，虽然希腊人和特洛伊人的死亡命运都是悲惨的，但是希腊人的命运更加悲惨，他们在天平的一端下沉，即将大量死去和下降到地狱。宙斯以雷鸣和闪电的方式向希腊人和特洛伊人表明他的意志（*Il.*8.75，171），即使艳阳天打雷和闪电是罕见的现象，也并非所有人（例如狄奥墨得斯和阿伽门农）都能够理解神意，只有那些非常虔诚或明智的人（例如涅斯托尔和赫克托尔）才能准确理解神意

（*Il*.8.140—144，175—77）。

在没有诸神帮助的情况下，特洛伊人的战斗力看起来不如希腊人，重要原因之一在于他们被迫参战，他们的目标不是为了荣誉，而是为了保家卫国，而希腊人则完全没有家人的羁绊，他们可以完全将荣誉作为自己参战的目标（*Il*.8.53—65）。荷马跟赫拉和雅典娜一样不愿意看到希腊人战败，他仅仅通过暗示的方式来描述希腊人的失败，例如战争的堡垒埃阿斯无法守住阵地（*Il*.8.79），军师涅斯托尔的战马被帕里斯射中几乎命丧战场（*Il*.8.90），足智多谋的奥德修斯往空心船撤退（*Il*.8.98），透克洛斯被赫克托尔打伤（*Il*.8.325）。荷马希望让读者看到希腊人的英勇，他对希腊人难得一见的"胜利"大书特书：先是狄奥墨得斯杀死两位有名字的特洛伊人（*Il*.8.120，256），然后是透克洛斯8箭射死11位有名字的特洛伊人（*Il*.8.275—315），最后，特洛伊人全都是被击中胸部以上死亡的，而没有一位有名字的希腊人被杀死。荷马对宙斯的虔诚与他对希腊人的热爱并不冲突。

赫克托尔得到宙斯的支持而变得神勇，将战事推进到希腊人的壕沟当中，但他的自夸和杀戮却惹怒了赫拉和雅典娜（*Il*.8.198，534，358）。赫拉怂恿波塞冬去帮助希腊人，而波塞冬却不愿意违背宙斯的意志（*Il*.8.198—211）；赫拉转而怂恿雅典娜，雅典娜策马扬鞭正要奔赴战场却被宙斯派来的伊利斯阻拦了（*Il*.8.350—487）。儿女对父亲的忤逆比妻子对丈夫的不满更不符合伦理要求，因此也更令宙斯无法接受，伊利斯深谙宙斯的意志，私自在宙斯命令之后添加了两句话来威胁雅典娜，"只有你叫我们害怕，你是条无耻的狗，要是你真敢把巨大的长枪向宙斯举起"（*Il*.8.423—424）。荷马表明，凡人或诸神可以通过祈求宙斯来得到保护（*Il*.8.235—252），但是绝对不可以暗地里或公开挑衅宙斯的权威（*Il*.8.450—451）。为了安抚诸神的不满，为了防止诸神无意间冒犯自己的权威，宙斯不仅明确了自己的目的，还明确了自己的路线：

> 克罗诺斯的强大儿子
> 给阿尔戈斯枪兵造成更大的破坏。
> 因为强大的赫克托尔不会停止战斗，
> 直到佩琉斯的捷足儿子从船边奋起，
> 那一天阿尔戈斯人将在船尾环绕着
> 死去的帕特罗克洛斯，在可畏的困苦中作战，
> 那是预先注定。（*Il*.8.471—477）

第二场战斗以特洛伊人的胜利结束，其核心标志是特洛伊人首次在城外过夜（*Il*.8.522），这凸显了宙斯的权威，暗示出阿基琉斯的重要性，并揭示出特洛伊人的不自量力。尽管赫克托尔合理地安排了城内和城外的守望事务，但是他的审慎仍然无法弥补特洛伊守望者的无能，特洛伊人将会为此付出一定的代价。

第四节　求和

第二场战斗结束当晚，阿伽门农召开将领会议，会议是做出新行动决

定的地方，它本身也成为荷马推动情节前进的文学工具。[1]阿伽门农用痛哭来博取将领们的同情，将希腊人的失败归咎于宙斯，以此摆脱自己的罪责，他再次提议撤军（*Il.*9.9—28）。正如他在第二卷提议撤军来考验士兵一样，如今阿伽门农很可能也是在考验将领，所不同的是，士兵们并没有通过第一次考验，而将领们却以沉默来回应阿伽门农的考验。这种沉默并非源于对阿伽门农权威的恐惧，而是源于将领们的羞耻感和无能为力，他们不能在战败后逃跑，又不知道该如何扭转战局。

　　狄奥墨得斯再次代表所有人发言，他指责阿伽门农愚蠢且懦弱，并坚持自己会战斗到最后一刻（*Il.*9.31—49）。虽然他的发言意在鼓励将领，但是他未免有点冒失，挑战了阿伽门农的权威，而且于战事没有任何裨益。一个人只有通过军功才能赢得议会发言的权利，但是能不能做出有益的建议并说服其他人接受则是另一回事，因此，不等狄奥墨得斯讲完，涅斯托尔就打断了他的发言。涅斯托尔表面上赞扬狄奥墨得斯比同龄人能言善战，却使用"合理"（κατὰ μοῖραν[2]）这个一语双关来批评狄奥墨得斯挑起纷争，这种批评遥指阿基琉斯：

> 　　一个喜欢在自己的人中挑起可怕的战斗的人，
> 　　是一个没有族盟籍贯、没有炉灶、不守法律的人。（*Il.*9.62—65）

　　涅斯托尔建议阿伽门农召开更加具有决策性的内阁会议（*Il.*9.70），在

1　比较*Il.*1.54，2.50，7.345，7.382，8.489，18.243，19.40，20.4。

2　"合理"有两层意思，其一指狄奥墨得斯的发言合理，其二指狄奥墨得斯的发言"符合身份"，即年轻人容易冲动和不善思考。

会议上，他首先强调阿伽门农作为最高统治者的权威，然后建议阿伽门农广开言路，兼听则明，最后提议阿伽门农"用可喜的礼物和温和的话语"来劝说阿基琉斯（*Il.*9.97—113）。涅斯托尔的目的是平息阿基琉斯的愤怒，请他重返战场，扭转战局。涅斯托尔让阿伽门农认识自己的错误（ψεῦδος）、心胸狭隘（φρεσὶ λευγαλέῃσι）和做事愚蠢（ἀασάμην）。阿伽门农愿意为阿基琉斯提供世人能够想到的最好礼物[1]，但他最后两句话表现出他的狂妄自大，他借助年龄和权力给阿基琉斯施加了道德和政治压力（*Il.*9.115—161）。

涅斯托尔挑选三位使者去劝说阿基琉斯，说话的次序是福尼克斯（阿基琉斯的保姆和老师）、埃阿斯（仅次于阿基琉斯的英雄）和奥德修斯（作为阿伽门农的代表）。涅斯托尔用意颇深，先对阿基琉斯动之以情，晓之以理，最后才用礼物补偿。但事实上这个次序被打破了，结果是奥德修斯先发言，然后是福尼克斯发言，最后才是埃阿斯发言。奥德修斯为什么抢先说话？传统抄件的释经批注认为大埃阿斯迟钝，他没有理解当时处境，故而提示奥德修斯先发言。但是海恩斯沃思认为，根据英雄史诗的传统，代表智慧的奥德修斯与代表力量的阿基琉斯存在着竞争关系，因此奥德修斯无法忍受把这件事情的核心部分留给任何人完成，所以抢先说话。[2]不过，我认为，除了阿伽门农，谁也没有这个胆量或能力私自调整说话次序，阿伽门农私自调整说话次序揭示出他的狂妄自大，而他的自作

---

1 其一是给予大量财富、战马和妇女；其二是归还布里塞伊斯；其三是承诺攻下特洛伊后再赏赐阿基琉斯财富和妇女；其四是承诺返回希腊后任由阿基琉斯选择一个他的女儿，划给他7座城池（*Il.*9.121—156）。

2 参见 Bryan Hainsworth, *The Iliad: a Commentary, Vol. III: Books 9—12*（Cambridge: Cambridge University Press, 2000), p.92。

主张让涅斯托尔的用心良苦付诸东流。

退出战斗的阿基琉斯在唱歌（*Il*.9.185—191），但唱歌的人是诗人，所以阿基琉斯不再是被诗人歌唱的英雄，而是歌唱英雄的"诗人"。相比于诗人，人们更愿意做英雄，阿基琉斯不愿意做英雄，他的地位也就开始下降。奥德修斯、福尼克斯和大埃阿斯分别作出不同的劝告，而阿基琉斯则针对不同的劝告作出不同的回答：马上就回家（*Il*.9.356—363）、明天再考虑（*Il*.9.618—619）和除非战火烧到自己船边否则不参战（*Il*.9.650—653）。奥德修斯用了四种方法来劝告阿基琉斯（*Il*.9.225—306）：激将法——描述了希腊人的失败与夸大赫克托尔的战功和狂妄；道德法——提醒阿基琉斯要听从父亲的教导，即控制怒气、建功立业和赢得尊重；利诱法——罗列阿伽门农允诺的礼物；恭维法——请求阿基琉斯怜悯希腊人，只有他才能杀死赫克托尔。阿基琉斯用同样长的篇幅答复奥德修斯（*Il*.9.308—429）：他揭穿了阿伽门农过去和现在一直诱骗他参战的伎俩；讽刺希腊人的很"能干"；表示自己要返回故乡；认为与自己的荣誉相比，阿伽门农的礼物一文不值，没必要为这些礼物冒生命危险。

阿伽门农在求和过程中陷入困境，他作为统帅绝不能屈从前来认错和道歉，而他没有前来又不足以平息阿基琉斯的愤怒。阿基琉斯更是陷入双重困境：其一，他接受了礼物则意味着他必须屈服于阿伽门农，他过去挑战阿伽门农是不恰当的以及他是可以被收买和利用的[1]，而不接受礼物则

---

[1] 根据布迪厄的"象征暴力"理论：赠品、交易、婚姻等隐含着某种暴力，这种暴力的运用是不可见的，它由于符合统治阶层的利益而被当作合法的，"赠品交换使得由理性契约压缩至即时的交易在时间中展开，从而掩盖了这一交易的本质……同时也是建立持久的相互及支配关系的惟一手段，而时间间隔则体现了义务的初步制度化"。皮埃尔·布迪厄：《实践感》，蒋梓骅译，译林出版社，2003，第178页。

违背了普遍的社会规则，将会承受着巨大的道德压力，将会从被众人同情转而遭到众人的谴责[1]；其二，他上战场将会死亡却获得不朽名声，返回故乡则性命长久却失去美好名声（*Il*.9.412—416）。阿基琉斯将会战死沙场的结局反复被她的母亲提到[2]，也被涅斯托尔、帕特罗克洛斯、阿基琉斯的战马和赫克托尔所预感。[3]然而这一切并不意味着阿基琉斯的命运是一开始就注定的，阿基琉斯并不是牵线木偶，他在每次行动当中都可以选择，他的悲剧就在于他可以选择，而且必须进行选择，但无论他如何选择，最终还是让自己成为受害者和罹难者。这是所有古希腊悲剧的核心，一方面强调行动者具有自由意志和选择的理性主义，另一方面强调行动者受能力或情绪或观念或环境的限制而导致行动失败的非理性主义。

福尼克斯的劝说包含四个部分（*Il*.9.432—605），他首先指出自己的劝告资格——佩琉斯派他来教导阿基琉斯如何说话和行动，然后列举三个例子说明三种情形：愤怒会造成严重后果——他本人曾经因为愤怒差点弑父而且不得不背井离乡降为奴仆；愤怒可以经由礼物和祈求得到平息——连诸神也如此，而凡人若不如此则会遭到祈求女神的惩罚；接受礼物和祈求以平息愤怒（上战场）会得到尊重，否则就得不到尊重，而无需礼物也在他人恳求之下平息愤怒（上战场）更得到尊重——墨勒阿格罗斯对母亲极

1　阿基琉斯被奥德修斯和狄奥墨得斯谴责（*Il*.9.676—713），被涅斯托尔谴责（*Il*.11.665），被帕特罗克洛斯谴责（*Il*.16.29—35）。
2　参见 *Il*.1.352，417，505；18.95，458；21.277。
3　分别参见 *Il*.11.795；16.37；20.417；22.360。

为愤怒，最终还是在所有人的恳求下参战，使得国人免遭死亡。[1] 阿基琉斯说"我不要这种尊重，我满足于宙斯的意愿"（*Il*.9.608），他的答复表明他看透了凡人"尊重"（作为荣誉表达形式之一）的虚无性。因为"尊重"一方面来自那些不如他的人，而且能够被那些不如他的人所撤回或剥夺，就像黑格尔说主人通过奴隶的承认获得自我意识一样[2]；另一方面是人们诱惑英雄牺牲自己来保护他人的美妙口号，其可恶程度不亚于尼采所说的弱者为了自我保护和拯救而炮制出一套道德来反对和约束强者。[3] 阿基琉斯渴望的是宙斯的尊重，而不是不如他的人的尊重，他产生一种自绝于人民的意识。

大埃阿斯尽管有所抱怨，但他还是从"战友友爱"的角度劝说阿基琉斯，并依据神灵主宰人间事务的习俗看法替阿基琉斯摆脱责任（*Il*.9.624—642）。大埃阿斯所提到的友爱戳中了阿基琉斯的软肋，使得阿基琉斯决定留下来，并承诺将在适当时候——战火烧到自己的船边时——参战。对于阿基琉斯来说，如果人间还有什么值得追求、值得留恋和值得献身的东西，那就是友爱。友爱与地位、能力、血缘、尊重统统无关，它根源于战

1　埃托利亚人的国王奥纽斯（由于忘记或疏忽）没有把初收的葡萄献给月神阿尔忒弥斯，于是阿尔忒弥斯就让野猪毁掉奥纽斯的葡萄园。奥纽斯的儿子墨勒阿格罗斯召集了埃托利亚人（父亲的家族）和库瑞特斯人（母亲的家族）一起杀了野猪。墨勒阿格罗斯把猪头和猪皮赠与首先刺伤野猪的女战士阿塔兰塔，而他的舅舅们则试图抢夺，于是墨勒阿格罗斯在争执中杀死了舅舅们。墨勒阿格罗斯的母亲阿尔泰亚由于兄弟的死亡很伤心，她诅咒儿子死亡，因此墨勒阿格罗斯对母亲很愤怒。当库瑞特斯人为了复仇，前来攻打埃托利亚人时，墨勒阿格罗斯拒绝作战，最终在长老和祭司给出礼物和做出恳请，以及父亲、姐妹、母亲、同伴、妻子的恳求下参战，从而使得埃托利亚人避免了灾难。

2　参见黑格尔：《精神现象学》（上），贺麟、王玖兴译，商务印书馆，1979，第127—130页。

3　参见尼采：《论道德的谱系：一篇论战檄文》，周弘译，生活·读书·新知三联书店，2017，第26—30页。

士们在战斗中相互帮助和保护所形成的情谊，它是战士们彼此之间的死生契阔。[1]战斗决定共同体的存亡，因此在战斗中形成的友爱也就构成共同体的基础，甚至可以说友爱比权力更加是共同体的基础，因为一个共同体可以没有权力却不能没有友爱。两个拥有友爱的人称为朋友，朋友后来被哲学家们抽象为一个人的另一个自我，在这个意义上，我们才能理解把友爱视为人间最高价值的阿基琉斯为什么会愿意为朋友去死，实际上他已经会随着朋友的死去而死去。

求和结束后，奥德修斯依照阿基琉斯对自己的答复来禀告阿伽门农（*Il.*9.676—692），他故意略去了阿基琉斯对福尼克斯和大埃阿斯的答复，以表达出他对阿基琉斯的不满。奥德修斯的不满部分源于阿基琉斯的拒绝将会加剧希腊军队的损失，部分源于阿基琉斯的拒绝让奥德修斯无功而返。不过，奥德修斯当晚偷袭敌营的成功补偿了他在求和中的荣誉损失。[2]

夜里侦察敌营是一件比白天战斗更危险和更考验人的事情，正如墨涅拉奥斯所说的，"我怕没有人敢于接受这样的任务，在神圣的黑夜里独自

1　《诗经》的《无衣》很好地诠释了这种情谊：岂曰无衣？与子同袍。王于兴师，修我戈矛。与子同仇！岂曰无衣？与子同泽。王于兴师，修我矛戟。与子偕作！岂曰无衣？与子同裳。王于兴师，修我甲兵。与子偕行！

2　《伊利亚特》第10卷由于跟其他内容不同而常常被视为离题或伪作，例如Nagler认为这卷完全破坏了《伊利亚特》："在风格上，它的民间传说偏离了常态；在英雄主义上，奥德修斯和狄奥墨得斯表现出可耻的行为；在主题上，它发生在深夜；在结构上，它导致了一场阿开奥斯人的胜利。" M. N. Nagler, *Spontaneity and Tradition: a Study in the Oral Art of Homer* (Berkeley, Los Angeles and London: University of California Press, 1974), p.136. 我们可以从奥德修斯与阿基琉斯的对立来理解第10卷与全书的统一性问题，即这卷要展示奥德修斯的成功，再通过希腊人在第11卷的失败表明奥德修斯无法代替阿基琉斯。

前往敌方侦察，必定是心雄万夫的战士才能胜任"（*Il*.10.39—41）。在夜里能够成功地完成侦察敌营任务的人，也会因此获得比白天战斗更大的荣誉、奖赏和地位，正如涅斯托尔所言：

> 他若能探得这些消息，平安地回来，
> 他的声名将会在天底下的世人中播扬，
> 美好的礼物归他所有：统率船只的
> 将领不管有多少，都将赠他一头
> 黑色母羊，腹下有吮吸奶汁的羊羔，
> 没有什么别的财富可以相比拟，
> 还可以和我们一起参加公宴和私宴。（*Il*.10.211—216）

对于特洛伊人而言同样如此，不过，赫克托尔为侦察敌营所提供的奖赏要少得多，仅仅是一辆战车和两匹战马（*Il*.10.305）。荷马在这里再次对比了希腊人与特洛伊人的品格差异。狄奥墨得斯为了表现自己的勇气而从事侦察任务，他谨慎地要求两人同行（*Il*.10.220—226），而多隆则为了礼物而从事侦察任务，而且为了独吞礼物而选择一人前行（*Il*.10.319—327）。奥德修斯有坚定的心（$\pi\rho\acute{o}\varphi\rho\omega\nu\ \kappa\rho\alpha\delta\acute{\iota}\eta$）、勇敢的精神（$\theta\upsilon\mu\grave{o}\varsigma\ \grave{\alpha}\gamma\acute{\eta}\nu\omega\rho$）和聪明的头脑（$\pi\epsilon\rho\acute{\iota}o\iota\delta\epsilon\ \nu o\tilde{\eta}\sigma\alpha\iota$，*Il*.10.243—247），他几乎是所有将领当中唯一具有侦察敌营所需的全部品质的人，因此被狄奥墨得斯选为同行伴侣。多隆却是一个外貌丑陋、娇生惯养、财迷心窍、好大喜功、贪生怕死、胆小无能的家伙。不出所料，奥德修斯和狄奥墨得斯抓住了多隆，从他的口中套出特洛伊人的计划后便杀掉了他，并夺走其全身装备（*Il*.10.340—460）。奥德修斯和狄奥墨得斯还做了比涅斯托尔交代的更多的事情，他们偷袭了色雷斯的军营，杀死了1名特洛伊哨兵、12名色雷斯士兵以及色雷斯国王瑞索斯，并夺走了瑞索斯的两匹骏马（*Il*.10.470—531）。

值得注意的是，狄奥墨得斯的勇猛主要得益于雅典娜的襄助，而奥德修斯的智慧则完全源于他个人的禀赋。当涅斯托尔追问他们所夺取的马匹是否为诸神赠送时（*Il*.10.546—553），奥德修斯在回答中用虔诚的方式表现出他的不虔诚：如果马匹是神送的肯定要更好一些，但这马匹是我夺取来的。奥德修斯言下之意是我本人没有得到神的帮助，事实确实如此。荷马通过这样的方式赞扬奥德修斯，但他将表明奥德修斯的智慧仍然无法弥补阿基琉斯的缺席。

第四章 帕特罗克洛斯参战

在第三场战斗中，赫克托尔得到波吕达马斯的明智建议，带领特洛伊人取得节节胜利，将希腊人赶出平原，逼到海岸船边，希腊将领纷纷受伤。阿基琉斯见此情形，派遣挚友帕特罗克洛斯前往涅斯托尔那里打探消息，结果涅斯托尔说服帕特罗克洛斯代替阿基琉斯参战。尽管赫拉勾引宙斯，转移宙斯注意力，但是宙斯最终清醒过来扭转战局，特洛伊人开始放火烧希腊人的战船。阿基琉斯万般不情愿地把帕特罗克洛斯送上战场，将自己的铠甲借给他，嘱托他不可恋战。帕特罗克洛斯英勇杀敌，杀死了宙斯的儿子萨尔佩冬，却忘记了阿基琉斯的嘱托，也不顾阿波罗的警告，最终死于欧福尔波斯和赫克托尔之手。阿基琉斯和帕特罗克洛斯都陷入自己的困境当中，造成帕特罗克洛斯死亡的原因有很多，例如涅斯托尔的劝告、阿基琉斯的批准、宙斯的意志、阿波罗的拍打、欧福尔波斯和赫克托尔的刺杀，但最根本的原因是他本人过于怜悯。人的行为出于自己的意愿和选择，选择往往由性格决定，因此性格决定命运或者说命运是可选择的。

第一节　涅斯托尔的计划

荷马习惯使用对比和反衬的手法来描述整体战斗和具体人物。正如来自雅典娜和赫拉的惊雷远不如来自宙斯的闪电那么有杀伤力（*Il*.11.45，66），徒步而战的希腊人看起来比骑马车而战的特洛伊人更勇猛，实则不断败退。阿伽门农看起来最强悍实则战斗力平平（*Il*.11.92—283）。他拥有最精致、贵重和耀眼的装备，这些装备配得上他那国王和全军统帅的身份。他作为统帅和过失者（且无法通过求和弥补自己的过失）决定他必须站在最前列（比较 *Il*.9.709）。他将特洛伊人赶回到城里，勇猛到宙斯也不得不把赫克托尔引开（*Il*.11.163—261）。[1] 他斩杀了8位有名字的特洛伊人，包括两个冒进的兄弟，普里阿摩斯的两个私生子，两个跟帕里斯同流合污且贪生怕死的兄弟，安特诺尔的两个高尚儿子。他最终被科昂刺中手臂，像一个"妇女"（*Il*.11.269）一样退下战场。特洛伊的长老安特诺尔曾经赞美过奥德修斯和墨涅拉奥斯（*Il*.3.203—224），也曾经建议特洛伊人归还海伦（*Il*.7.347—353），因此荷马在这里对他两个儿子的死亡表达出惋惜的语

1　这里是剧情安排的需要，如果阿伽门农与赫克托尔对阵，那么阿伽门农杀死赫克托尔就没有阿基琉斯的事情了，或者赫克托尔杀死阿伽门农希腊人就如一盘散沙而彻底战败了。荷马通过宙斯的安排来掩盖其情节安排的必然性。

气。另一方面，荷马让安特诺尔的儿子打伤阿伽门农，既让阿伽门农为自己的过失承受了惩罚，也保全了阿伽门农最后一丝尊严，因为阿伽门农要是被一个弱小或不道德的特洛伊人打伤会显得更加无能和可耻。在阿伽门农退出战斗后，赫克托尔开始发挥作用（*Il*.11.284—309），他稳住全军阵脚，连续斩杀了9位有名字的希腊人，将军队从城门又带向平原。

接下来是狄奥墨得斯和奥德修斯的联合作战（*Il*.11.310—484）：前者杀死4位有名字的特洛伊人，击中（但没杀伤）赫克托尔，却被帕里斯射中脚掌，不得不退下战场，后者则杀死9位有名字的特洛伊人，最终也被打伤退下战场。大埃阿斯杀死4位有名字的特洛伊人（*Il*.11.489—491）；医生马卡昂则被帕里斯射中右臂（*Il*.11.505—535），不得不由涅斯托尔护送退下战场；欧律皮洛斯杀死阿皮萨昂之后剥铠甲，不幸被帕里斯射中大腿，也退下战场（*Il*.11.575—585，810）。

阿基琉斯虽然没有参加战斗，但他站在船上最高处观察和关心战事，他看到希腊人不断撤退时，有一种幸灾乐祸的快感，赶紧派帕特罗克洛斯出去打探涅斯托尔带下来的是不是马卡昂（*Il*.11.599—615）。帕特罗克洛斯应声而出，"就这样开始了他的不幸"（*Il*.11.604），帕特罗克洛斯的不幸也将是阿基琉斯的不幸，阿基琉斯将快乐建立在别人的痛苦之上，最终也将要品尝这种痛苦。阿基琉斯认出白发苍苍的老人涅斯托尔却不确定马卡昂，阿基琉斯跟马卡昂一样是医生（*Il*.11.831），他对马卡昂的关心表明他只关心跟他一样的人。换言之，阿基琉斯只关心他自己，这是接下来涅斯托尔谴责他的理由。

涅斯托尔将马卡昂带下来，回到自己的营帐，帕特罗克洛斯正好来到涅斯托尔的营帐。涅斯托尔试图劝说帕特罗克洛斯，希望他去说服阿基琉斯上战场或他自己代替阿基琉斯上战场。涅斯托尔苦口婆心的劝说包含批判和劝说两部分（*Il.*11.655—803）。第一个部分是对阿基琉斯的批评：阿基琉斯不参战导致希腊人惨败，表明阿基琉斯虽然勇敢却冷漠；涅斯托尔叙述自己年轻时的骁勇善战，说明勇敢的英雄只有为集体奉献才能获得尊重和荣誉，借以批判阿基琉斯的勇敢只属于自己，对于自己和他人都无益；提醒阿基琉斯父亲临别的嘱咐，要求儿子"作战永远勇敢，超越其他将士"，批判阿基琉斯不孝顺地忘记父亲的教导。第二个部分是对帕特罗克洛斯的建议：提醒帕特罗克洛斯回忆父亲的叮嘱，说明帕特罗克洛斯有资格和有义务劝说阿基琉斯；从"朋友"角度论证帕特罗克洛斯最有能力说服阿基琉斯；即使无法劝说阿基琉斯，帕特罗克洛斯也应该上战场，并且穿戴阿基琉斯的铠甲，利用阿基琉斯的形象恐吓特洛伊人。

希腊人的军师涅斯托尔的使命至此就结束了，特洛伊人的军师波吕达马斯开始登场（*Il.*11.57），这两位军师的进退正好将《伊利亚特》前22卷划分为两个部分。帕特罗克洛斯听从了涅斯托尔的计划，因为他此时还保持理智，但更重要的原因是他被感动了（*Il.*11.804）。帕特罗克洛斯是史诗设定的残酷背景下唯一能够被感动和具有怜悯心的英雄，他曾经同情并安慰女俘布里塞伊斯（*Il.*19.291—300），他现在同情并治疗欧律皮洛斯（*Il.*11.841—848），也将会同情并帮助希腊人战斗。

第二节 波吕达马斯的建议

特洛伊人将战火推进到壕沟和堡垒，荷马再次提及希腊人悖逆诸神而建造的庞大军事工程（*Il*.12.6—34）。壕沟和堡垒的建造是由涅斯托尔提议（*Il*.7.337—343），并由希腊人在一天之内完成的（*Il*.7.436—41）[1]。它似乎在两个方面冒犯了波塞冬，动工之前没有给诸神献上百牲祭，如果希腊人凭借自己的军事工程攻破波塞冬和阿波罗建造的特洛伊城，那么他们的名声将会盖过诸神的名声。这些冒犯要么显示出涅斯托尔过于自信人力的傲慢，要么是希腊人在千钧一发形势下的疏忽。宙斯让希腊首领受伤而没有死亡，而且将壕沟和堡垒毁掉的时刻推迟到特洛伊战争结束之后，这一切暗示着希腊人并不是出于傲慢，但无意的冒犯仍然需要付出代价，壕沟和堡垒无法保护希腊人，而且躲不过最终被波塞冬毁掉的命运。荷马对壕沟和堡垒及其战斗的描述提醒我们再次注意到阿基琉斯的核心意义，阿基琉斯在场时根本不需要这些军事工程，这些军事工程也未能达到阻挡敌人的效果，因此涅斯托尔的智慧并不能代替阿基琉斯。

同样，在特洛伊一面，波吕达马斯的智慧也不能代替赫克托尔，波吕达马斯在全书中总共提出四个建议。在前往希腊人壕沟的路上，波吕达马斯给出第一个建议（*Il*.12.60—107），请赫克托尔命令所有人下马下车，步

---

1 修昔底德认为该堡垒和壕沟是在特洛伊战争开始第一年就建造起来了，荷马注疏家怀疑修昔底德能否认出史诗的虚构，不过，这里的关键点不在于历史事实，而在于诗歌结构的安排，参见 Bryan Hainsworth，*The Iliad：a Commentary*，*Vol. III：Books 9—12*（Cambridge：Cambridge University Press，2000），p.317。

行前进，以免有朝一日遭到希腊人的反攻，马和马车无法掉头或快速撤退，造成特洛伊人损失惨重。赫克托尔此时还算明智，他听从建议，立即将所有士兵分为五个队列前进。唯独阿西奥斯狂妄自大，不听建议和命令，执意要带领自己的军队驾车快速进攻（*Il*.12.110—174）。荷马讽刺阿西奥斯"驾着战车驶向阿尔戈斯人的快船，愚蠢地注定不可能逃脱邪恶的死亡"（*Il*.12.112—113）。果不其然，阿西奥斯的先锋队遭到猛烈打击，5位有名字的特洛伊人被杀（*Il*.12.182—194），阿西奥斯也被伊多墨纽斯杀死，倒在他自己的战车前（*Il*.13.384—394）。

在特洛伊人准备进攻希腊人的壕沟时，波吕达马斯看到一只雄鹰抓住一条巨蟒飞上天空，巨蟒反咬一口导致雄鹰不得不丢弃巨蟒飞走（*Il*.12.200—207）。波吕达马斯把这个征兆解读为：特洛伊（雄鹰）如果不顾一切地猛攻希腊人（蛇），将会遭到希腊人的反击不得不仓皇逃跑，因此他提出第二个建议："不要和达那奥斯人争夺船舶……即使不惜力量攻破垒门和垒墙，阿开奥斯人溃退，我们也难以井然地沿原路从船舶后退（*Il*.12.216—225）。"但赫克托尔这次没有听从他的建议，而是强调宙斯的意志，信赖自己的力量和号召所有人为国家而战[1]，他将波吕达马斯的安全策略视为懦弱的表现，并给出强有力的威胁（*Il*.12.230—250）。直到帕特罗克洛斯参战，大肆屠杀特洛伊人，将特洛伊人从船边赶回平原时，我们才看到波吕达马斯的鸟卜和建议是正确的，特洛伊人为赫克托尔的执拗付出了惨重代价。

---

[1] 为国家而战是赫克托尔最重要的信念，他也这样鼓励自己的士兵"为国捐躯并非辱事，他的妻儿将得平安，他的房产将得保全"（*Il*.15.496—498）。

希腊人与特洛伊人分别在大埃阿斯与萨尔佩冬的鼓励和带领下展开猛烈战斗，特洛伊人以埃皮克勒埃斯之死和格劳科斯受伤为代价（*Il.*12.379—389），换取赫克托尔攻破希腊人堡垒大门的荣誉（*Il.*12.437—461）。波塞冬鼓励希腊人重组战阵（*Il.*13.90—128），希腊人在波塞冬的激励下杀死10位有名字的特洛伊人[1]，而特洛伊人则在宙斯支持（*Il.*13.347）的赫克托尔的带领下杀死6位有名字的希腊人。[2]正如波塞冬不及宙斯，希腊人整体上也不及特洛伊人，特洛伊人越过堡垒但军队散乱无形，波吕达马斯在这关键时刻提出第三个建议（*Il.*13.740—747）：希望赫克托尔召集将领重整战阵，商议继续作战还是撤退，并预感阿基琉斯参战而暗地里提议撤退。荷马对这个建议给出极高评价：

> 特洛亚人本可能撤离阿开奥斯人的
> 船只和营帐，狼狈地逃回多风的伊利昂，
> 若不是波吕达马斯走近赫克托尔这样说。（*Il.*13.723—725）

赫克托尔立即同意召集首领商议，可惜他在宙斯的鼓励（*Il.*13.794）和埃阿斯的挑衅（*Il.*13.809—820）下做出了一个不明智的选择，即选择继续作战而不是撤退（*Il.*13.833）。后面帕特罗克洛斯（阿基琉斯的化身）加入战斗，印证了波吕达马斯的预感正确；在帕特罗克洛斯的反攻下，特洛伊人仓皇而逃，伤亡惨重（*Il.*16.367—379），再次表明赫克托尔未能领会

1　参见*Il.*13.171，363，389，399，428，506，545，570，617，654。

2　参见*Il.*13.186，411，518，542，577，672。

波吕达马斯的建议，导致特洛伊人的灾难。

待当天战争结束后，波吕达马斯给出第四个建议：他预言阿基琉斯必定会重返战场，为帕特罗克洛斯报仇，因此他希望赫克托尔把军队撤回城里，防止被阿基琉斯攻击时撤退不及，还可以以逸待劳对抗阿基琉斯（*Il.* 18.249—283）。然而，赫克托尔怒骂波吕达马斯，信赖宙斯的意志和自己的力量，吩咐士兵就地过夜，甚至扬言要单挑阿基琉斯（*Il.*18.284—309）。荷马以自己的身份批判赫克托尔和特洛伊人：

> 愚蠢啊，帕拉斯·雅典娜使他们失去了理智。
> 人们对赫克托尔的不高明的意见大加称赞，
> 却没人赞成波吕达马斯的周全主意。（*Il.*18.311—313）

雅典娜从未给赫克托尔任何指示和帮助，这里只是荷马描述一个人愚蠢的惯常手法。[1] 赫克托尔的愚蠢源于他被胜利冲昏了头脑，他在此前两次被埃阿斯用石头砸伤，而埃阿斯的战斗力不如阿基琉斯，因此，赫克托尔无论如何也不可能是阿基琉斯的对手。赫克托尔第二天面对阿基琉斯时为自己谴责波吕达马斯感到自责，也为自己没听从波吕达马斯的建议导致士兵和自己死亡而后悔莫及：

> 天哪，如果我退进城里躲进城墙，
> 波吕达马斯会首先前来把我责备，

---

[1] 比较*Il.*6.234；9.377；12.234；15.724；17.470；19.137。

> 在神样的阿基琉斯复出的这个恶夜
>
> 他曾经建议让特洛亚人退进城里，
>
> 我却没有采纳，那样本会更合适。（*Il.*22.99—103）

荷马借助波吕达马斯之口表达了他的人性观，即每个人有不同的天赋，但有智慧是最好的天赋：

> 神明让这个人精于战事，让另一个人
>
> 精于舞蹈，让第三个人谙于竖琴和唱歌，
>
> 鸣雷的宙斯又把高尚的智慧置于
>
> 第四个人的胸中，使他见事最精明，
>
> 他能给许多人帮助，也最明自身的价值。（*Il.*13.730—734）

波吕达马斯把人的能力区分为行动能力和言辞能力，前者以战士与舞蹈家为代表，后者以预言家与诗人为代表。显然，战士比舞蹈家更好，正如预言家比诗人更好。波吕达马斯是最精明、最能洞察过去未来的预言家，赫克托尔则是最勇敢、最能决定战争事务的领袖（*Il.*18.250—252），荷马通过赫克托尔是否听从波吕达马斯所导致的成败，展示出战士和预言家（包括智慧者涅斯托尔）的上限：预言家可以制订完美的计划，但是他缺乏执行能力，他的计划能否得到实现取决于战士是否领悟、听从和执行，否则他的计划无论多么完美也会以失败告终。在行动原因的层面上，荷马通过一系列行动因果关系强调预言家（智慧者）比战士更胜一筹：预言家波吕达马斯深得阿波罗的恩宠而在战场上幸免死亡（*Il.*15.520—522），

涅斯托尔的年轻勇敢和老年智慧使得自己得以保全，而帕特罗克洛斯不听从阿基琉斯的劝告导致了自己的死亡，赫克托尔不听从劝告导致了自己的死亡，阿基琉斯不听从劝告导致了好朋友的死亡——最终也导致了自己的死亡。但在行动结果的层面上，荷马强调人必须依据理性和智慧来行动，以及预言家（智慧者）与战士应该密切合作。这种合作虽然在现实生活中很难实现，但是在一个人身上则是可能的，奥德修斯正是这种可能性的典范。

第三节　赫拉的诱惑

受伤下场的阿伽门农第三次提议航海回家，他无耻且恶毒，将自己的失败归咎于宙斯，想要撇下前线战士偷偷逃跑，而且认为比起死亡来说逃跑也没有什么可耻的（*Il.*14.65—81）。奥德修斯虽谴责阿伽门农，但也在维护阿伽门农，阿伽门农的提议（而不是阿伽门农本人想逃跑）实在配不上统帅地位，而且对战事不利（*Il.*14.83—102），最终由狄奥墨得斯给出另一个被大家认同的建议：受伤的首领们可以不参加战斗，但应该巡视战场和鼓舞士气（*Il.*14.128—132）。[1]

波塞冬在地面鼓舞希腊人，赫拉则在天上诱惑宙斯，他们想要阻隔宙斯的意志，让希腊人反败为胜（*Il.*14.340—377）。果然，埃阿斯打伤赫克托尔，希腊人杀死了12位有名字的特洛伊人，只损失了1位有名字的希腊人。然而波塞冬和赫拉的努力在宙斯恢复神志之后立即被终止，宙斯首先

1　随后涅斯托尔向宙斯祈祷（*Il.*15.370—378）和鼓励士兵（*Il.*15.659—666）。

让伊利斯去命令波塞冬退出战场，让阿波罗鼓励赫克托尔重返战场，然后
完整地表达了他自己的意志，宙斯的意志决定了随后的战斗进展和《伊利
亚特》的故事情节：

> 我想让伊里斯前往披铜甲的阿开奥斯人的
> 军队传达我的命令，要大神波塞冬
> 立即停止战斗，返回自己的宫阙；
> 让福波斯·阿波罗去激励受伤的赫克托尔，
> 给他灌输力量，忘记正在折磨
> 他的心灵的痛苦，重新投入战斗，
> 使阿开奥斯人陷入恐慌，转身逃窜，
> 奔向佩琉斯之子阿基琉斯的多桨战船。
> 阿基琉斯将派好友帕特罗克洛斯去参战，
> 光辉的赫克托尔将在伊利昂城下用枪
> 把他打倒，他将先杀死许多将士，
> 其中包括神样的萨尔佩冬，我的儿子。
> 神样的阿基琉斯被震怒，再杀死赫克托尔。
> 从这时起我将使特洛伊人在船舶前
> 不断遭受打击，直到阿开奥斯人
> 按照雅典娜的计划攻占巍峨的伊利昂。
> 我不会平息自己的愤怒，也不会允许
> 任何不死的神明帮助达那奥斯人，
> 要直到佩琉斯之子的愿望得到满足，
> 像我当初点头向他应允的那样，
> 那天女神忒提斯抱住我的双膝，

请求我看重攻掠城市的阿基琉斯。（*Il.*15.56—77）

随后的故事情节如下：赫克托尔带领特洛伊军队攻到希腊人的船边；帕特罗克洛斯参战，杀死萨尔佩冬，把特洛伊人赶回平原；帕特罗克洛斯因恋战而被赫克托尔杀死；阿基琉斯为帕特罗克洛斯复仇参战并杀死赫克托尔。显然，宙斯的意志不同于雅典娜的意志，宙斯的意志是通过阿基琉斯的不可替代性和重要性来恢复阿基琉斯的荣誉，雅典娜的意志则是毁灭特洛伊，因此《伊利亚特》——以歌唱宙斯的意志为主题——只需叙述到阿基琉斯杀死赫克托尔，不必叙述到特洛伊的毁灭。

宙斯的意志立即得到执行：伊利斯先后动用"君臣服从"和"兄弟互助"的原则劝告波塞冬，波塞冬虽心有不甘却不得不让步，骂骂咧咧地退出战场（*Il.*15.174—219）；阿波罗则给赫克托尔灌输力量，让他重返战场奋勇杀敌（*Il.*15.243—280）。特洛伊人扭转战局，连杀11位有名字的希腊人（*Il.*15.332—342，445，515—519，638），而希腊人只杀死3位有名字的特洛伊人（*Il.*15.523，543，576），最终赫克托尔攀上希腊人的战船并放火烧船（*Il.*15.716—725）。

赫拉和波塞冬的努力阻隔了宙斯的意志，然而这种阻隔只是暂时性的，随着宙斯意志的恢复和立即执行，反而彰显出他们的愚蠢和弱小，以及宙斯的强大和宙斯意志的不可更改。[1] "宙斯的计划由于长久耽搁而更

---

1 赫拉事后说："我们真愚蠢，糊涂得竟想对抗宙斯，我们还想阻遏他，用言语或武力。他却独踞一处，既不关心我们，也不把我们放心上，因为他无疑认为，在不死的神明中他的权能和力量最高强。他如果对你们行恶，你们也只能忍受（*Il.*15.104—109）。"

令人印象深刻。诗人娴熟地安排那些对抗宙斯的线索，使之比他的情节所允许的程度更和谐、进而更有威胁；那些密谋对抗宙斯计划的线索使得宙斯计划的恢复变得如雷贯耳。"[1]

第四节　帕特罗克洛斯之死

帕特罗克洛斯在治疗欧律皮洛斯时看到特洛伊人越过堡垒，立即放下欧律皮洛斯，返回向阿基琉斯报告战况（*Il*.15.390—405）。他为同胞遭受苦难痛哭流涕（比较*Il*.16.17，22），他报告了希腊领袖受伤的情况，谴责阿基琉斯冷酷无情，并按照涅斯托尔的建议劝告阿基琉斯参战，或者允许他自己披着阿基琉斯的铠甲上战场（*Il*.16.20—45）。阿基琉斯对阿伽门农的余怒未消，更为连最好的朋友帕特罗克洛斯也不能体谅他而感到伤心，于是他被迫同意挚友披上自己的铠甲上战场（*Il*.16.52—65）。阿基琉斯的选择使得他陷入一系列困境中：如果他不允许挚友上战场，那么他就令挚友伤心难过，他本人也一直遭受挚友和同伴的谴责（比较*Il*.16.200—209）；如果他允许挚友上战场，必然会导致两种他无法接受的结局，要么挚友能够战胜敌人，获得荣誉，如此一来，阿基琉斯反而被证明是可以替代的，阿伽门农和希腊人不再需要阿基琉斯，阿基琉斯无法恢复自己的荣誉；要么挚友无法战胜敌人，甚至被敌人所杀，如此一来，他派出去的军队也没有什么了不起的，因而无法获得荣誉，甚至他可能会因挚友的死亡而再次

1　Cedric H. Whitman and Ruth Scodel，"Sequence and Simultaneity in Iliad N，ξ，and O"，in *Harvard Studies in Classical Philology*，Vol. 85（1981），pp.1—15.

陷入悲伤（*Il.*16.80—94）。阿基琉斯清楚自己的困境，并为解决这个困境想出了一个办法，他要求帕特罗克洛斯"一经解救了船只的危难便返回这里，让其他的将士们在平原上继续与敌人拼杀"（*Il.*16.95—96）。阿基琉斯将挚友和同伴送上战场后，祈祷宙斯保佑帕特罗克洛斯能够将敌人从船边赶走，安然无恙地返回船上（*Il.*16.241—248），但宙斯"允准了他一半心愿，拒绝了另一半。他允许帕特罗克洛斯把战斗从船边驱开，却拒绝让他平安无恙地从战场返回来"（*Il.*16.250—252）。

帕特罗克洛斯的阿基琉斯形象引起了特洛伊人的恐慌，希腊10位首领连续斩杀了10位有名字的特洛伊首领（*Il.*16.284—350），瞬间将敌人从船边赶到了堡垒和壕沟。帕特罗克洛斯在平原上又杀死了12位有名字的特洛伊逃兵（*Il.* 16.399—418），继而杀死萨尔佩冬及其侍从（*Il.*16.463—505）。萨尔佩冬是宙斯之子，从最遥远的吕西亚前来战斗，不为利益或复仇或保家卫国，只为证明自己的能力和赢得荣誉。[1] 他是特洛伊一方最纯粹的英雄，荷马最喜爱和怜悯的角色之一。荷马让他在受伤之后又重新投入战斗（*Il.* 5.655—662），如今又用极为罕见的场景来描述他的死亡，宙斯"立即把一片濛濛血雨撒向大地"（*Il.*16.459）。萨尔佩冬的死给帕特罗克洛斯带来了巨大的荣誉，而萨尔佩冬死在帕特罗克洛斯（作为阿基琉斯的象征）的手中也不枉其此生。

帕特罗克洛斯继续砍杀11位有名字的特洛伊人[2]，攻到特洛伊城脚下，屠杀了27位无名的特洛伊人，最终被阿波罗、欧福尔波斯和赫克托尔合力

1　参见 *Il.*5.471—492；12.310—328；16.551。

2　参见 *Il.*16.585，694—696，738。希腊一方仅损失3名将士（*Il.*16.571，595）。

杀死（*Il*.16.791—822）。帕特罗克洛斯披着阿基琉斯的铠甲参战，他代表
阿基琉斯参战，为阿基琉斯的荣誉而战；当他的头盔被阿波罗打掉之后，
人们才发现他并不是阿基琉斯（*Il*.16.793），他的死亡表明他终究无法代替
阿基琉斯。帕特罗克洛斯死亡的原因很多：阿基琉斯派遣他出去打探消
息[1]，涅斯托尔说服他[2]，宙斯的意志[3]，他主动请求出战[4]，他被阿波罗拍
晕，被欧福尔波斯打伤，最后被赫克托尔杀死。但是根本的原因是他本人
的性格和选择：他是一位极其具有怜悯心的人，对他人的苦难、伤痛和死
亡深怀怜悯之情[5]，但过度的怜悯导致他过于恋战，蒙蔽了心智。荷马含
糊其词地解释了帕特罗克洛斯的死亡：

> 帕特罗克洛斯催促战马和奥托墨冬
> 追击逃跑的敌人，愚蠢地害了自己。
> 倘若他听从阿基琉斯的谆谆诤言，
> 便可以躲过黑色死亡的不幸降临。
> 但宙斯的心智永远超过我们凡人，
> 他可以轻易地使一个勇敢的人惶悚，
> 不让他获得胜利，又可以怂恿他去拼杀。
> 现在他就这样鼓起帕特罗克洛斯的勇气。（*Il*.16.684—691）

1　"帕特罗克洛斯应声出营，样子如战神，就这样开始了他的不幸。"（*Il*.11.603—604）

2　"涅斯托尔这样说，感动了帕特罗克洛斯。"（*Il*.11.804）

3　参见*Il*.8.476；15.64；16.849。

4　"他这样说，作着非常愚蠢的请求，因为他正在为自己请求黑暗的死亡。"（*Il*.16.46—47）

5　"你们要记住不幸的帕特罗克洛斯的善良，他活着的时候对所有的人都那么亲切。"（17.670—671）

　　荷马对宙斯的虔诚背后暗示着人物行动的自由意志。帕特罗克洛斯的死亡是他个人一系列选择因果链的结果：他可以接受或拒绝涅斯托尔、阿基琉斯和阿波罗的建议，从未有人强迫过他，他的行为完全是他个人选择的结果。与其说宙斯的意志决定了帕特罗克洛斯的选择和结果，不如说宙斯的意志代表着帕特罗克洛斯的选择与结果之间的必然性。这种行动上的必然性也是故事情节发展的必然性，连荷马也难以更改，因为只有帕特罗克洛斯的死亡才构成阿基琉斯参战的原因，荷马必须让帕特罗克洛斯死亡，他才能叙述阿基琉斯参战的故事。

第五章　阿基琉斯再怒

阿基琉斯把友爱视为最有价值的东西之一，帕特罗克洛斯是他最喜爱的伙伴。在阿基琉斯看来，除了荣誉之外，如果人世间还有什么东西值得为之战斗和牺牲的，那肯定不是美女、财富、城池和权力，而是朋友和友爱。朋友共享一切，朋友是另一个自己，友爱产生于战斗中生死相依的情谊，构成和平时期城邦及其政治活动（集会）的基础。这决定了阿基琉斯最终会重返战场，为朋友复仇。阿基琉斯在战场上丧失理智，成为杀人狂魔，甚至辱骂和对抗诸神，尽情宣泄自己的屈辱、不满和仇恨，最终杀死特洛伊首领赫克托尔，扭转整个战局。赫克托尔的死亡暗示着特洛伊城的毁灭，而阿基琉斯虽然还活着却早已死去。荷马通过许多隐喻和语言暗示了阿基琉斯的"死亡"：帕特罗克洛斯穿着他的铠甲死亡，他悲痛地躺在地上用沙土埋葬自己；赫克托尔穿着他的铠甲死亡；他母亲提到他的选择和命运；赫克托尔临死前的预言。阿基琉斯死亡的根本原因仍然是他的思想和性格以及由此引发的选择和行动。

最捷足、最勇猛和最具战斗力的阿基琉斯，将会被最无耻、最软弱和最缺乏战斗力的帕里斯所杀。阿基琉斯的死亡成为一种启示：阿基琉斯"强者为王"的生物法则最终被阿伽门农"王者为强"的社会（政治）原则打败，这是人类文明发展的方向；但被专横的阿伽门农统治却比被执拗的阿基琉斯统治更加悲惨，必须以死反抗专制统治和宗教权威，将人从另一种暴力中解放出来；人的解放必须以理性和善为目的，不知道什么是善恶的解放最终会让人重返自然状态，缺乏理性的野兽（暴怒的阿基琉斯）无论多么强大也将会轻易地被简单的理性和技术（帕里斯的弓箭）制服。

第一节　阿基琉斯备战

希腊人与特洛伊人分别在雅典娜与阿波罗的鼓励下，围绕着争夺帕特罗克洛斯的尸体展开争斗，双方势均力敌[1]，但都已精疲力尽，难以再发起致命攻击，用羞耻感和荣誉感来鼓励士气的话语多于战斗行动的结果，连宙斯也不得不感慨，"在大地上呼吸和爬行的所有动物，确实没有哪一种活得比人类更艰难"（*Il.*17.446—447）。帕特罗克洛斯去世后，希腊人陷入了困难当中，伊多墨纽斯退下战场（*Il.*17.625），埃阿斯虽然是战争的最后堡垒，但是他仍然不能代替阿基琉斯[2]；在埃阿斯的建议下，墨涅拉奥

1　特洛伊人阵亡5人（*Il.*17.47，294，313，517，575），希腊人阵亡4人（*Il.*17.307，344，610，615）。
2　论外表和功绩他仅次于佩琉斯之子，却胜过所有其他的达那奥斯将士（*Il.*17.279—280）。

斯呼吁安提洛科斯返回船边，向阿基琉斯报告帕特罗克洛斯的死讯，希望
阿基琉斯能够参战并夺回帕特罗克洛斯的尸体。

> 阿基琉斯一听陷进了痛苦的黑云，
> 他用双手抓起地上发黑的泥土，
> 撒到自己的头上，涂抹自己的脸面，
> 香气郁烈的袍褂被黑色的尘埃玷污。
> 他随即倒在地上，摊开魁梧的躯体，
> 弄脏了头发，伸出双手把它们扯乱。（Il.18.22—27）

阿基琉斯很快便由悲伤转化为对赫克托尔的愤怒，他要去杀死赫克托尔，为挚友复仇。阿基琉斯母亲的劝告表明阿基琉斯陷入了最严重的困境当中，如果他不杀死赫克托尔则生不如死（Il.18.90—93），如果杀死赫克托尔则自己也要死亡（Il.18.96）。但阿基琉斯依然选择后一种方案，"我现在就去找杀死我的朋友的赫克托尔，我随时愿意迎接死亡"（Il.18.114—115）。这就是前面提到的著名的阿基琉斯的选择：如果不上战场则可以颐养天年，但默默无闻；如果上战场则战死沙场，却获得永恒荣誉。在面对阿伽门农的求和使者时，阿基琉斯选择了前者，如今阿基琉斯却义无反顾地选择了后者。由此可见，古希腊人所说的"命"从来不是注定的，而是可以由行动者来选择的，"命"只是代表选择与结果之间的必然性。这种必然性也包含某种偶然性，因为生活的复杂性远远超出了人的理解，因此选择所导致的结果并不完全掌握在人的手中，于是这种偶然性也被视为

113

"运气"（不幸或幸运）。荷马并没有描述阿基琉斯选择上战场为什么必然会导致死亡，以及阿基琉斯如何死亡，当然这已经超出了《伊利亚特》的主题范围，但是荷马明确告诉我们，阿基琉斯的死亡是他自己选择的结果，荷马揭示了一个真理，每个人都会死亡，但是人可以选择死亡的方式。

当然，即使是最英勇的阿基琉斯，没有铠甲还是无法立即上战场的，阿基琉斯还没有到被愤怒完全冲昏头脑、愚蠢到赤膊上阵的地步。他的母亲要去请工匠神赫菲斯托斯为他打造一副铠甲（*Il.*18.134—137），阿基琉斯暂时只能站在壕沟边上呐喊，吓退特洛伊人，让希腊人把帕特罗克洛斯的尸体带回来（*Il.*18.222—233）。

阿基琉斯对赫克托尔的愤怒比对阿伽门农的愤怒更强烈。显然，在他看来，帕特罗克洛斯比布里塞伊斯更重要，或者说友谊比性爱或爱情更重要。荷马向我们展示了这样一个阿基琉斯：他出身最高贵，长相最帅气，最具有战斗力，能够决定世界大战的胜败，进而决定所有人的生死，他所拥有的一切已经是凡人个体所能达到的极限；他不向权力低头，不为礼物所动，只在乎自己的荣誉，当他的荣誉被剥夺之后，唯一能够让他活着的理由就是友谊，或者说友谊是除了荣誉之外他最重视的事物，他愿意为朋友去死。真正的友谊与地位、能力、血缘、尊重统统无关，它源于战士们在战斗中相互帮助和保护所形成的情谊，它是战士们彼此之间的死生契合。战斗决定共同体的存亡，因此在战斗中形成的友谊就构成了共同体的基础，甚至可以说友谊比权力更加是共同体的基础，因为一个共同体可以没有权力却不能没有友谊。两个拥有友谊的人称为朋友，朋友后来被哲学家们抽象为一个人的另一个自我，在这个意义上，我们才能理解阿基琉斯为什么会愿意为朋友去死。

赫菲斯托斯是工匠之神，他打造过宙斯的宫殿（*Il*.20.11），设计出各种黄金机器女仆为自己服务（*Il*.18.417），如今他要报答阿基琉斯母亲的救助之恩（*Il*.18.407），为阿基琉斯打造装备（*Il*.18.466）。荷马花了很长的篇幅来描述阿基琉斯的铠甲和盾牌（*Il*.18.468—615），不仅为阿基琉斯的隆重出场做了充足的铺垫，也展示出荷马对于自然与社会关系的思考。赫菲斯托斯打造了一面奢华和坚固的盾牌，在上面由内至外描绘了五个场景（*Il*.18.483—608），而荷马在按照环形结构来叙述他们：

　　A 自然：天地海；

　　B 社会：城邦内部的纷争，城邦之间的战争；

　　C 自然与社会：人们依照四季更替而劳作；

　　B′ 社会：少男少女，诗人，伶人；

　　A′ 自然：环海。

这个环形结构表明人被框定在自然之中[1]，自然（A 和 A′）对于人而言就是一种强力，人的生命和活动都受到自然及其规律的限制；人在自然的基础上发展出社会，但是社会却无法彻底摆脱自然；任何彻底摆脱自然的纯粹社会，要么会陷入纷争和战争的灾难（B），要么只能是一种理想或乌

1　"人被框定在更广阔的自然世界中，这个有死的个人或种族也属于无限世界的一部分，但人与自然世界或无限世界相比简直微不足道"，Stephen Scully，"Reading the Shield of Achilles：Terror，Anger，Delight"，in *Harvard Studies in Classical Philology*，Vol. 101（2003），pp. 29-47。

托邦（B'）；人最可能幸福的生活就是顺应自然（C）。¹荷马歌颂战争的英雄，也反对残酷的战争²，歌颂田园牧歌的农夫；荷马思想的矛盾恰恰显示出人类社会生活的真理，社会总是处于摆脱自然和受制于自然的张力状态，生活本身就是充满矛盾和困境的。

接下来阿基琉斯与阿伽门农的和解再次显示出他的困境。阿基琉斯首先召开士兵集会，并在大会上说：

> 让既成的往事过去吧，即使心中痛苦，
> 对胸中的心灵我们必须学会抑制。
> 现在我已把胸中的怒火坚决消除，
> 不想总把害人的仇怨永远记心里，
> 让我们赶快召唤长发的阿开奥斯人
> 投入战斗，我要亲自迎战特洛伊人。（*Il*.19.65—70）

阿基琉斯真的消除了他对阿伽门农的愤怒，真心愿意跟阿伽门农和解了吗？显然没有，他只是用更大的愤怒代替或掩盖了较小的愤怒，他仍然不在乎阿伽门农的礼物（*Il*.19.147—148）。那他为什么要"口是心非"呢？在战火烧到船边时，他没有按照之前的承诺上战场，他已经错过了机会，

1　几乎所有民族都发展出"顺应自然"的伦理观念，这里的关键问题是"什么"是自然以及"如何"顺应。自然至少包括：（1）自然物体、自然现象和自然规律；（2）人的身体、灵魂、语言、文化、伦理、法律、制度等。依据不同的自然观，顺应自然的方式也有所不同。现代人特别强调驯化、改造和控制自然，然而人也是自然的一部分，对自然的控制必然包含对人的控制，因此科学技术——作为最有控制力的力量之一——发展越高级就越能控制自然，但同时也更能控制人。

2　美籍英裔诗人威斯坦·休·奥登（W. H. Auden）写过一首著名诗歌，名为《阿基琉斯的盾牌》（*The Shield of Achilles*），他将阿基琉斯的盾牌解读为诗人反战的象征，以此来表达自己的反战立场。

这样的过失使得他丧失了挚友，也陷入极为尴尬的处境——没有人来邀请他却不得不上战场，因此他需要一个合适的理由上战场。

阿伽门农似乎非常清楚阿基琉斯的尴尬，他显然不满阿基琉斯再次召集会议的挑衅[1]，因此他也不再像之前在内阁会议上承认自己错误那样在公开集会上承认自己错误。阿伽门农把自己的错误归咎于诸神"宙斯、摩伊拉和奔行于黑暗中的埃里倪斯，他们在那天大会上给我的思想灌进了可怕的迷乱，使我抢夺阿基琉斯的战利品"（*Il*.19.86—88），"我怎么也忘不了阿特，是她把我蒙蔽"（*Il*.19.136）。阿伽门农满嘴胡言，诸神从未让他"迷乱"，而且"欺骗"宙斯的是赫拉而不是阿特（*Il*.19.96—124），他那种"神决定人"的虔诚恰恰是渎神的，因为他把神视为恶的来源。阿基琉斯是否洞察阿伽门农的谎言，我们并不清楚，但为了获得上战场的理由，他至少在口头上接受了阿伽门农的说辞（*Il*.19.269—274）。

奥德修斯建议阿基琉斯允许士兵们吃完早餐再战斗，赞赏阿伽门农同意"和解"，并建议阿伽门农搬出礼物和发誓没有玷污布里塞伊斯（*Il*.19.154—183），阿基琉斯拒绝了奥德修斯的建议。奥德修斯早已在求和事情上与阿基琉斯心生嫌隙，如今对阿基琉斯的忽略和拒绝感到气愤，他这样警告阿基琉斯：

> 你比我强大，枪战技术也远远超过我，

1　正如阿基琉斯在《伊利亚特》开篇召开会议冒犯阿伽门农的权威那样，尽管这次也是出于女神（母亲忒提斯）的建议（*Il*.19.34），但是他召开会议仍然是出于他的选择，他仍然不能免除自己过失的主要责任。

> 但我在判断力方面也许比你强得多，
>
> 因为我比你年长，见识也比你多广，
>
> 因而但愿你能耐心地听我的规劝。（*Il.*19.217—220）

从阿伽门农和奥德修斯的态度来看，阿基琉斯处于困境当中，如果他不跟阿伽门农和解则无法体面地上战场，如果不和解则不再获得应有的尊敬，正应了福尼克斯的说法"要是你得不到礼物也参加毁灭人的战争，尽管你制止了战斗，也不会受到尊敬"（*Il.*9.604—605）。因为阿基琉斯此时只是为一个死人而战，不是为了保护活着的士兵而战；只是为了个人复仇而战，不是为了全军胜利而战；只是为死亡而战，不是为荣誉而战。尽管阿基琉斯也对母亲说自己要为荣誉而战（*Il.*18.121），但他在大会上、战斗中和战斗结束后从未说自己为荣誉而战，显然荣誉不再是他参战的目标，而只是他参战的附属结果。

第二节　阿基琉斯复仇

随着阿基琉斯的参战，宙斯从支持特洛伊人转向支持希腊人，并允许诸神奔赴战场鼓励凡人或者彼此战斗（*Il.*20.33—40，66—74）。支持希腊人的诸神在地位和能力上都高于支持特洛伊人的诸神（*Il.*20.135），所以前者注定完胜后者：火神赫菲斯托斯燃烧河神克珊托斯（*Il.*21.342—381），智慧女神雅典娜痛击战神阿瑞斯和爱神阿佛洛狄忒（*Il.*21.390—433）；波塞冬让侄儿阿波罗不战而逃（*Il.*21.435—469）；天后赫拉扭打阿尔特弥斯（*Il.*21.470—496）；宙斯之子赫尔墨斯令宙斯之妻勒托知难而退（*Il.*21.497—504）。既然凡间的战事由于诸神的加入而受到诸神的影响，可以想象，希腊人也必定会完胜特洛伊人。参战的诸神看似偶然的分组站队其实是荷马精心安排的结果，因为如果支持希腊人的诸神被打败，那么既不符合宙斯的意志，也不能合理说明希腊人如何能够战胜特洛伊人，毕竟仅凭阿基琉斯是无论如何也无法跟诸神对抗的，例如他差点被河神淹死（*Il.*21.281—282）。

荷马经过漫长的烟火准备，终于燃起阿基琉斯的熊熊烈火。[1] 阿基琉斯寻找赫克托尔却首先碰到埃涅阿斯。埃涅阿斯是安基塞斯与爱神阿佛洛狄忒的儿子（*Il.*20.105，240），赫克托尔的堂兄（*Il.*20.237），他的战斗力仅次于赫克托尔，将在赫克托尔死亡之后继承特洛伊的王权（*Il.*20.307）。[2] 埃涅阿斯尽管出身比阿基琉斯更好（*Il.*20.105—108），但他的战斗力不如阿基琉斯（*Il.*20.94，334）。埃涅阿斯对自己的能力有清醒的认识，加上不受国王普里阿摩斯的器重（*Il.*13.460），所以他不愿意对抗阿基琉斯，但还是在阿波罗的怂恿下选择对抗阿基琉斯。他的选择被阿基琉斯解读为"为了权力或土地"而战（*Il.*20.180，184），但他却以证明自己的勇气和追求荣誉作为行动的理由（*Il.*20.241—242），结果就在阿基琉斯要杀死埃涅阿斯时，埃涅阿斯被波塞冬救走（*Il.*20.325），而赫克托尔也被阿波罗劝退躲进人群（*Il.*20.379）。

1　荷马这种高超的艺术手法颇受贺拉斯的欣赏，贺拉斯说："（荷马的）作法不是先露火光，然后大冒浓烟，相反他是先出烟后发光，这样才能创出光芒万丈的奇迹。"亚理斯多德、贺拉斯：《诗学，诗艺》，罗念生、杨周翰译，人民文学出版社，1962，第145页。

2　在特洛伊沦陷后，埃涅阿斯将带领特洛伊人流亡到拉丁姆地区，他成为罗马人的祖先。维吉尔正是以他为原型创作了最著名的罗马史诗《埃涅阿斯纪》。

接下来，阿基琉斯接连杀死14位有名字的特洛伊人，包括普里阿摩斯的儿子波吕多罗斯（*Il.*20.408）；活捉了12位青年人，把他们当作帕特罗克洛斯的祭品（*Il.*21.27，23.176）；杀死普里阿摩斯的儿子吕卡昂（*Il.*21.34—135）。特罗斯（*Il.*20.464）和吕卡昂（*Il.*21.65）都向阿基琉斯下跪求饶，但阿基琉斯根本没有饶恕他们。荷马说阿基琉斯"心性并不仁慈和软，却一向暴烈顽倔"（*Il.*20.467—468），而阿基琉斯却说"我的心曾经很乐意宽恕特洛亚人"（*Il.*21.101）。事实证明阿基琉斯的说法更准确，这恰恰表明荷马笔下的阿基琉斯并不是性格一成不变的，阿基琉斯只是在极度愤怒的情况下才表现得如此残暴，这种残暴行为虽然不符合理性利益——把俘虏当奴隶卖掉——但并不违反战争伦理。

接着，阿基琉斯在河里展开战斗，他劈死河神克珊托斯之子阿斯特罗帕奥斯（*Il.*21.140—208）；杀死7位有名字的特洛伊人（*Il.*21.209—210）；在河里疯狂屠杀敌人，以至于尸体把河水堵住，遭到河神的报复打击（*Il.*21.211—327）；把特洛伊人赶进城里，就在他将要杀死阿革诺尔时，阿波罗把阿革诺尔掳走了，并将阿基琉斯引诱到河边（*Il.*545—610）。阿基琉斯对河神的不敬和不服从、对阿波罗神的谴责都显示出他的"狂妄傲慢"（*Il.* 21.192，314；22.15），这已经超出了凡人的界限，显示出他演变成不虔诚的人。

最后，阿基琉斯杀死赫克托尔。当所有特洛伊人都逃回城里后，只有赫克托尔还站在城外，试图跟阿基琉斯决一死战（*Il.*22.36）。赫克托尔本来有很多选择：他可以顺从父母的苦苦哀求撤回城里（*Il.*22.37—91），也可以跟阿基琉斯讲和，还可以跟希腊人平均权力、财富和领土（*Il.*22.109—121）。然而他的羞耻感（*Il.*22.100）让他不能撤退，他的荣誉感（*Il.*22.130）驱使他战斗到底，从这个角度看，赫克托尔的死亡是他选择的结果，宙斯的意志（*Il.*22.209—213）和阿基琉斯的杀戮确保了赫克托尔的选择与结果之间的必然性。在决战前，赫克托尔试图跟阿基琉斯达成契约或信誓：

> 如果宙斯让我获胜，把你杀死，
> 我不会侮辱你的躯体，尽管你残忍
> 阿基琉斯，我只剥下你那副辉煌的铠甲，
> 尸体交阿开奥斯人。你也要这样待我。（*Il.*22.256—259）

阿基琉斯由于愤怒而将生死置之度外，也将一切人类文化所塑造的价值抛到九霄云外，他自信能够杀死赫克托尔，因而不必达成什么誓言：

> 赫克托尔，最可恶的人，没什么条约可言，
> 有如狮子和人之间不可能有信誓，
> 狼和绵羊永远不可能协和一致，
> 它们始终与对方为恶互为仇敌，
> 你我之间也不可能有什么友爱，
> 有什么誓言。（*Il.*22.261—266）

阿基琉斯又开始面临困境。一方面他的战斗力超过赫克托尔，在他看

来强者完全没有必要跟弱者达成契约，如果强者与弱者有什么契约的话，也是强者制定最有利于自己利益的契约，而不是弱者制定最有利于自己利益的契约。[1] 因此当他杀死赫克托尔，被赫克托尔祈求归还尸体，好让自己享受葬礼和得到埋葬时（*Il*.22.343），他说恨不得把赫克托尔"活活剁碎一块块吞下肚。绝不会有人从你的脑袋旁把狗赶走"（*Il*.22.347—348），此时阿基琉斯把自己想象成了吃死尸的狗，他要给予赫克托尔比死亡更严厉的惩罚——不得埋葬，灵魂无法进入冥府。[2] 这就是他作为强者的逻辑和条约。

另一方面，阿基琉斯虽然是最勇猛的战士，但是他也不可能永远勇猛，他总有一天会成为弱者，或者对于神而言无论人有多么勇猛也是非常弱小的，因此，阿基琉斯最终会成为自己所信奉的强者逻辑的牺牲品，正如赫克托尔最后所预言的：

> 不过不管你如何勇敢，也请你当心，
> 我不要成为神明迁怒于你的根源，
> 当帕里斯和阿波罗把你杀死在斯开埃城门前。（*Il*.22.358—360）

1　契约论成为现代权利论的根源。16世纪首次将荷马史诗翻译为英语的英国哲学家霍布斯认为契约是所有人共同制定以确保生存的条款，并把执行契约的权力交给了第三方，即政府，因此政府的权力是正当的，统治者掌握了生死予夺权，这种学说是为君主制服务的。18世纪的法国哲学家卢梭虽然也认为契约是所有人制定的，但是契约是为了保护个体的生命权、财产权和自由权而制定的，政府是人民授权的产物，因此统治者的权力是正当的，但是要受到人民的限制和监管，这种学说奠定了"人民主权论"。

2　根据古希腊宗教观念，人死之后未经埋葬和葬礼其灵魂就无法进入冥府，只能成为凄惨的孤魂野鬼，游荡在冥府门外，因此这是比死亡更严厉的惩罚（*Il*.23.71—76）。

赫克托尔的死亡让全部特洛伊人陷入了悲痛和哭泣（*Il*.22.405—410；24.707—776），因为他是最后一位能够肩负起保卫国家和人民的储君（*Il*.24.255—261，498），他的死亡标志着特洛伊人不可避免的毁灭即将到来。赫克托尔的死亡是他选择的结果，而他的选择则源于他的荣誉感、羞耻感、责任心和爱国心。因其多重身份，他的死亡也具有多重意义：作为最勇猛的特洛伊战士，他的死亡彰显了阿基琉斯的勇猛，恢复了阿基琉斯的荣誉；作为近乎完美的特洛伊领袖，他的存在和死亡让我们多少有点同情有道德缺陷和能力缺陷的特洛伊人[1]；作为一位典型的悲剧人物，他的死亡揭示出古今中外文化普遍存在且难以解决的"忠孝两难全"[2]的价值冲突困境。

第三节　阿基琉斯之死

荷马告诉我们阿基琉斯杀死赫克托尔后也将死去，并确定他被阿波罗和帕里斯所杀，却没有告诉我们他为什么必须得死和为什么这样死去，虽然这两个问题已经超出了荷马史诗的主题，但这两个问题是反思阿基琉斯

1　司各特说："帕里斯是传统上特洛伊的领袖和将军，但是由于道德缘故而无法被安排为诗歌主角。因此，诗人谴责帕里斯，并创造一位英雄，这位人物的高贵性足以为帕里斯的过失赢得人们的同情。在荷马笔下出现的赫克托尔是诗人所创造的，正是这位诗人构想出《伊利亚特》的思想；没有荷马就没有赫克托尔传统。"John A. Scott, *The Unity of Homer*（Berkeley, California：The University of California Press, 1921），p.226。司各特认为荷马无中生有创造赫克托尔是错误的，但是他认为荷马塑造完美赫克托尔是为了赢得人们的同情却是一个精彩的看法。

2　赫克托尔的两难在于家庭责任与城邦责任的冲突，守护城邦与追求荣誉的冲突，无耻苟活与光荣死去的冲突等，"个人忠诚与集体忠诚的冲突是战士的普遍状况"，James M. Redfield, *Nature and Culture in the Iliad*（Chicago：The University of Chicago Press, 1975），p.123。

悲剧的关键点。

荷马虽然没有写阿基琉斯的死亡，但是处处暗示着阿基琉斯的死亡。帕特罗克洛斯披着阿基琉斯的铠甲被杀死，朋友是另一个自己，这象征阿基琉斯的第一次死亡。阿基琉斯听闻帕特罗克洛斯的死讯，立即瘫倒在地，用黑土玷污自己全身，效仿死亡和自我埋葬，这象征阿基琉斯的第二次死亡。阿基琉斯对母亲说，不复仇而活着等于死亡，复仇之后自己死亡也愿意，哀莫大于心死，这象征阿基琉斯的第三次死亡。披着阿基琉斯铠甲（*Il*.22.322）的赫克托尔被阿基琉斯杀死，两个阿基琉斯相互残杀，必有一死，这象征阿基琉斯的第四次死亡。在帕特罗克洛斯的葬礼上，阿基琉斯剪下一绺头发献给挚友（*Il*.23.141），他已随挚友而去，将会跟挚友同穴（*Il*.23.83，248），这象征他的第五次死亡。葬礼竞赛对于生者有着模仿战争、追求荣誉和重构社会的意义，但阿基琉斯不再参加葬礼竞赛，他自绝于他人和社会，这象征他的第六次死亡。

人们常常以为，阿基琉斯在最后时刻听从了母亲的劝告，接受了普里阿摩斯的祈求，归还了赫克托尔的尸体，因此他恢复了冷静，变得释然和有怜悯心。然而这一切都是假象：阿基琉斯虐待赫克托尔的尸体（*Il*.24.15），说明他并未消除愤怒[1]；他依旧蔑视阿伽门农的权威，自作主张决定停战和战斗（*Il*.24.658）；他跟普里阿摩斯的和解是在黑夜、在野外、在私下完成的，这种和解在白天、在社会、在城邦之间是不可能的（*Il*.

---

[1] 阿波罗这样批评阿基琉斯："他的心不正直，他胸中的性情不温和宽大。他狂暴如狮，那野兽凭自己心雄力壮，扑向牧人的羊群，获得一顿饱餐，阿基琉斯也是这样丧失了怜悯心，不顾羞耻，羞耻对人有害也有益。"（*Il*.24.40—44）

24.686—688）。阿基琉斯那颗高贵的心，一旦受伤，再也无法恢复，正是这样的特质导致他必须死亡。他被愤怒所控制，失去理智，成为自己暴力的俘虏[1]，一头吃人的野兽，一团消灭一切的烈火。[2]这样的人对于自己和社会而言是没有意义的，也不能为社会所容忍，所以他必须死。

阿基琉斯被帕里斯所杀，这无疑是最大的剧情反转，却完全合乎情理。阿基琉斯并不怕死，他是不甘心不光彩地死（*Il.*21.280—283），然而他却以最不光彩的方式死去。最勇敢、最高尚的阿基琉斯被最无能、最不道德的帕里斯所杀，而且完全出于偶然。帕里斯擅长射箭，但是弓箭是所有武器中杀伤力最弱的武器，弓箭手由于需要保护而不被视为勇敢者，而且帕里斯的箭法简直不入流，例如在成千上万人群当中他却射中涅斯托尔的马（*Il.*8.82—86），射中狄奥墨得斯的脚（*Il.*11.310—484），射中马卡昂的右臂（*Il.*11.505—535），射中欧律皮洛斯的大腿（*Il.*11.575—585，810）。显然，帕里斯无法瞄准敌人，他射中敌人纯属偶然——偶然射中运动中的手脚。巧合的是，阿基琉斯的致命弱点也在"脚踵"，因此帕里斯射中阿基琉斯的"脚踵"纯属偶然。弓箭虽然杀伤力最小，但也足以杀死阿基琉斯，失去理智的阿基琉斯无论多么勇猛也抵不住人类文化创造的小小工具，正如一根绳索就足以驯服庞大的自然动物一样，因此帕里斯杀死阿基琉斯再合适不过了。

---

1 河神克珊托斯说："阿基琉斯，你比所有的凡人都强大，但暴虐也超过他们。"（*Il.*21.214—215）

2 荷马用大量动物和烈火来比喻阿基琉斯：想要杀死农夫的"雄狮"（*Il.*20.165—175）；燃烧山林的"烈火"（*Il.*20.490—494）；吃掉无数小鱼的"海豚"（*Il.*21.20—25）；划破夜空预告凶兆的"天狗星"（*Il.*22.26—32）；追捕野鸽的"雄鹰"（*Il.*22.139—142）；追逐小鹿的"猎狗"（*Il.*22.188—192）；杀死绵羊的"狼"（*Il.*22.261—267）。

阿基琉斯的死是一个悲剧，因为他面临的是一系列无法解决的困境，他只能从中做出选择，而无论如何选择都会使得另一种价值丧失，但他的结果终究是他选择的结果。他并不是天性残暴，而是一步步变成这样的，或者说一步步被逼成这样的。作为生活的、行动的、伦理的阿基琉斯，他由于荣誉丧失而退出战斗，他试图重返战场恢复荣誉，最终却毫无荣誉地死去。阿基琉斯的悲剧是真正的、最大的、最可怕的悲剧，他的任何选择和行动都必然导致他的毁灭，而且是毫无意义的毁灭。作为艺术的、思想的、审美的阿基琉斯，他的形象却是永垂不朽的，他的死象征着理性、法律、秩序、权威在社会重新获得力量，象征着人类从自然状态进入社会状态的飞跃。他达到了自然人能够达到的最高高度，他的悲剧只能让我们意识到人类生活始终存在无法彻底解决的困境，但无论如何仍然要努力去理解人类生活的本质，尝试用理性去应对这些困境，否则我们就会被欲望、激情这些原始野性所支配，生命变得毫无意义。

第六章　特勒马科斯寻父

　　奥德修斯远征特洛伊十年，又在归途中漂泊了十年，其城邦早已今非昔比，人们不敬畏诸神，城邦纲纪废弛，社会秩序混乱，新成长的贵族青年挥霍其家产、图谋其妻子和觊觎其王位。王子特勒马科斯刚成年，孤立无助，在雅典娜女神的鼓励下，他冒险外出打听父亲是否存活或何时归来，想要终结这种混乱、无序和危险的处境。皮洛斯城邦敬畏诸神，拥有政治权威，但缺乏欲望；涅斯托尔自吹自擂，但对奥德修斯的行踪一无所知，也不支持特勒马科斯的行为；斯巴达城邦不敬畏诸神，拥有政治权威，但生活奢侈放纵；墨涅拉奥斯赞赏奥德修斯，他从诸神那里知道自己将不朽和奥德修斯还滞留在奥古吉埃岛。特勒马科斯是少年奥德修斯，他寻找父亲象征着哲人走出洞穴、自我教育和自我成长，既要经受住外面世界的诱惑也要应付求婚者的谋杀，他明白皮洛斯和斯巴达的城邦都不是真正好的城邦。

第一节　伊塔卡城邦的失序

《奥德赛》前四卷主要呈现伊塔卡王宫和城邦的失序状态，以及王子特勒马科斯为恢复家庭和城邦秩序所做的努力。造成这种失序状态的原因主要有三个：其一，奥德修斯在特洛伊战争结束后又漂泊了十年，不仅导致城邦长期陷入权力真空，也使得民众对他的归来失去了希望和信心；其二，特勒马科斯刚成年，缺乏足够的能力和荣誉，既无兄弟也得不到其他贵族支持，不足以成为一家之主和一国之君；其三，新一辈的年轻人成长起来，他们缺乏政治教育，恣意野蛮地生长，其中许多贵族的纨绔子弟在奥德修斯的王宫吃喝玩乐，向王后佩涅洛佩求婚，企图篡夺奥德修斯的王权。这些求婚者象征人类最原始的欲望，即追求吃喝、玩乐、性爱和权力，正是这些欲望对家庭和城邦秩序构成严重威胁。为了恢复家庭和城邦秩序，特勒马科斯必须外出寻找父亲，要么在父亲的帮助下恢复城邦秩序，要么在外出的冒险中证明自己的能力并获得荣誉，并通过公开或密谋的方式杀掉求婚者。特勒马科斯寻找父亲可以视为他的自我成长和教育的必经阶段。荷马通过叙述奥德修斯的缺席与回家分别导致家庭和城邦的失序和恢复秩序，彰显奥德修斯的必要性和重要性，正如他通过叙述阿基琉斯的缺席与参战分别导致希腊人的战败与胜利，彰显阿基琉斯的必要性和重要性一样。

如果不能交代清楚特洛伊战争的正义性，就无法赋予参加特洛伊战争的战士以正义性，但整体战争的正义并不意味着每人都是正义的，荷马在《奥德赛》开篇和通篇都暗示着这一点。特洛伊战争以希腊人彻底战胜特洛伊人结束，由此实现了政治上的正义，但并非每个希腊人都是正义的，并非每个人都会得到幸福的结局。大量英雄和士兵战死沙场，有些人在战争结束后顺利返回家乡（涅斯托尔、伊多墨纽斯等），许多人在返航时葬身大海，还有些人经历了多年流浪才回到家乡，阿伽门农流浪一年（Od.4.526），墨涅拉奥斯流浪九年，奥德修斯则流浪十年（Od.1.11—20）。阿伽门农的遭遇最为悲惨，他流浪了一年（Od.4.526）才回到家乡，但他的妻子克吕泰墨涅斯特拉与他的兄弟埃吉斯托斯早就勾结在一起[1]，他刚抵达国土就被他们杀害和夺走权力。所幸的是，阿伽门农的儿子奥瑞斯特斯逃亡，长大后返回来，杀死了叔叔和母亲，替父亲报了仇，夺取了王权。[2] 荷马描述的阿伽门农故事跟奥德修斯故事略有不同，例如佩涅洛佩并没有背叛丈夫，特勒马科斯也无力杀害众多求婚者，但阿伽门农故事却是理解奥德修斯故事的背景。例如阿伽门农死后以亡灵身份和悲惨经历建议奥德修斯，"你要秘密地让航船抵达故乡的土地，不可公开返回，因为妇女们不可信"（Od.11.455—456），所以奥德修斯以乞丐的身份登上国土。埃吉斯托斯和克吕泰墨涅斯特拉的死亡也将预示着伊塔卡的求婚者和背叛者的死亡，但这些邪恶者的死亡都是咎由自取，正如宙斯所言：

1　宙斯和涅斯托尔把罪责归咎于埃吉斯托斯，而阿伽门农本人则把罪责归咎于妻子（Od.11.408—434）。

2　阿伽门农的故事被悲剧之父埃斯库罗斯演绎出《奥瑞斯特斯三部曲》（《阿伽门农》《奠酒人》和《复仇神》）。

> 可悲啊，凡人总是归咎于我们天神，
>
> 说什么灾祸由我们遣送，其实是他们
>
> 因自己丧失理智，超越命限遭不幸。（Od.1.32—34）[1]

宙斯的感慨表明人有自由意志，强调人的行为责任。正是因为人有自由意志，智慧才是必要的，如果人没有自由意志，仅仅是诸神或生物法则的牵线木偶，那么智慧也就不需要了。但自由意志作为行为的驱动力本身是非善非恶的，它只有得到智慧的引导才会使行为朝向善/好的道路前进。如果说荷马在叙事时总是也像凡人那样把人的行为和结果归咎于诸神，那么他的叙述却暗地里支持宙斯的说法。特勒马科斯寻父和奥德修斯回家看似是执行诸神的决议（Od.1.45—95），即雅典娜建议宙斯派遣赫尔墨斯命令女巫卡吕普索释放奥德修斯，她自己则亲自去鼓励特勒马科斯寻父（Od.1.84—95），但特勒马科斯在雅典娜未出现之前就思虑如何对付求婚者（Od.1.115—118），奥德修斯在赫尔墨斯未出现之前就一直怀有回家的意愿（Od.5.82—84）。

智慧女神雅典娜喜欢并愿意帮助智慧的奥德修斯，虽然人未必会由于得到雅典娜的喜欢和帮助而变得有智慧，但是人可以通过变得有智慧而获得雅典娜的喜欢和帮助。当然，有智慧的人未必会得到所有神明的喜欢和帮助，奥德修斯恰恰是由于智慧而遭到波塞冬的嫉妒、阻挠和打击，以至

---

1 凡人的意见可以参考阿基琉斯对普里阿摩斯的安慰："神们是这样给可怜的人分配命运，使他们一生悲伤，自己却无忧无虑。宙斯的地板上放着两只土瓶，瓶里是他赠送的礼物，一只装祸，一只装福，若是那掷雷的宙斯给人混合的命运，那人的运气就有时候好，有时候坏。"（Il.24.524—529）凡人的意见既虔诚（神是福的命运）又不虔诚（神是恶的原因）。

于要流浪十年才被允许回家，因为他用木马计攻破了波塞冬所建立的特洛伊城（*Od.*8.503—520），又用各种计谋刺瞎了波塞冬的儿子波吕斐摩斯（*Od.* 9.526—535）。

荷马安排雅典娜先去鼓励特勒马科斯寻父，而不是先去帮助奥德修斯回家，是为了表明奥德修斯回家的必要性和重要性。奥德修斯离家二十年，他的城邦再也没有召开过政治集会（*Od.*2.26）。在特洛伊战争结束后的第七年，人们迟迟未见奥德修斯归来，许多贵族青年开始对佩涅洛佩威逼利诱，导致奥德修斯的家庭和城邦陷入失序状态。佩涅洛佩以纺织寿衣为由，拖延了求婚者三年，为特勒马科斯的成年争取了时间，并将求婚者的忍耐推到极限。"七年"象征着奥德修斯的余威开始动摇，"三年"则意味着奥德修斯的余威丧失殆尽。只有奥德修斯才能恢复家庭和城邦秩序，因此特勒马科斯必须外出寻父。

雅典娜扮演门特斯[1]来鼓励特勒马科斯，她在奥德修斯的宫殿就看到两种完全不同品性的人。求婚者无耻、傲慢和无能，他们想要娶佩涅洛佩，获得财产和权力，但是他们不按照传统礼仪向佩涅洛佩求婚，又没有能力凭借自己的武力夺取王权，只能在奥德修斯的家里吃喝玩乐，挥霍主人的财产，企图以此逼迫佩涅洛佩就范（*Od.*1.106—112，144—155）。特勒马科斯则热情好客（*Od.*1.123—143），尊重和厚待外乡人，这体现出他的虔诚，因为好客乃是宙斯的命令。特勒马科斯不仅长得像其父亲（*Od.* 1.218—219），在好客方面也像其父亲（*Od.*1.176），但在能力和智慧方面

---

1 门特斯是贩奴商或强盗，塔福斯人的首领，其住所距离伊塔卡只有十多公里，他跟奥德修斯成为朋友。这显然暗示着奥德修斯原本也是一位攻城略池、追求财富的强盗。

还赶不上父亲。他对父亲的渴望是为了成为一家之主（*Od.*1.117，359，397）和一国之君（*Od.*2.390—393）。

傲慢者与虔诚者的对立决定了雅典娜对求婚者的愤怒和惩罚（*Od.*1.229，266），以及对特勒马科斯的鼓励和帮助。特勒马科斯一开始就陷入不确定当中，传闻说他的父亲会归来，但他却一直未见父亲归来，由此他推断父亲已经去世（*Od.*1.166—168）。在希望与失望之间徘徊令他痛苦和忧伤，他对父亲的渴望并非源于他对父亲的爱，毕竟他从未见过父亲，他跟父亲没有感情基础，而是源于父亲缺席造成他自己的财产损失，甚至将会造成他的死亡（*Od.*1.251）。如果他的父亲已经战死，哪怕以最悲惨的方式死去，例如死在亲人手中（*Od.*1.235—240），他也不至于如此忧伤和痛苦。

为了取得信任，雅典娜表明自己跟奥德修斯是旧友故交，以及她对拉埃尔特斯的详细了解[1]；然后肯定奥德修斯还活着，只是遭到神明的阻碍，但他会设法返回的（*Od.*1.195—205）。她又说奥德修斯能否如愿回到家是不确定的，因此给特勒马科斯四个建议：第一，召开集会，将求婚者驱逐出宫殿；第二，招募20位桨手[2]，外出寻找父亲，到皮洛斯和斯巴达打听消息；第三，如果得知父亲还活着则忍耐一年，如果父亲死去则为父亲建坟墓，把母亲改嫁；第四，杀戮求婚者，证明自己的能力和获得荣誉（*Od.*

1　雅典娜的身份是虚假的，但是神能够把谎言说得跟真的一样。

2　20这个数字似乎象征完满或极限或限度：20位桨手对应奥德修斯流浪的20年，与此相应，特勒马科斯准备20坛酒和20升面粉（*Od.*2.353—355），奥德修斯从卡吕普索回到伊塔卡需要20天（*Od.*5.34），拉埃尔特斯耗费20头牛买到欧律克勒娅（奥德修斯和特勒马科斯的女仆，*Od.*1.431），等等。

1.268—305）。特勒马科斯在《奥德赛》后面的所有行为都是按照这四个建议展开的。

如果奥德修斯注定会回来，特勒马科斯为什么还要冒险去寻找父亲？显然，特勒马科斯寻找父亲主要是跟自己相关，而不是跟诸神或父亲相关。特勒马科斯并不清楚雅典娜是否为了骗吃骗喝而编造谎言，就像过去许多访客所做的那样（Od.14.372—384），雅典娜并未表明奥德修斯回来的具体时间，但特勒马科斯所能承受的极限只有"一年"（Od.1.288），一年内如果看不到奥德修斯，整个家庭和城邦将发生不可逆转的改变。即使特勒马科斯主动放弃王权（Od.1.394—396），如果他不能证明自己的能力，他想要继承财产和成为一家之主也是很困难的事情。傲慢的求婚者想要破坏君主世袭传统，夺取他的王权（Od.1.386—387，400—401），他们在口头上欺骗和嘲弄特勒马科斯可以继承财产和成为一家之主（Od.1.402—404），事实上一旦他们获得了王权，怎么可能允许特勒马科斯继承只有君主才能享有的那些巨额财产？因此，特勒马科斯外出寻找父亲是为了尽快终止自己的不确定状态，最好的情况下是找到父亲或确证父亲归来，最坏的情况下是确证父亲已经去世。由于他在城邦内得不到其他人任何帮助（Od.2.82，240），因此他的外出包含着寻求援助来杀掉求婚者和夺取王权的意图——就像奥瑞斯特斯所做的那样。

特勒马科斯清楚了自己的使命，但他在确证自己得到神灵启示（Od.1.323）之后才获得自信，才敢于迈出第一步。在雅典娜和特勒马科斯对话期间，歌手一直为求婚者歌唱特洛伊战争英雄的悲惨归程，这既满足了求婚者的幻想，也表达出了荷马的反讽：无耻之人聆听高贵之人的故事。佩涅洛佩在卧室里躲避求婚者，却躲不了歌声，她走出来制止歌手，以便减缓她自己思念丈夫的悲伤（*Od.*1.325—344）。特勒马科斯把这些歌曲视为"坚定心灵和精神"的方式，希望继续听歌，让母亲回卧室去，并向母亲宣告自己一家之主的地位（*Od.*1.345—359）。特勒马科斯第一次表现出的强硬态度令在场所有人感到惊异，佩涅洛佩明白儿子已经长大，这对于她而言是好事，她听从了儿子的建议。

佩涅洛佩通常被视为坚贞的女人，但这种忠诚很可能建立在对奥德修斯的惧怕而不是爱情上，如果她在奥德修斯归来之前改嫁，必定会遭到奥德修斯的疯狂报复，如果她在奥德修斯死亡之后拒绝求婚者，她将无法保持自己的财产和地位，因此她也陷入由不确定性所导致的悲伤和痛苦当中，她不得不采取最有利于自己的模棱两可的做法，即不立即答应也不坚决拒绝求婚者（*Od.*1.249；2.50，91）。当然，跟私奔的海伦和通奸且谋杀亲夫的克吕泰墨涅斯特拉这两姐妹相比，佩涅洛佩无疑要坚贞得多。

特勒马科斯用威胁的口吻要求所有求婚者离开自己的宫殿，但安提诺奥斯和欧律马科斯却威胁要根据宙斯的旨意夺取他的王权（*Od.*1.365—410）。荷马的反讽跃然纸上，狂妄之人称虔诚之人为狂妄之人，却用宙斯意志来为自己的狂妄之举辩护。安提诺奥斯（Antinoos）的字面意思是"反智，敌意"，其父亲"欧佩特斯"（Eupeithēs）的字面意思是"雄辩"，因此他毫无头脑且善于诡辩，作为求婚者的首领，他总是第一个发言，也是第一个被奥德修斯所杀的求婚者。欧律马科斯（Ourymachos）的意思是

"善战或善争吵"，他总是附和安提诺奥斯，是第二个被奥德修斯所杀的求婚者。

特勒马科斯召开民众集会，他登上父亲王位（*Od*.2.14），但未能行使父亲权力，因此他的首要问题是要争取民众的支持，但他最终并没有达到这个目的。民众集会的召开激发了长老们对奥德修斯的记忆，正如艾吉普提奥斯所说，"我们再没有聚集在一起，开会议事，自从神样的奥德修斯乘坐空心船离去"（*Od*.2.26—27），但以他为代表的长老们无力维持奥德修斯的统治，甚至无法阻止自己的孩子胡作非为，他们甚至怨恨奥德修斯把他们最好的儿子带走并导致其死亡（*Od*.2.17—23，比较*Od*.24.426—428）。荷马表达了一种政治生活的困境[1]：城邦和家庭只有在奥德修斯的治理下才变得稳定有序，但奥德修斯热衷于流浪和战斗的性格却会造成城邦和家庭的不稳定和无序。

特勒马科斯对比奥德修斯的仁政与求婚者的懦弱和无耻，借以激发长老们对奥德修斯的愧疚、对求婚者的愤怒和对诸神的畏惧，以便赢取他们对自己的同情和帮助，驱赶求婚者（*Od*.2.40—79）。但所有人都沉默以对。求婚者安提诺奥斯则把自己的无耻归咎于佩涅洛佩的忠贞与智慧——通过纺织寿衣来拖延婚期，又把自己的懦弱归咎于特勒马科斯的无能——不能把母亲赶回娘家再嫁（*Od*.2.85—128）。特勒马科斯则从义利方面解释自己的"无能"，把母亲赶回娘家是不孝（忤逆母亲）、不利（赔偿财产）、不

---

1 这种困境在公元前5世纪的雅典尤其明显，雅典人对最聪明、最有财富、最有口才却最不忠诚和最有专制倾向的阿尔喀比亚德爱恨交加。后来柏拉图深刻地思考这个困境，并试图通过治疗人的灵魂来克服统治者的欲望和雄心，从而提出哲人—王的解决方案。

仁（被外公责难）、不义（天理难容）之举，会遭到复仇女神的追讨和众人谴责（*Od*.2.130—145）。

特勒马科斯的发言得到宙斯的认同，鸟卜师哈利特尔塞斯洞察到宙斯的寓意，站出来支持特勒马科斯。他预言奥德修斯即将回来，谋划求婚者的死亡，因此他号召众人阻止求婚者为非作歹，以免大家受到奥德修斯报复的牵连（*Od*.2.160—176）。鸟卜师把求婚者的恶延伸到众人沉默的恶，并把不可知的诸神的惩罚换成现实的奥德修斯的惩罚，但傲慢的求婚者既不尊重鸟卜师（即不尊重宙斯），也不相信奥德修斯还活着（*Od*.2.183），因此鸟卜师的预言不足以让众人和求婚者感到畏惧。

接着，特勒马科斯提出外出寻父，以便向求婚者给出确切的答案（*Od*.2.208—220）。他内心遵照了雅典娜的建议，口头上却更改了雅典娜的建议，例如雅典娜建议他偷偷外出寻父，他却宣称要外出寻父；雅典娜建议先去皮洛斯再去斯巴达，他却公开宣称先去斯巴达再去皮洛斯；雅典娜建议他杀掉求婚者，他对此只字不提（*Od*.2.209—223）。这种更改是他整夜思考的结果（*Od*.1.444），为的是掩人耳目，避免被伏击的风险[1]，这显示出他的机智，表明他有其父亲的潜质。管家门托尔也站出来支持特勒马科斯，他重申奥德修斯的仁政，谴责民众的沉默甚于谴责求婚者的罪恶（*Od*.2.230—241）。但求婚者更加张狂地表示，即使奥德修斯活着回来，也不敢与众人作恶，否则他们会杀掉奥德修斯（*Od*.2.250—251）。

荷马最后告诉我们，如果长老们此时听从鸟卜师和门托尔的建议，阻

---

1 后来求婚者果然派人在回家路上伏击他，但他接受了雅典娜意见，瞒过了求婚者，躲过了伏击。

止他们的儿子们作恶，那么他们的儿子罪不至死（*Od.*24.454—462）。因此，求婚者的死亡是他们在接下来的日子里一步步选择的结果。众人的沉默和求婚者的无耻不能归咎于奥德修斯的仁政本身的无能，因为前者已经逐渐忘了奥德修斯，而后者从未见过奥德修斯或接受过仁政统治。特勒马科斯得不到任何人的支持，只得求助于雅典娜（*Od.*2.260—265）。在雅典娜的建议和帮助下，他才准备外出所需要的食物，招募到桨手，借到快船，并获得风力启航出发。

第二节 皮洛斯城邦的虔诚

雅典娜为什么建议特勒马科斯首先访问皮洛斯的涅斯托尔，再去访问斯巴达的墨涅拉奥斯？其一，涅斯托尔最早到家，而墨涅拉奥斯最晚回到家，他们能够提供最完整的信息。其二，皮洛斯是最虔诚节制的城邦，斯巴达是最奢侈放纵的城邦，这两个极端将会给特勒马科斯的认知带来巨大冲击。其三，特勒马科斯首先应该向涅斯托尔学习，涅斯托尔不仅"心里藏着丰富的智慧"（*Od.*3.18—20），而且跟奥德修斯总是保持意见一致，能够给人提供"最为有益的建议"（*Od.*3.129）。也就是说，涅斯托尔的意见代表奥德修斯的意见，就是最有智慧和最好的意见，在奥德修斯缺席的情况下，涅斯托尔就是特勒马科斯进行自我教育最应该选择的老师。

特勒马科斯首先看到皮洛斯是一个非常虔诚的城邦。《奥德赛》第三卷从最盛大的波塞冬献祭开始，以最细腻的雅典娜献祭结束，中间还有两次分别向波塞冬与雅典娜的简易献祭（*Od*.3.338—342，390—395）。第一场献祭是整个城邦[1]向波塞冬献祭，他们只知道"所有凡人都需要神明助佑"（*Od*. 3.48）而献祭，并不知道这次献祭的具体目的是什么，而且波塞冬也没有出现，反而是雅典娜为涅斯托尔家族祈求"荣耀"和为其他人祈求"恩惠"（*Od*.3.58—59），雅典娜代替了城邦的祈祷而且自己代替波塞冬"实现一切"（*Od*.3.62）。最后一场献祭是涅斯托尔在知道雅典娜的情况下向雅典娜献祭，他只为自己和家庭祈求"荣誉"（*Od*.3.381），雅典娜亲临了现场并且感到满意（*Od*.3.435—438）。

特勒马科斯碰巧参加了第一场献祭，被其庞大规模震惊，瞠目结舌，手足无措，因为这种景象完全超出了他的体验和认知范围。他从来没有见过如此隆重的献祭，他周围的大部分人都是不虔诚的。特勒马科斯是在已经被告知的情况下缺席了最后一场献祭，他对涅斯托尔的私人献祭表示沉默，这种缺席和沉默似乎暗示着他并不完全赞同涅斯托尔仅凭借诸神来获得个人"荣誉"的方式。

特勒马科斯走进皮洛斯的王宫，得到了涅斯托尔的盛情款待。酒足饭饱之后涅斯托尔询问特勒马科斯一行人是不是"海盗"（*Od*.3.73—74）。涅斯托尔的好客并不像特勒马科斯或费埃克斯人那样是无条件的，虽然称一个人是"海盗"不算冒犯[2]，但"追求财富"（*Od*.3.106）的涅斯托尔势

1　"献祭的人们分成九队，每队五百人"（*Od*.3.7）。涅斯托尔统治9个部族，带领90条船远征特洛伊（*Il*.2.591—602），如果每条船50人（比较 *Il*.2.719），那么参与献祭的人数正好等同于远征军的人数。

2　海盗在当时非但不是贬义词，反而是一个冒险者和勇敢者的代名词，参见修昔底德：《伯罗奔尼撒战争史》（1.5—8），何元国译，中国社会科学出版社，2017。

必会对"海盗"保持警惕。他似乎从"帕里斯拐走海伦"的故事中吸取了教训，只有确定特勒马科斯不是贪财好色之徒，才会继续款待特勒马科斯。

特勒马科斯礼貌性地赞扬了涅斯托尔攻下特洛伊城的业绩，介绍了自己的伊塔卡王子身份，并表明自己前来打听父亲下落的来意（*Od*.3.79—101）。特洛伊战争是历史上最伟大的战争之一，所有参与者都可以获得至高无上的荣耀，足以让涅斯托尔吹嘘五六年（*Od*.3.115），虽然特勒马科斯并未询问特洛伊战争的事宜，但涅斯托尔总是抑制不住自己的骄傲畅谈特洛伊战争事宜。根据涅斯托尔的讲述（*Od*.3.141—175），希腊人在归航时发生了三次分裂。第一次分裂是由于希腊全军在错误状态（醉酒）和错误时间（傍晚）召开大会讨论应该献祭还是不献祭就返回希腊所造成的，由此造成希腊全军要么跟随阿伽门农，要么跟随墨涅拉奥斯。第二次分裂可能是由于奥德修斯不满意自己所获得的战利品所造成的（比较*Od*.9.40—43），奥德修斯离开墨涅拉奥斯，返回寻找阿伽门农。[1] 第三次分裂则是由于墨涅拉奥斯的不虔诚（比较*Od*.3.288—290）以及不满意自己所获得的战利品所造成的（比较*Od*.3.301），由此造成墨涅拉奥斯流浪，涅斯托尔等人则返回家园。[2] 涅斯托尔所说的故事是关于虔诚的故事，他本人先后三次向神明献祭（*Od*.3.159，173，178）得以最早顺利回家，跟随他的其他人也顺利回到家，他从未提到其他人向神明献祭，而那些没有献祭的人则没

1　奥德修斯的故事是从这次分裂开始叙述的（*Od*.9.40）。奥德修斯似乎是不满意所得的礼物和财富，所以折返回去抢夺更多的礼物和财富。

2　墨涅拉奥斯的故事是从这次分裂开始叙述的（*Od*.4.351）。墨涅拉奥斯由于未向诸神献祭而受到惩罚。

能顺利回家。不过，涅斯托尔的故事似乎是他已经提前预知的故事（*Od.* 3.166），因此他的成功依赖于他的智慧甚于依赖他的虔诚。

特勒马科斯从求婚者并未得到惩罚、波塞冬的缺席和涅斯托尔的故事中似乎看到诸神的帮助是有限的，以至于他怀疑诸神是否会支持他（*Od.* 3.208），甚至怀疑诸神是否有能力协助父亲和他战胜求婚者（*Od.* 3.228）。特勒马科斯的"不虔诚"言辞立即遭到雅典娜的批判，雅典娜认为确实有些事情是诸神也无能为力的，但是诸神完全可以保护人并实现人的某些愿望（*Od.*3.230—238）。

既然特勒马科斯相信父亲已经死去，并认为自己缺乏足够力量，那么如何使用计谋（比较 *Od.*1.296）杀死求婚者才是他所要关心的问题，因此他想要知道埃吉斯托斯用什么计谋杀死了比自己强大的阿伽门农（*Od.* 3.250）。克吕泰墨涅斯特拉的事迹（*Od.*3.263—272）让特勒马科斯有理由担心，忠诚的母亲是否有一天也会变得跟曾经忠诚而后变节的克吕泰墨涅斯特拉一样，这将为他回家之后跟奥德修斯一起向母亲隐瞒父亲信息做出铺垫。特勒马科斯从涅斯托尔这里得到三个建议：向墨涅拉奥斯打听奥德修斯的消息（*Od.*3.317）；不可长时间离开家庭，以免造成不可挽救的后果（*Od.* 3.313）；即使造成这样的后果，也要像奥瑞斯特斯那样勇敢，赢得属于自己的荣誉（*Od.*3.200）。荷马悄悄降低了雅典娜的作用，强化特勒马科斯的个人理智选择，也就是说，即使没有雅典娜建议特勒马科斯去斯巴达，涅斯托尔也会做出相同建议，不管是神还是人的建议，最终的行动选择权依然掌握在特勒马科斯本人手中。

特勒马科斯从他旅行的第一站可以看到，皮洛斯是一个虔诚的城邦，但作为一种理想的城邦形式，这种城邦更偏向于一种抽离了欲望的城邦。跟伊塔卡城邦相比，这里没有祭司，没有歌手，没有竞赛，没有胡吃海喝，甚至没有性。迎接、陪伴和送走特勒马科斯的是涅斯托尔唯一未婚的儿子佩西斯特拉托斯（*Od*.3.36，400，482），为特勒马科斯沐浴更衣的是涅斯托尔最小的未婚女儿波吕卡斯特（*Od*.3.465）。[1] 特勒马科斯带着沉默快速离开了皮洛斯，似乎虔诚的城邦既非他所愿也非他所能。此外，特勒马科斯也没有从涅斯托尔这里认识到父亲是一个怎样的人。

第三节　斯巴达城邦的放纵

《奥德赛》第四卷要展示斯巴达的富足、奢靡、享乐和不虔诚，这种生活方式源于墨涅拉奥斯和海伦认识到自己的不死。当一个人提前知道自己注定是不死且过着神仙般的日子时，他必定会成为一个享乐主义者、渎神者和撒谎者。这就是特勒马科斯在斯巴达所获得的认识，但这种命运可遇不可求，根本不是特勒马科斯能够拥有的，因此斯巴达的生活方式也不可能成为他意愿的生活方式。

斯巴达（也称为拉克得蒙）位于群山低谷（*Od*.4.1），这个城邦所处的

1　根据被冠名为赫西俄德作者的《妇女名录》（*Catalogues of Women*，残片 221）的记载，波吕卡斯特（Polycaste）嫁给特勒马科斯，为他生下儿子珀尔塞波吕斯（Persepolis），参见 Hesiod, *The Homeric Hymns and Homerica*, with an English Translation by Hugh G. Evelyn-White（New York：G. P. Putnam's Sons, 1924），p163。

地理位置象征较低的人性，海伦的放荡和墨涅拉奥斯的奢靡进一步印证了这点。海伦因为放荡遭到诸神的惩罚，即不再有子嗣（*Od.*4.12）。墨涅拉奥斯因为没有献祭而遭到了诸神的惩罚，即流浪八年和丧失大量士兵（*Od.*4.95—99）。诸神安排墨涅拉奥斯长期流浪，要么是用时间来平息斯巴达人对墨涅拉奥斯（造成大量士兵死亡）的怨恨，要么是用调虎离山计来惩罚阿伽门农，因为如果墨涅拉奥斯跟阿伽门农一起回来，埃吉斯托斯无论如何也不敢杀掉阿伽门农（*Od.*4.90—91）。这是墨涅拉奥斯的困境，必须远征讨回海伦却必定会遭到族人的怨恨。

特勒马科斯抵达墨涅拉奥斯的住所，看到一幅莺歌燕舞的场景。墨涅拉奥斯将（他跟海伦的）女儿嫁给阿基琉斯的儿子，同时为（他跟女奴的）私生子墨伽彭特斯娶了阿勒克托尔的女儿。与皮洛斯完全不同，这里有婚姻、宴会、歌手和舞蹈，唯独没有献祭，也没有人注意到客人的到来，这个场景类似伊塔卡的状态，因此特勒马科斯并没有感到惊讶。只有埃特奥纽斯发现他们的到来，然后向墨涅拉奥斯禀告是否要招待两位神样的客人（*Od.*4.25—29）。若不是人逢喜事精神爽，墨涅拉奥斯必定会牢记"招待帕里斯"的教训，毫不客气地撵走客人。显然，他的好客并非源于对宙斯及其命令的敬畏，而是源于自己的苦难，由于自己在苦难中得到了招待，所以他也打算招待处于苦难中的特勒马科斯（*Od.*4.33—36）。

特勒马科斯被请入斯巴达王宫，发现这是一座精美和辉煌的王宫，其奢靡程度让他感到惊诧（*Od.*4.44）。客人们与墨涅拉奥斯开始了一番相互

试探。特勒马科斯窃窃私语，把墨涅拉奥斯的王宫比作宙斯的王宫
（*Od.*4.75），他似乎在试探墨涅拉奥斯是否虔诚。墨涅拉奥斯首先指出这种
比较是不虔诚的，并警告客人不要对自己千辛万苦夺来的财富打什么歪主
意；然后假惺惺地表示后悔远征特洛伊，不仅让自己吃尽了苦头，也造成
了阿伽门农和大量士兵的死亡；最后他表达了对"饱受苦难"的奥德修斯
的思念和担忧（*Od.*4.78—112）。墨涅拉奥斯通过讲述奥德修斯的故事来试
探特勒马科斯是否是奥德修斯的儿子。

正当墨涅拉奥斯准备继续试探时，海伦以一种最奢靡的方式登场，如
果说墨涅拉奥斯的财富堪比宙斯，那么海伦的奢靡则堪比赫拉（比
较 *Od.*4.123—136）。海伦不仅是公认的绝世美人，还拥有惊人直觉（*Od.*
4.141）、灵魂操纵术（*Od.*4.221）以及堪比奥德修斯的非凡智慧（*Od.*
4.250，279）。海伦直接说出特勒马科斯像奥德修斯，墨涅拉奥斯表示附
和，佩西斯特拉托斯则证实了他们的猜测，并客套地表示此番前来想要请
教如何说话和行动（*Od.*4.163）。[1] 众人在确认奥德修斯的儿子特勒马科斯
之后陷入了哭泣（*Od.*4.183—186）。皮洛斯人从未哭泣，斯巴达人则一直
处于哭泣状态（比较 *Od.*4.100—103）。特勒马科斯为父亲死亡而哭，佩西
斯特拉托斯为兄弟死亡而哭，墨涅拉奥斯为战友受苦而哭，那么海伦则为
博取原谅而哭。

佩西斯特拉托斯通过"说理"的方式止住了众人的哭泣，他认为在夜
间餐席上哭泣不恰当，即使承受亲人死亡这种最痛苦的哭泣也应该有个限

1　学会在集会上说话，懂得在战场上行动，这是当时英雄教育的最主要目标，参见 *Il.*9.438—443；
　　13.730—735。

度（*Od.*4.195—198）。他的发言宽慰了墨涅拉奥斯，终止了众人对墨涅拉奥斯（造成大量勇士死亡）可能存在的怨恨，因此被墨涅拉奥斯赞扬说话明智（*Od.*4.205）。佩西斯特拉托斯得到父亲的教导，懂得如何发言，所以他一直替特勒马科斯发言，这反映出特勒马科斯的教育缺陷，由于缺乏父亲的教导而不懂得如何发言。

海伦则用埃及"药液"消解众人的心灵痛苦（忧愁、愤怒、痛苦和怨恨，*Od.*4.220—233），正如帕特罗克洛斯用"药草"止住了欧律皮洛斯的所有痛苦一样（*Il.*11.847）。实际上海伦一直试图摆脱自己的罪恶和消除众人对她的怨恨：她不停地自责（*Od.*4.145）；她把众人的痛苦归于宙斯（*Od.*4.236）；她通过奥德修斯自残前往特洛伊打探消息的故事来赞美奥德修斯的坚韧、谋略和智慧；她表示自己一直渴望返回希腊，但遭到爱神的胁迫，"我心里很想能够回归返家园，悔恨那阿佛罗狄忒给我造成的伤害"（*Od.* 4.259—260）。然而，海伦在叙述奥德修斯的故事中展示出了她的骄傲，即只有她识破了奥德修斯的"苦肉计"（*Od.*4.250），她的智慧赛过奥德修斯！

海伦从未为自己的背叛而感到真正内疚，墨涅拉奥斯也不可能真正原谅海伦的背叛。墨涅拉奥斯讲述了奥德修斯的"木马计"，赞美奥德修斯的坚韧、谋略和智慧，但他暗地里揭示出海伦的虚伪和谎言：海伦千方百计破坏"木马计"，试图帮助特洛伊人打败希腊人，但奥德修斯制止了躲在木马里的希腊人发声，最后雅典娜引导海伦离开木马（*Od.*4.270—289）。墨涅拉奥斯谴责海伦一直想留在特洛伊，表明海伦的智慧终究比不上奥德修斯的智慧，而且雅典娜的帮助也发挥了重要作用。

特勒马科斯第一次从证人的口中听到父亲的特征，但他在没有见到父亲之前仍然怀疑这些特征的意义，或者怀疑雅典娜帮助的意义，毕竟所有这些都未能让父亲"摆脱悲苦的命运"（*Od.*4.292—293）。特勒马科斯直到现在才表明自己的真实意图，即希望在墨涅拉奥斯这里探知父亲的消息（*Od.*4.323—324），他想要墨涅拉奥斯证明他父亲的那些特征和雅典娜的帮助是有意义的。墨涅拉奥斯接下来的故事似乎为特勒马科斯增进了信心，至少奥德修斯还没有被确证死亡。

墨涅拉奥斯的故事从他与涅斯托尔分离开始讲起（*Od.*4.351—569）：他由于没有献祭而被诸神吹向埃及和滞留埃及；他得到老女神埃伊多特娅[1]的怜悯，被指点去抓住普罗透斯来询问归程；埃伊多特娅杀了父亲的四只海豹，将海豹皮送给他；他打扮成海豹接近和抓住普罗透斯，逼迫普罗透斯说出回家的方法（即向宙斯和众神献祭），并从普罗透斯口中得知小埃阿斯被波塞冬淹死，阿伽门农被埃吉斯托斯杀死，奥德修斯仍然活着并滞留在奥古吉埃岛，而自己将不会死亡，埃琉西昂过着神仙般的日子。墨涅拉奥斯的故事是关于虔诚的故事，他用遗忘[2]献祭来掩饰他跟阿伽门农的争

1　埃伊多特娅为什么要帮助墨涅拉奥斯来欺骗和对抗自己的父亲？埃伊多特娅（Eidothea）的字面意思是"认识女神"或"多形女神"，她有点像同样怜悯奥德修斯落难的海神琉科特埃（Leukothea，*Od.*5.334）。女儿欺骗和对抗父亲是常见的文学主题，例如美狄亚为了爱情而帮助伊阿宋和对抗父亲，所以很可能是埃伊多特娅喜欢上他（或者是墨涅拉奥斯撒谎来夸大自己的魅力）。从柏拉图式哲学角度看，埃伊多特娅的父亲普罗透斯代表变化的感觉和现象，她象征生于变化世界却要通过认识来对抗变化世界的哲人，因此她跟父亲水火不容。

2　遗忘本身就是一种罪过，因为"神明们总希望他们的要求被人们牢记"（*Od.*4.353）；如此说来，海伦希望诸位遗忘她（或诸神）给诸位带来的痛苦和怨恨也是一种罪过，海伦总是在诱惑人们犯罪。

吵和分裂，然后说自己因为献祭（虔诚）才得以回家（*Od*.4.582）。小埃阿斯因狂妄自大而被波塞冬淹死（*Od*.4.500—511），似乎阿伽门农和奥德修斯遭受苦难也是由于"不虔诚"。奥德修斯确实因得罪了雅典娜（*Od*.5.108）、波塞冬（*Od*.9.536）、宙斯（*Od*.9.555）和阿波罗（*Od*.12.376）而遭受苦难，但阿伽门农不是举行了百牲祭才班师回朝的吗？唯一合理的解释是人不会因献祭而变得虔诚[1]，否则所有献祭的人都因虔诚而获得幸福了，正如基督教教义认为人不会由于守法而成为义人或得到拯救一样。涅斯托尔是虔诚的人所以他的献祭有效，阿伽门农（*Od*.3.146）和埃吉斯托斯（*Od*.3.273）是不虔诚的人所以他们的献祭无效。

墨涅拉奥斯在讲述阿伽门农的死亡时完全没有提及克吕泰墨涅斯特拉，他处于某种尴尬困境：他既不能像涅斯托尔那样减轻克吕泰墨涅斯特拉（被诱惑）的罪行，否则就伤害了阿伽门农，也不能像阿伽门农那样强化克吕泰墨涅斯特拉（主动谋杀）的罪行，否则又得罪身边的妻子海伦，因此他只能保持沉默。墨涅拉奥斯是伪善的，他口头上说要重酬奥德修斯，允诺给奥德修斯一座城市（*Od*.4.176），却以宙斯的命令为借口拒绝兑现这个允诺（*Od*.4.181），仿佛只要奥德修斯尚未回家就是不虔诚的，就不配拥有他的礼物，以他对财富的热衷甚至可以认为他反而希望奥德修斯永远不回来。他对特勒马科斯也极其吝啬，只赏赐一个酒盅、三匹马和一辆马车（*Od*.4.590—591），但特勒马科斯果断拒绝了墨涅拉奥斯的礼物（*Od*.4.601），正如他不接受或不信任海伦和墨涅拉奥斯对奥德修斯的描述那样。

---

[1] 仪式上的虔诚未必是真正的虔诚，例如埃吉斯托斯在杀死阿伽门农之后也向神灵献祭（*Od*.3.273）。

特勒马科斯拒绝的理由是，马儿不适合在伊塔卡的自然环境下生长（*Od.*4.601—609）。这表明他开始认识到，不同的城邦生活及其方式依赖于不同的自然条件，伊塔卡有着不同于斯巴达的自然条件，因此斯巴达的生活及其方式不适合伊塔卡。无论是斯巴达那种奢靡的生活及其方式，还是墨涅拉奥斯和海伦那种不朽的未来，根本不适合伊塔卡，也不是特勒马科斯所能达到的。除非特勒马科斯被墨涅拉奥斯邀请到斯巴达生活，就像墨涅拉奥斯邀请奥德修斯来斯巴达生活那样，但是墨涅拉奥斯不可能邀请特勒马科斯来斯巴达生活。

当求婚者知道特勒马科斯外出寻父的消息后，他们充满愤怒，这种愤怒一方面来自特勒马科斯不顺从他们的意愿（*Od.*4.665），另一方面是担心喜欢冒险和战斗的特勒马科斯终有一天也会像奥德修斯那样将伊塔卡人卷入战争和死亡——"他以后会成为我们的祸害"（*Od.*4.667）。求婚者试图埋伏在特勒马科斯的归途中实施暗杀（*Od.*4.671—2），像埃吉斯托斯伏击阿伽门农一样。直到此时我们才看到，特勒马科斯外出的危险不在于城外，而在于萧墙之内。求婚者的谋杀罪恶显然比之前所有罪恶都大得多，最后是他们嘲笑和殴打奥德修斯才导致了自己的死亡。在荷马史诗中，一切罪恶都是个人所为，正是个人一步步陷入越来越大的罪恶，最终才导致自己的死亡。佩涅洛佩知道儿子外出和求婚者谋害儿子的消息，她感到痛苦（*Od.*4.705），却又无能为力（*Od.*4.738），但她只是在欧律克勒娅的提醒下才向雅典娜献祭（*Od.*4.752，761），似乎表明她并没有绝望，至少还可以改嫁，这是一种可疑的坚贞。她的儿子没有被杀，显然不是因为她的祷告，而是因为特勒马科斯聪明地改变了路线，以及一直保持着虔诚，正如雅典娜所言："你的儿子会安全归返，因为神明们认为他没有犯任何罪过"（*Od*.4.806—807）。

第七章　奥德修斯再启程

　　奥德修斯宁愿选择痛苦、衰落和死亡的凡人生活，也不愿在孤岛上跟女神过上不朽、不老和自足的神仙生活。他见过不朽的世界，充分相信自己的言辞和智慧，渴望人间的荣誉和名声，他对神仙生活的拒绝是他对诸神（掌控和遗弃他）的报复。奥德修斯以回忆的方式讲述了他返乡的经历，这是一场孤独沉思者的心灵旅行。他完全凭借自己的努力战胜了一切妖魔鬼怪，但他却说自己得到了诸神的帮助。他的故事传达了"善有善报，恶有恶报"的正义观，强调人必须遵从诸神命令来生活。他表面上讨好而暗地里威胁费埃克斯人，好让这些凭借诸神庇护而骄傲无知的费埃克斯人送他回家。费埃克斯人因护送奥德修斯回家而遭到波塞冬的惩罚，这恰恰说明完全依赖神明的生活是荒谬的。

第一节　奥德修斯回家的动机

在雅典娜鼓励特勒马科斯时，宙斯并没有立即派赫尔墨斯去释放奥德修斯，而是推迟了5天，其主要目的是显示正义（宙斯意志）的权威。因为雅典娜"可怜"被卡吕普索"媚惑"的奥德修斯（*Od*.1.48—56），但这跟宙斯无关，所以雅典娜必须将奥德修斯与宙斯联系起来，才能让宙斯下达释放奥德修斯的命令。雅典娜说，如果奥德修斯不能回家，那么正义（作为宙斯的意志）将会遭到破坏：一方面奥德修斯是被卡吕普索"强迫"留下来的，因此他必须得到释放；另一方面奥德修斯以前实行正义，如果实行正义反而导致自己和家人陷入灾难，那么以后再也没有国王愿意实行正义了（*Od*.5.7—20）。于是宙斯立即派遣赫尔墨斯去传达命令。

宙斯推迟5天还有一个目的，那就是让波塞冬能够同时实施双重的惩罚，即惩罚奥德修斯和将奥德修斯安全送到家的费埃克斯人。特勒马科斯寻父5天，奥德修斯准备木筏5天，航程20天抵达费埃克斯人国土，停留2天后回到伊塔卡，波塞冬则在奥德修斯航程18天时从埃塞俄比亚赶回来。由此推断，如果奥德修斯与特勒马科斯同时行动，那么奥德修斯27天就回到了伊塔卡，波塞冬要28天才赶回来，因此无法在海上惩罚奥德修斯了（*Od*. 5.282—290）。宙斯让波塞冬陷入一个困境，即通过惩罚孙子（阿尔基诺奥斯）来替儿子（波吕斐摩斯）报仇，并规定了波塞冬惩罚费埃克斯人的方式[1]，由此强化了宙斯本人的权威。

1　波塞冬要毁灭那条运送奥德修斯回家的船，而宙斯建议把它变成石头，波塞冬听从了宙斯（*Od*.13.146—158）。

　　赫尔墨斯遵照宙斯命令，前去奥古吉埃岛，通知卡吕普索释放奥德修斯。奥古吉埃岛一片生机勃勃（*Od.*5.63—74），但没有城市和献祭，神人都不愿意前来（*Od.*5.100—102）。卡吕普索像一位丰产女神，又像一位被遗弃的女神，她可以让周围的一切变得不朽和永葆青春，她非常渴望跟凡人生活，将奥德修斯囚禁了七年之久，却无法为他生儿育女。[1]我们从赫尔墨斯口中得知，奥德修斯的流浪根源于他对雅典娜的亵渎，但他已经得到了足够的惩罚（同伴死亡和个人苦难），所以卡吕普索现在必须释放他回家（*Od.*5.108—115）。卡吕普索控诉宙斯的暴力和嫉妒，宙斯不许女神跟男人结合，常常因此劈死男人，但她还是服从了宙斯的命令，同意释放奥德修斯，为奥德修斯的回家提供建议（*Od.*5.118—144）。宙斯自己常常跟女人结合，却不允许女神跟男人结合，这看起来是道德双标，却表明了一种政治真理和道德真理：对统治者或神的服从不是做他们所做的事情，而是做他们所说的事情。卡吕普索释放奥德修斯既包含她对宙斯的服从，也包含她对奥德修斯无比深情的爱意：爱他就分手，以免他被宙斯劈死，爱他就帮助他离开，不让他受到伤害。

　　奥德修斯七年来为什么每天以泪洗面、思念故乡呢（*Od.* 5.82—84，156—158）？他渴望返回故乡的动机和目标到底是什么呢？卡吕普索曾说"我对他一往情深，照应他饮食起居，答应让他长生不死，永远不衰朽"（*Od.*5.135—136）。美人在怀，衣食无忧，永垂不朽和青春永驻，这种

1　在《奥德赛》中，卡吕普索跟奥德修斯同居七年却没有后代。不过，根据赫西俄德的说法，卡吕普索给奥德修斯生下两个儿子，即瑙西托奥斯和瑙西诺奥斯，参见吴雅凌：《神谱笺释》，华夏出版社，2010。在荷马这里，瑙西托奥斯反而被视为阿波罗和佩里波娅的儿子（*Od.*7.56—57）。

神仙般的生活难道不是凡人最渴望的理想生活吗？人若能过上这样的生活，根本不会再去冒险和战斗了，正如萨尔佩冬所假设的（*Il.*12.322—328）和墨涅拉奥斯所实践的那样。连阿基琉斯也不是在不朽与荣誉之间做出选择，而是在暴死却得荣誉与高寿却无名之间做出选择。奥德修斯却毅然放弃了神仙的生活，选择了凡人的生活，显然奥德修斯的选择是最能够体现英雄的选择。

奥德修斯曾经说："伊塔卡虽然崎岖，但适宜年轻人成长，我认为从未见过比它更可爱的地方。……任何东西都不如故乡和父母更可亲"（*Od.*9.27—34）。奥德修斯虽然也关心家人、财产和王权，但他早在七年前就从母亲那里确认这一切安然无恙（*Od.*11.174—195），他并不清楚家庭和城邦当前发生的变故，因此不能说他回家是为了保护家人、财产和王权，惩罚求婚者和不忠诚的家仆。即使他已经知道自己未来必定要回家和再次离家的命运（*Od.* 11.115—137），但在没有知道自己的命运之前也同样渴望回家（*Od.* 10.484—485）。

奥德修斯渴望回家与诸神无关，纵然诸神能够阻止他或帮助他回家，但是也丝毫无法阻止或增添他回家的意愿。奥德修斯并没有在场听到卡吕普索向赫尔墨斯抱怨宙斯，因此不能说他渴望返回故乡是为了避免自己被宙斯劈死。卡吕普索一直以为奥德修斯渴望回家是更喜欢佩涅洛佩的肉体（*Od.* 5.210），但奥德修斯否定了这点，并承认卡吕普索的肉体比佩涅洛佩更漂亮（*Od.*5.217）。卡吕普索并不明白什么是爱情和婚姻，在奥德修斯为瑙西卡娅的祈祷中（*Od.*6.180—185），奥德修斯指出最美好的爱情和婚姻是夫妻之间"投意相合"（μοφρονέοντε）且"心领神会"（ἔκλυον）。显然，卡吕普索并不是奥德修斯的理想伴侣，她还不如基尔克更能理解奥德修斯，以至于奥德修斯沉迷在基尔克的温柔乡里一年多，直到伙伴劝告才恍然想起回家这件事情（Od.10.455—474）。也许奥德修斯是渴望情投意合的伴侣？然而佩涅洛佩恐怕早已不再跟他情投意合。

　　这种无处不在的乡愁究竟是什么？乡愁一定是对曾经拥有、现在失去的美好事物的怀念，但对于奥德修斯而言就是人类的荣誉。这样一来，我们只能设想，在奥德修斯的思想观念中，凡人必定有一些东西是神无法拥有的，而且这些东西被视为最好的东西。凡人的世界虽然是一个充满变化和痛苦（生老病死）的世界，但奥德修斯在这个世界里可以挑战自己的智慧，获得至高权威和荣誉，神仙的世界虽然是一个永恒不变且快乐的世界，但也是一个孤独、寂寞、无聊且无法获得荣誉的世界。奥德修斯在海上遭遇生命威胁时，他感慨自己这样死去是完全不值得的，如果死在战场上"阿开奥斯人会把我礼葬，传我的英名"（Od.5.311）。毫无疑问，在奥德修斯看来，凭借自身的功业和荣誉所获得的不朽，远远比依靠诸神的赏赐而获得的身体不朽更加令他感到满足。对于英雄而言，如果没有荣誉，再长的寿命也不过是行尸走肉。但奥德修斯不是一般的英雄，对变化世界的好奇，对群体生活的渴望，对群体生活所推崇的荣誉的渴望，对借以获得荣誉的勇敢和智慧的自我肯定，构成了奥德修斯返回故乡的真正动机和目标。奥德修斯的乡愁是他被诸神抛弃之后依赖自身智慧对诸神的报复。

　　奥德修斯自从离开了特洛伊，遭到雅典娜的唾弃之后，他就放弃了一切对诸神和人类的信任。[1] 他不相信卡吕普索是真心释放他，怀疑她想让他吃苦头，并要求她发誓（*Od.*5.178）。在得到女神的誓言之后，奥德修斯马不停蹄地制造回家的木筏，唯恐卡吕普索随时变卦似的，但卡吕普索一直协助他制造木筏，为他准备航行所需要的物资和风向，指明航行的方向（*Od.* 5.143，276）。就这样，奥德修斯在滞留了7年之后终于踏上了回家的历程。7年时间对应赫利奥斯的牛群数量，赫利奥斯有7群牛共计350头（象征一年），而奥德修斯的同伴连吃了7天赫利奥斯的牛（*Od.*12.130，399）。所有同伴因吃牛而被宙斯淹死，虽然奥德修斯提前警告过他们，但是他也负有不可推卸的责任，因为他在他们偷吃牛的时候睡着了（*Od.* 12.372—373）。这样看来，7年的煎熬就是对奥德修斯罪责（导致600位战友全部死亡）的惩罚。

在奥德修斯踏上返乡之路的第18天，波塞冬从埃塞俄比亚接受献祭返回来，正好看见奥德修斯，于是破坏了他的船桅，把他抛入海中（*Od.*5.313—325），最后打散木筏（*Od.*5.370），迫使他赤裸漂泊（*Od.*5.375）。奥德修斯将自己的一切苦难归咎于宙斯和波塞冬（*Od.*5.303，423），但他从未向他们祈祷，而是希望运用自己的智慧和力量来克服一切苦难。伊诺女神同情他，主动给他提出建议和提供帮助，而他却认为神在欺骗和玩弄他，从而拒绝了伊诺（*Od.*5.358）[2]，直到他走投无路时，他才选择了伊诺的建

---

1 在回家的路上，奥德修斯经历了被神唾弃的苦难，也获得了被神帮助的成功，他又逐步建立起了对诸神和人的信任。不过这种信任不再类似于以前那种，以及绝大多数人那种盲目的信任。

2 奥德修斯拒绝伊诺，意味着他拒绝别人对他的怜悯，也拒绝怜悯别人，他的正义不再夹杂任何怜悯之心，参见伯纳德特：《弓弦与竖琴：从柏拉图解读〈奥德赛〉》，程志敏译，华夏出版社，2003，第50页。

议和帮助（*Od.* 5.371—375）。奥德修斯只有到濒临绝望的时候才会想起向（河）神祈求（*Od.*5.445—450），即便如此，他在向（河）神祈求之前也已经找到了正确的方向，仿佛他的祈求不是为了获得神的保护，而是为了给神增添荣誉似的。

他不知道雅典娜在暗中帮助他（*Od.*5.383），事实上，在雅典娜赋予他思想之前（*Od.*5.427，437），他已经有了自己的思考和选择，例如：在漂泊到岸边时他思考是攀登岩石还是向前游泳（*Od.*5.415—423）；登上岸边之后他思考应该在河边睡觉还是钻进树林的枯叶中睡觉（*Od.*5.465—473）；睡醒之后他思考费埃克斯人是野蛮不正义的还是好客虔诚的（*Od.*6.120—125）；在向公主瑙西卡娅讨要衣服时他思考应该是抱住姑娘还是远远地用温和的语言恳求（*Od.*6.141—147）等。荷马通过奥德修斯的言行表达出他一贯的思想：人皆有一死，人生就是受苦，但人并不是神的木偶，人有理性、道德和法律，人创造了属于自己的世界，人的行为取决于人的思想和选择，人与其可怜和无助地向神祈祷，不如用接受苦难的勇气和应对苦难的智慧来赢得人的尊严和荣誉。

第二节　费埃克斯人的困境

奥德修斯漂到了费埃克斯人的领土，遇见瑙西卡娅，然后进王宫会见阿尔基诺奥斯。荷马依照移步换景的方式来记录奥德修斯的见闻、思想和言行，从中描述奥德修斯对不同民族和思想的认识，让读者获得一种亲临其境和感同身受的感觉和认识。这种叙事模式同样被运用于描述奥德修斯抵达农舍和自己王宫的情形（参见表7.1）。

表7.1　《奥德赛》叙述客人请求主人的模式[1]

奥德修斯	在费埃克斯国	在自己农舍	在自己王宫
沉睡和醒来	6.117cf.	13.187cf.	
*雅典娜托梦	6.13cf.	15.1cf.	
请求与帮助	6.127cf.	13.221cf.	
获雅典娜指路	7.14cf.	14.5cf.	17.204cf.
再请求与帮助	7.133cf.	14.29cf.	17.328cf.
讲故事	7.240cf.	14.191cf.	17.414cf.
考验	8.62cf.	14.459cf.	17.445cf.
亮明身份	9.1cf.	16.172cf.	22.1cf.

费埃克斯人不堪忍受库克洛普斯人的劫掠，他们从许佩利亚迁到了斯克里埃，远离吃"面食"的人（*Od.*6.3—8），也断绝了跟所有凡人的联系（*Od.* 6.205）。他们不擅长战斗，最擅长航海（*Od.*6.270—272）；他们的生活完全依赖神灵，一切衣食住行都依靠诸神的恩赐或教导（*Od.*7.92，110，132）；他们的统治也依赖于神，国王阿尔基诺奥斯（Alcinous，字面意思是"大智慧"）的智慧来自诸神的赐予（*Od.*6.12），王后阿瑞塔（Arētē，字面意思是女祭司，引申为德性Aretē）拥有思想、心地善良且审慎，能够调解男人之间的纠纷（*Od.*7.73—74）。阿瑞塔被整个城邦公民和

1　该发现参见 Alfred Heubeck，Stephanie West，J. B. Hainsworth，*A Commentary on Homer's Odyssey. Vol. I：Introduction and Books I—VIII*（Oxford：Clarendon Press，1990），pp.290-291。

贵族尊为神明，她是城邦的真正统治者，奥德修斯只有讨好阿瑞塔才能回到故乡（*Od*.7.75—76），因此随后的故事就与奥德修斯如何讨好阿瑞塔相关。

费埃克斯人依赖神灵却处于困境当中：他们服从宙斯，热情好客，利用他们那些"理解人们的思想和心愿"的航船，"安全地伴送所有的外来客"，却惹怒了波塞冬，终有一天要遭到波塞冬的惩罚（*Od*.8.556—569）。因为他们无条件且成功地帮助海上来客回家，无异于剥夺了波塞冬控制大海的权力以及由此带来的荣誉。他们自以为远离凡人、闭关锁国就能够避免波塞冬的愤怒和惩罚，然而他们无论如何逃避也逃避不了他们的命运，就像俄狄浦斯为了避免"杀父娶母"而远走高飞却最终仍然逃避不了一样。除非他们像最后的结局那样，被众山团团围住，完全绝世而立。不过，费埃克斯人的命运并非波塞冬与宙斯之争的牺牲品，而是他们过于信赖自己的航海术而傲慢无礼（*Od*.6.274），以及高估自己的战斗力而狂妄自大（*Od*.8.158—165），这才是他们遭到惩罚的根本原因。

雅典娜设计了奥德修斯与公主瑙西卡娅在河边邂逅的情节。男女长大之后就要嫁娶，这是人类作为群居动物的自然本能。女子帮助一位男子并被他求婚，或男子帮助一位女子并得到以身相许，这是媒妁之言、父母之命以外的爱情的常见打开模式，因而也是民间文学喜闻乐见的母题。瑙西卡娅为了准备求婚而前往河边浣洗衣服，她和侍女的戏耍吵醒了奥德修斯。赤裸的奥德修斯从林中走出来，折下树枝遮住私处，犹如获得智慧和羞耻感的亚当走出伊甸园，他站在远处，用温和、明智的语言赞美瑙西卡娅（*Od.*6.127—148）。奥德修斯把她比作宙斯的女儿（也许是阿佛洛狄忒），称她是最美的女人（也许比作海伦），然后指出自己的不幸，并请求获得衣服蔽体，最后祝福她如果伸以援手将获得幸福生活（*Od.* 6.149—185）。

瑙西卡娅是一位勇敢、虔诚和守节的少女，她不像其他侍女见到裸体男人便四处逃窜，她心甘情愿接受宙斯赐予的一切[1]，并遵守男女授受不亲和婚姻受父母之命的社会礼节。她给奥德修斯提供衣服和饮食，介绍费埃克斯人的状况，指引他如何进入王宫，告诫他只有赢取王后阿瑞塔的欢心才能回家（*Od.*6.185—315）。奥德修斯表达了对瑙西卡娅的美貌的惊讶之情，经由她的指引进入阿尔基诺奥斯和阿瑞塔的王宫——善的象征，尽管美并不等于善，但美为通往善的道路指明了方向。奥德修斯在瑙西卡娅和雅典娜的帮助下获得了重生（*Od.*6.227—235），不过，他从未提出回家的请求，为何想要嫁给奥德修斯的瑙西卡娅非但没有设法留下奥德修斯，反而主动提出要帮助奥德修斯回家？瑙西卡娅知道，奥德修斯对于他自己和别人都是一个"灾星"（*Od.*6.174），因此她想要嫁给像奥德修斯这样的人，而不是奥德修斯本人（*Od.*6.245）。她也知道，费埃克斯人傲慢且嫉妒，如果嫁给奥德修斯本人，她将会跟奥德修斯一起被驱逐出城邦（*Od.*6.282）。

---

1 她说："奥林波斯的宙斯亲自把幸福分配给凡间的每个人，好人和坏人，按他的心愿。不管他赐给了你什么，你都得甘心忍受。"（*Od.*6.188—190）奥德修斯对这番话表示沉默，显然他并不认同，但是却不能反驳。

奥德修斯明白自己自从离开特洛伊后就被雅典娜抛弃（*Od*.13.316—319），所以他不再寄希望于神，他怀疑和拒绝所有神，当他看到雅典娜的圣林后，他确信帮助他的神应该是雅典娜，于是他重新拾起了对雅典娜的信心。他第一次向雅典娜祈求（*Od*.6.323—327），他把过去雅典娜对他的抛弃解释为波塞冬的阻挠，因此他并不指望雅典娜直接帮助他，而是希望雅典娜通过费埃克斯人的"友善和怜悯"间接帮助他。他的祈求免去了雅典娜遭到波塞冬怨恨的麻烦，却导致费埃克斯人陷入困境：如果留下奥德修斯则会受到牵连，如果送走他则可能会遭到波塞冬的惩罚（*Od*.13.171—180）。

奥德修斯从瑙西卡娅的言辞中得知费埃克斯人的傲慢本性，又进一步从雅典娜口中得知"这里的居民一向难容外来人，从不热情接待由他乡前来的游客"（*Od*.7.32—33）。因此他在未进宫之前已经开始思考如何说话和行动，"奥德修斯走向阿尔基诺奥斯的光辉宫殿，来到青铜宫门前，站住反复思虑"（*Od*.7.82—83）。他看到的阿尔基诺奥斯的王宫跟特勒马科斯看到的斯巴达王宫非常相似，富有、奢侈、享乐，不欢迎客人（*Od*.7.154），"我们也一向喜好饮宴、竖琴和歌舞，还有华丽的服装、温暖的沐浴和软床"（*Od*.8.248—249）。唯一不同的是阿尔基诺奥斯向诸神献祭，跟神灵平等，得到神灵的恩赐。当奥德修斯被雅典娜隐身带入王宫后，他选择采纳瑙西卡娅的建议，第一次开口便向王后阿瑞塔请求遣送他回家，并用神灵的保佑来换取他们的支持，"愿神明惠赐你们今生有福，愿你们每个人把家中产业和人民赐给的荣誉传给你们的儿孙"（*Od*.7.148—150）。当天晚上最后发言他再次祝福国王"天父宙斯，请让阿尔基诺奥斯实现所说的一切，愿他的声名在生长五谷的大地上永不泯灭"（*Od*.7.331—333）。奥德修斯始终表现出他那种对不同的人说不同话的智慧，他对不同的人给出不同的祝福，但是符合他们各自的心愿。

基于上述费埃克斯人的困境，阿尔基诺奥斯本来不愿意招待客人，但他考虑到宙斯的奖惩（*Od*.7.148，164，180，201），不得不勉为其难地招待客人。即便如此，他还是要对奥德修斯进行身体和灵魂的考验，要确定奥德修斯是一位好人才会送走他。

阿尔基诺奥斯暗地里把奥德修斯比作诸神（*Od*.7.203），奥德修斯立即表示自己只是"有死的凡人"（*Od*.7.210），不敢自比诸神。阿瑞塔追问奥德修斯的来历和暗指他是盗窃衣服的小偷（*Od*.7.238），奥德修斯如实禀告了自己如何从卡吕普索那里来以及如何向瑙西卡娅讨要衣服（*Od*.7.296）。阿尔基诺奥斯故意谴责女儿没有带奥德修斯进宫，而奥德修斯则以善意的谎言为瑙西卡娅辩护（*Od*.7.303—307）。阿尔基诺奥斯就像瑙西卡娅一样，希望把女儿嫁给像奥德修斯这样的人，而不是奥德修斯本人（*Od*.7.313），但他所提到的提梯奥斯（*Od*.7.324）的例子暗示着如果奥德修斯勾引他女儿将会被其他费埃克斯贵族青年惩罚。但奥德修斯经得住所有这些灵魂的考验。

第二天，雅典娜鼓舞所有费埃克斯人的领袖们会见奥德修斯，阿尔基诺奥斯则用宴会和歌声款待奥德修斯，并打算用竞赛来考验奥德修斯（*Od*.8.1—23）。奥德修斯是唯一在活着的时候就听到自己被歌手传颂的英雄，当他听到有关自己与阿基琉斯争吵[1]的故事时偷偷流下了泪水（*Od.* 8.73—93），当他听到自己使用木马计攻破特洛伊城的故事时也偷偷流下了泪水（*Od.* 8.500—532）。但没有任何费埃克斯人流泪，如果联系到所有斯巴达人听到奥德修斯的故事时流泪（*Od.* 4.183—186），那么可以肯定费埃克斯人没能被英雄的故事所感染（*Od.* 8.577—580），因为他们没有经历过英雄的苦难，不懂得做一位英雄就是要为了荣誉而承受苦难。在竞赛环节中，奥德修斯在言辞（*Od.* 8.170）、力量（*Od.* 8.193）、弓箭准度（*Od.* 8.215）上都完胜了费埃克斯人。阿尔基诺奥斯虽然无法理解英雄和成为英雄，但也贪图虚名，希望奥德修斯传颂他的美名（*Od.* 8.100—102，240—246）。奥德修斯对这个要求保持沉默，因为他发现费埃克斯人无礼、无能、轻浮、堕落和淫荡，尤其是他们听了阿佛洛狄忒与阿瑞斯偷情被赫菲斯托斯捉奸在床的故事感到欢喜（*Od.* 8.369）。当奥德修斯赞扬他们最擅长舞蹈（实则讽刺他们不是英雄）时，阿尔基诺奥斯感到欢喜，并号召全部首领给他赠送大量礼物（*Od.* 8.380—397）。殊不知，赞扬一个男人擅长跳舞就是对一个男人没有战斗力的最大讽刺（*Il.* 24.262）。但瑙西卡娅要求奥德修斯"记住我"（*Od.* 8.462）时，奥德修斯表示如果宙斯"能让我返回家园，见到归返那一天。那时我将会像敬奉神明那样敬奉你"（*Od.* 8.466—467）。奥德修斯的感恩是有条件的，正如费埃克斯人的感恩是有条件的那样，但费

---

1 英雄之间的争吵是家常便饭，例如阿基琉斯与阿伽门农争吵，阿伽门农与墨涅拉奥斯争吵，奥德修斯与大埃阿斯争吵（*Od.* 11.543—547）等。奥德修斯与阿基琉斯的争吵未见其他记载，他们之间的不和在《伊利亚特》第9卷和第19卷可以看出来，他们之间的争吵代表着智慧与勇敢、审慎与暴力、克制与愤怒之间的对立，这也是《伊利亚特》与《奥德赛》两部史诗之间的差异。

埃克斯人的生活完全不是奥德修斯想要的生活，为了能够返回家乡，他不得不去讨好他们。[1]

第三节　奥德修斯的故事

荷马采用模仿的手法，让奥德修斯自己讲述自己的故事，给听众一种身临其境的感觉。奥德修斯的故事总是从现实世界开始，然后进入一个虚构的世界，也可以理解为从一个感觉世界进入一个言辞（理性）世界，或者从一个现象或意见世界进入一个真理和知识世界。奥德修斯在流浪过程中获得了一系列认识[2]，并完成了一系列思想和行动上的转变。他向费埃克斯人讲这些故事一方面是像歌手那样讨好费埃克斯人，赞美他们正过着最美好的生活，并愿意以自己的痛苦回忆为他们增添乐趣（*Od.*9.11—12），另一方面是为了将自己的认识展示给他们，教育他们，因为他们从未经历过这些苦难，永远不会获得这些从苦难中得到的认识。

奥德修斯是一位堪比缪斯的讲故事者[3]，他不仅是他故事的亲身体验者，还能够将谎言说得跟真的一样（比较 *Od.*19.203），把所有人都骗过去

1　古代批评家有时会赞扬费埃克斯人的热情和博爱，现代批评家则认为："他们的生活没有承诺，没有潜能，没有能力；留在这里将会剥夺奥德修斯的机会和行动需要，从而降低其英雄主义，可谓生不如死。" H.W.Clarke, *The Art of the Odyssey*（Englewood Cliffs：Prentice-Hall，1967），p.54.

2　鲍威尔认为奥德修斯在流浪中没有获得知识，他的流浪只是象征求知过程，Barry B. Powell, *Homer*（Oxford：Blackwell Publishing Ltd，2004），p.114。他这种讲法显然没有认识到奥德修斯在思想和行动上的转变。

3　正如他的自我评价一样，"我就是那个拉埃尔特斯之子奥德修斯，平生多智谋为世人称道，声名达天宇"（*Od.*9.19-20）。

了，正如阿尔基诺奥斯所言：

> 尊敬的奥德修斯，我见到你以后，
> 便认为你不是那种骗子、狡猾之徒，
> ……
> 你简直有如一位歌人，巧妙地叙述
> 阿开奥斯人和你自己经历的可悲苦难。（*Od*.11.363—369）

根据奥德修斯的叙述，他从特洛伊到费埃克斯人这里一共经历了11个地方，而他的同伴们的旅程则从吃牛开始（*Od*.9.44—46）至吃牛终结（*Od*.12.339—419）。可见荷马要表明，缺乏理性的人必然遭遇悲惨下场，连最善于理性（言辞）的奥德修斯也无法使这种人得到幸免，这又可以看出理性的限度。

①欲望与说服（*Od*.9.39—75）。奥德修斯离开特洛伊，在特涅多斯与涅斯托尔分离（*Od*.3.159），然后来到基科涅斯人的伊斯马罗斯。他似乎是为了抢夺更多战利品而独自行动，在伊斯马罗斯攻城略池、屠杀居民、虏获女人和财物（*Od*.9.40—41）。他要求同伴们立即离开，但是同伴们不听劝告，吃喝玩乐，结果遭到基科涅斯人的反扑，死亡72人（比较 *Od*. 9.60，159）。奥德修斯意识到民众主要追求欲望满足，根本无法被他所说服，尽管他是最有智慧、最擅长说服的领导。

②遗忘与强迫（*Od*.9.84—104）。奥德修斯来到洛托法戈伊人（字面意思是吃荷花者）的国土，他派了三人去打探情况，不料他们吃了洛托法戈

伊人给的荷花，再也不想回来报告消息，不想归返，也忘记了回家。[1] 奥德修斯在明白说服无效的情况下，果断采取了强迫措施，将同伴拉了回来，捆绑在桨位下，然后命令所有人上船离开。"遗忘"标志着奥德修斯的故事从现实世界进入一个幻境世界，但还没有完全进入言辞（虚构）世界。奥德修斯如果吃了荷花会不会遗忘？我们并不清楚，但是他拒绝进入这个幻境世界。

③傲慢与智慧（$Od.$9.105—566）。奥德修斯一行人来到库克洛普斯的据地，库克洛普斯是费埃克斯人最熟悉的敌人，但奥德修斯做出了细致的描述，把他们描述为愚蠢和邪恶的人，以便讨好费埃克斯人。库克洛普斯人独眼、巨大和独居；疯狂、野蛮和傲慢；没有法律、没有议事会和没有正义。但他们却"受到不死的天神们的庇护"，无需劳作，从自然获得足够的食物（$Od.$9.106—115）。奥德修斯本可以在饱餐库克洛普斯的羊群之后离开（$Od.$9.155），但是他却为了满足求知的好奇心，带领12位勇士（可能是每条船一位首领）去探查库克洛普斯人的品性（$Od.$9.170—176）；在进入波吕斐摩斯的洞穴之后，他本来也可以趁主人没回来之前盗走羊群，但是为了搞清楚生活井井有条的波吕斐摩斯是什么人而拒绝了同伴这个建议（$Od.$9.219—230）。

奥德修斯很快发现，波吕斐摩斯是波塞冬的儿子，此人狂妄至极，根本不尊重宙斯，把他们堵在洞穴里面，两天吃掉了6个同伴。奥德修斯其

---

1 西方的荷花源于埃及，荷花清香扑鼻，沁人心脾，似有遗忘功效，很可能海伦从埃及带回来的忘忧药就是用埃及的荷花提炼的。但试图确定吃荷花的洛托法戈伊人的所在地是无望的，因为这是一个虚构的地方。

实从登岸就开始谋划如何对付巨人了：考虑到如果杀死巨人自己无法移动堵住洞穴的巨石，因此他用带来的高浓度原浆酒灌醉波吕斐摩斯，再利用削尖的橄榄树刺瞎巨人的眼睛；奥德修斯还提前介绍自己的名字是"无人"，因此当波吕斐摩斯向邻居高喊"无人用阴谋，不是用暴力，杀害我"（*Od.*9.408）求救时，他的邻居并没有帮忙；奥德修斯和同伴最后趴在绵羊肚皮下，用厚厚的羊毛遮盖自己，才随着绵羊外出吃草得以逃出洞穴，并顺道劫走绵羊。

奥德修斯从自身实践和波吕斐摩斯的有序生活观察到，他以往的仁政实践可以带来秩序（回到家他也会观察到没有仁政会导致混乱），但暴力和狂妄也可以带来秩序，也就是说秩序跟法律、仁义和诸神没有必然关系。奥德修斯还暗示着依赖诸神的生活是荒谬的，狂妄的波吕斐摩斯得到了诸神的庇护，而他向诸神献祭、宣扬宙斯命令、祈求雅典娜帮助和向宙斯献祭[1]都统统无济于事，无法避免自己的苦难和同伴死亡的命运。但孱弱的奥德修斯最终凭借人的智慧战胜了作为诸神木偶的巨人波吕斐摩斯，这个结局让奥德修斯获得了极大荣誉（比较*Od.*12.211），同时也深刻地警示了阿尔基诺奥斯，因为阿尔基诺奥斯正是依赖并敬畏诸神。阿尔基诺奥斯将会依据预言受到波塞冬的惩罚，正如波吕斐摩斯依据预言受到奥德修斯的惩罚一样。

不过，奥德修斯很快由于信赖自己的智慧变得狂妄起来，他把自己比作宙斯（*Od.*9.479）来惩罚波吕斐摩斯，他认为波塞冬也无法医治波吕斐

1　参见*Od.*9.231，270，317，551—555。

摩斯的眼睛（*Od*.9.525）。奥德修斯的讽刺和刺激惹来了波吕斐摩斯的诅咒，"让他遭灾殃，失去所有的伴侣，乘着他人的船只，到家后还要遇不幸"（*Od*.9.534—535）。如果奥德修斯略有克制和审慎，听从同伴的劝告赶紧离开（*Od*.9.493），不再对波吕斐摩斯幸灾乐祸，那么他自己和同伴的悲剧将可以避免。此时的奥德修斯尚未能从之前同伴不听劝告所导致的死亡中吸取足够教训。

④嫉妒与隐瞒（*Od*.10.1—79，80—132）。奥德修斯又来到艾奥利埃岛（Aeolia），岛上的国王艾奥洛斯（Aeolus）受诸神宠爱，并被宙斯赐予司掌群风的权力，但其家族却过着奢侈、乱伦和纸醉金迷的生活。艾奥洛斯热情地款待了奥德修斯一个月，用牛皮袋装好西风助奥德修斯一群人返航，就在他们马上要抵达故土的第十天时，奥德修斯因困睡着了，其同伴以为艾奥洛斯赠送了财宝而且被奥德修斯独吞了，于是打开牛皮袋，瞬间狂风大作，又把他们吹回了艾奥利埃岛。此时，艾奥洛斯认为奥德修斯等人必定是"人间最大的渎神者"（*Od*.10.72），受到诸神的憎恶，因此拒绝接待和帮助他们。

我们知道，奥德修斯等人功败垂成并非由于渎神，而是由于奥德修斯的沉睡和同伴的贪婪，以及他们彼此之间的不信任——奥德修斯对同伴的隐瞒和同伴对奥德修斯的嫉妒。不过，奥德修斯是否隐瞒根本不会改变这个结局，因为那个西风牛皮袋始终不能打开给同伴看，所以同伴的贪婪和嫉妒才是造成这个局面的根本原因。同伴为自己的过错付出了生命的代价，他们航行7天来到特勒皮洛斯，除了奥德修斯的船，其他11条船都被国王安提法特斯带领的莱斯特律戈涅斯人[1]砸碎（*Od*.10.132），所有船员也统统被他们吃掉（*Od*.10.125）。奥德修斯也为自己的沉睡过失付出了巨大代价，他需要继续流浪和受苦。从此以后，奥德修斯学会了关心和信任剩余的同伴。[2]这个故事模式在后面同伴们偷吃赫利奥斯的牛时得到再现：奥德修斯沉睡，同伴吃牛，最终同伴全部死亡，奥德修斯返回家园后关心和信任儿子。同伴的死亡，让奥德修斯在巨人莱斯特律戈涅斯人这里看到正义与国王或议会无关。[3]

⑤魔法与责任（*Od*.10.135—574）。奥德修斯一行人来到了艾艾埃海岛，他们将在这里遇到神女基尔克，逗留了一年时光。基尔克是极其个性化的人物，她的魅力在于她的矛盾性和多面性。作为太阳神与海神佩尔塞所生的女神（*Od*.10.138—139），她更像一位拥有魔法的女巫，能够调制让人遗忘的药物（*Od*.10.236），驯服狼群与狮子（*Od*.10.212）和把人变成动物（*Od*.10.239—240），所以显得高冷和不近人情。作为一位女人，她却对奥德修斯充满激情，无微不至地照料他沐浴、更衣、饮食和睡眠，对他言听计从——发誓不加害他并恢复其同伴的人形（*Od*.10.345，395）；竭力帮助他回家，告诉他下地狱的旅程，为他提供祭品、指点返航路线（*Od*. 10.490，572；12.25）。基尔克、卡吕普索、塞壬女妖等女巫

1　莱斯特律戈涅斯人（Laestrygonians）类似于库克洛普斯人，他们巨大如山，狂妄野蛮，以放牧为生，不从事劳作，所不同的是他们住房子而不是洞穴，他们没等奥德修斯实施计谋就成功地击败了奥德修斯。

2　此时奥德修斯的同伴仅剩下46人，比较*Od*.10.203—208。

3　伯纳德特说："库克洛普斯人已经让奥德修斯对正义和秩序的联系不抱任何幻想，而莱斯特律戈涅斯人也已让他对正义和社团之间的联系不抱希望。国王加议会的统治方式，比离群索居而又离奇古怪的波吕斐摩斯还要糟糕千万倍。发现自然之旅，现在似乎已经在两个方面做好了决定性的准备。"伯纳德特：《弓弦与竖琴：从柏拉图解读〈奥德赛〉》，程志敏译，华夏出版社，2003，第105页。

形象虽然有魔法和能够诱惑男人，但是她们作为女性不可避免地被想象成缺乏战斗力。

奥德修斯在同伴的死亡中吸取了教训，他第一次展示出他作为首领的责任，放下专横独断的做派，转而信任和团结同伴。他独自登岸观察，猎到一只巨鹿，解除同伴的饥饿（*Od*.10.158—177）；他跟同伴"商量"解决困难的办法（*Od*.10.192），把队伍一分为二，用抽签的方式决定同伴去打探消息（*Od*.10.206）；当打探消息的同伴被基尔克变成猪以后，他一个人前去对付基尔克，营救同伴（*Od*.10.273）；在欧律洛科斯指责其过失、诋毁其权威时，他接受了同伴的劝告，没有杀死欧律洛科斯（*Od*.10.429—445）；沉迷基尔克的温柔乡一年之后，他接受了同伴的劝告，登上返乡旅程（*Od*.10.467—475）。

奥德修斯的同伴由于没有得到神灵的帮助而被变成猪，奥德修斯得到赫尔墨斯的帮助，获得能够免疫基尔克魔法的摩吕草和制服基尔克的建议，从而成功制服了基尔克。虽然奥德修斯依靠魔法打败基尔克并不是传统意义上的英雄之举，但奥德修斯确实展示出他的计谋和武力。奥德修斯为什么会轻易相信赫尔墨斯化身的年轻人？奥德修斯对赫尔墨斯的身份、帮助和指点保持沉默，而没有进行答复和感谢，这只能说明他要么根本不关心赫尔墨斯的帮助和指点，要么赫尔墨斯的指点是他事先已经谋划过的。因此，奥德修斯的成功并非基于赫尔墨斯的帮助，而是基于他的思考（*Od*.10.151—153，309，374），反之，其同伴的失败也并非由于缺乏神灵帮助，而是由于缺乏思考。

　　基尔克代表一种可见世界的主宰力量，她能够掌控生物的身体和基于身体的行动，但是没有能力改变人的思想（*Od.*10.240）。思想具有一种抗拒可见世界的力量，却没有改变可见世界的力量。奥德修斯所获得的摩吕草表明了可见与不可见两种世界的区分：看得见的部分（花）是奶色，看不见的部分（根）是黑色，凡人很难发现它和挖到它，但神可以（*Od.*10.303—306）。奥德修斯在赫尔墨斯的帮助下通过可见世界（现象）认识到了不可见的世界（本质），由此他拥有了不同于可见世界的知识，他似乎变得跟神一样。凭借这种知识，他才能征服基尔克，对基尔克的征服象征着奥德修斯的求知之路更进了一步。这就可以合理解释为什么奥德修斯沉迷于基尔克而不是卡吕普索，一方面是因为他在这里享受到在卡吕普索那里没有的荣誉，另一方面是因为他像柏拉图式的哲人，上升到自然的世界，拥有了自然的知识，从而不再想返回洞穴。但奥德修斯最终还是在同伴的劝告下重返洞穴。

　　⑥善恶与奖惩。基尔克在一年后同意释放奥德修斯，很可能是赫尔墨斯事先反复交代过的结果（*Od.*10.330—331），但她本人要求奥德修斯在回乡之前需要先下地狱、献祭和召唤亡灵，以便向预言家特瑞西阿斯询问"回乡的方向、道路和远近，又如何安全地渡过游鱼丰富的大海"（*Od.*10.539—540）。基尔克只知道奥德修斯返航到特里那基斯的路线（*Od.*12.39—141），无法知道奥德修斯在同伴全部去世后独自漂泊的路线。因为基尔克的知识是有关可见（或凡人）世界的知识，一旦奥德修斯脱离了可见世界，她就无法洞悉其行踪。特瑞西阿斯则知道奥德修斯注定会从特里那

基斯返航到伊塔卡，以及奥德修斯返回到故乡后要做的事情和命运（*Od.*
11.104—137），但他的知识同样是关于可见世界的知识，他同样无法洞悉
奥德修斯独自行动的踪迹。

奥德修斯在地狱所见到的人物可以分为四组，有关地狱的见闻无疑是
要传达一种伦理宗教的观点，即人在凡间的善恶与在地狱的奖惩之间存在
着严格的必然性。

第一组是他必须要见的3位人物，即同伴埃尔佩诺尔、预言家特瑞西
阿斯和母亲安提克勒娅（*Od.*11.41—224）。[1] 埃尔佩诺尔跟奥德修斯当前
要做的事情相关：此人懦弱且愚蠢（比较 *Od.*10.553），因过度饮酒而摔
死，奥德修斯需要埋葬他，赐予他荣耀，这是奥德修斯的领导责任和道
德义务（*Od.* 11.72）。特瑞西阿斯预告奥德修斯未来要做的事情：不要吃
赫利奥斯的牛，要杀死求婚者；外出流浪，向波塞冬献祭；回家献祭。如
此奥德修斯才能寿终正寝，他的人民也能享福。安提克勒娅则告诉奥德修
斯过去发生的事情：奥德修斯的远征和流浪给父母和妻子造成伤害。由于
安提克勒娅可能在求婚者来到之前就死去，因此她没有见到奥德修斯的缺
席给特勒马科斯、财产和王权所造成的伤害。

第二组是他为了讨好阿瑞塔而讲述的14位妇女（*Od.*11.225—332）。
首先是被波塞冬宠幸过的提罗、被宙斯宠幸过的安提奥佩和阿尔克墨涅；
然后是这些妇女的儿媳妇墨伽拉、埃皮卡斯特和克洛里斯；接着是被宙斯
宠幸过的勒达、被波塞冬宠幸过的伊菲墨得娅；最后是雅典的王后费德拉

1　这三个人的发言分别对应亚里士多德所说的三种演说：葬礼演说（关于当下的、荣誉的事情）、政治
演说（关于将来的、利益的事情）和诉讼演说（关于过去的、正义的事情）。

和公主普罗克里斯[1]；克里特的公主阿里阿德涅，阿尔戈斯的王后迈拉和公主埃里费勒[2]以及特萨利亚王的母亲克吕墨涅。奥德修斯对比了善良女人与邪恶女人的不同命运，那些狂妄、愚蠢、不忠的女人最终落得被神杀死的下场。奥德修斯的故事让阿瑞塔陷入沉思，她肯定会认为只有做一个善良的女人才可能得到神灵的恩宠，因此她号召费埃克斯人给奥德修斯再赠送礼物（*Od*.11.336—341）。

第三组是奥德修斯不愿意讲、却在阿尔基诺奥斯的要求下不得不讲的5位特洛伊战争英雄，即阿伽门农、阿基琉斯、帕特罗克洛斯、安提洛科斯和埃阿斯（*Od*.11.385—565）。阿伽门农把自己的死亡归咎于妻子克吕泰墨涅斯特拉甚于兄弟埃吉斯托斯，把特洛伊战争的灾难和自己的灾难归咎于宙斯，建议奥德修斯不要信任妻子，要秘密回家考验妻子，最后询问儿子奥瑞斯特斯的消息（实际上是希望儿子为自己复仇）。阿伽门农的故事无疑是最令人感到困惑和悲哀的，宙斯的正义难道就是让好人受苦，坏人得逞？奥德修斯为了避免触怒宙斯和冒犯阿瑞塔，对阿伽门农的悲剧和奥瑞斯特斯的消息保持沉默。但我们在论述《伊利亚特》时已经表明，阿伽门农的悲剧完全是由于他自己的选择所造成的。阿基琉斯对于自己生前的

1　普罗克里斯的故事无疑为奥德修斯如何回家提供了借鉴：克法劳斯为了考验妻子普罗克里斯是否忠诚，他假装外出，乔装打扮回来，用厚礼诱惑普罗克里斯，普罗克里斯经不住诱惑而被指责不忠；普罗克里斯也外出，乔装打扮回来，用长矛诱惑克法劳斯，结果克法劳斯也经不住考验，普罗克里斯一怒之下用长矛杀死丈夫。

2　埃里费勒的故事是阿伽门农故事的翻版，也为奥德修斯如何回家提供了借鉴：埃里费勒在明知丈夫安菲阿拉奥斯参加特拜战争就会战死的情况下，还是经不住诱惑，接受了波吕尼克斯赠送的黄金项链，逼迫丈夫参加特拜战争，最后是儿子返回来杀死母亲埃里费勒为父亲复仇。

选择表示后悔[1]，他根本没有提及自己的妻子，而是询问儿子涅奥普托勒摩斯和父亲佩琉斯的消息。奥德修斯虽然跟阿基琉斯存在智慧与力量的竞争关系，他还是赞扬涅奥普托勒摩斯能言善辩，行动勇敢，容貌无双和胆识过人，并且对不熟悉的佩琉斯保持沉默。埃阿斯跟奥德修斯争夺阿基琉斯铠甲，因失败而羞愧自杀或意外死亡。[2]奥德修斯对埃阿斯的亡灵表示歉意，并把埃阿斯的死亡归咎于宙斯。埃阿斯余怒未消，没有答复奥德修斯，他的恨似乎同时指向奥德修斯、宙斯和自己。第四组是奥德修斯自己想要见的古代英雄（Od.11.567—635）：敬畏神明而有福的弥诺斯，不敬神明而遭严惩的奥里昂、提梯奥斯、坦塔洛斯和西绪福斯，以及苦尽甘来的赫拉克勒斯。奥德修斯肯定认为自己比所有同时代的英雄更优秀，他想要知道自己是否比所有古代英雄更优秀[3]，尤其是被誉为"大地上养育的人中最强大的人"（Il.1.266）的提修斯和佩里托奥斯，但对冥后的恐惧迫使他打消了这个愿望（Od.11.633—635）。为什么冥后不允许奥德修斯看到古代最伟大的英雄？或者奥德修斯看到他们就无法返回阳间？据说提修斯和佩里托奥斯曾经下到地狱，打算抢劫冥后，却被冥王哈得斯和冥后识破和抓住；后来赫拉克勒斯下到地狱，救走了提修斯，没能救走佩里托奥斯。

1　他活着的时候宁愿为了荣誉战死而不愿为了高寿而不参战，但死后却说："我宁愿为他人耕种田地，被雇受役使，纵然他无祖传地产，家财微薄度日难，也不想统治即使所有故去者的亡灵（Od.11.489—491）。"不过，需要注意的是，这是来自地狱的说法，也就是最低级的选择，并不意味着对阿基琉斯生前最高级选择的否定。

2　这个故事后来被索福克勒斯演绎成悲剧《埃阿斯》。

3　奥德修斯显然并不羡慕仅凭诸神宠爱而有福的弥诺斯，以及仅凭力量而有福的赫拉克勒斯。赫拉克勒斯的力量完全超出了人力所能的极限，奥德修斯对他的发言表示沉默，也就是对他的能力和成就不作任何评价。

显然，奥德修斯想要见提修斯和佩里托奥斯，这不仅意味着他想知道像他们这样生活会有什么结果，可能还意味着他想要傲慢地抢劫冥后或阿瑞塔王后。奥德修斯由于恐惧而折返，这恰恰证明了他在胆量上不如他们，但在智慧上却超过了他们。

⑦自负与过失。奥德修斯在地狱中知道了自己的命运，这种知识让他再次变得自负起来，但是他这种从非可见世界得来的知识并不一定适合可见世界。事实证明，他的自负构成了他再次承受苦难的根源，也构成了他的同伴全部死亡的原因之一。[1]奥德修斯返回艾艾埃岛，基尔克指引他回家的航道和方法（*Od.*12.25—141）：用蜡堵住耳朵或捆住自己而通过塞壬岛，从安菲特里泰通过悬崖边或斯库拉与卡律布狄斯之间通过悬崖，在特里那基亚不可伤害赫利奥斯的牛。无论特瑞西阿斯和基尔克提供了什么样的建议和方案，最终的选择权仍然掌握在奥德修斯的手中（*Od.*12.49，57，113—114），荷马一直强调个人理性选择的重要性，所谓命运实际上就是人的所有选择与结果所构成的锁链。

在临近塞壬岛时，奥德修斯向同伴提醒即将面临的危险，禁止他们聆听塞壬的歌声，但他改变了基尔克的说法，把自己可选择聆听改为必须聆听（*Od.*12.160）。他把自己捆绑在船桅上，用蜂蜡堵住所有其他人的耳朵，顺利渡过了塞壬岛。奥德修斯之所以必须听塞壬歌声，是因为他想要证明自己的至高荣誉和智慧：没有哪个凡人能够被神歌颂，能够亲耳听到自己

---

1 奥德修斯因智慧而自负，进而遭受苦难，犹如阿里斯托芬《云》的苏格拉底因智慧而自负，进而遭受苦难。奥德修斯最终克服了这种自负而获得幸福，犹如柏拉图通过苏格拉底的言辞证明只有克服这种自负才能获得幸福。

被神歌颂，能够在听到神歌颂后还能活下来；没有哪个凡人能够比他更有见识（*Od.*12.188），能够利用自己的智慧杀死塞壬，从而证明自己比塞壬更有智慧，获得比神更高的荣誉。

在临近悬崖时，奥德修斯向同伴隐瞒了即将面临死亡的信息，否则同伴绝不会继续前进。奥德修斯听从基尔克的建议，没有选择在神明帮助下通过安菲特里泰水道（比较 *Od.*12.72），也没有选择即使有神明帮助也难以通过的卡律布狄斯悬崖水道（*Od.*12.106），而是选择牺牲6名同伴才能通过的斯库拉悬崖水道。但他也自负地违背基尔克的建议[1]：基尔克建议他躲避斯库拉和召唤克拉泰伊斯（*Od.*12.120—125），但他没有求助于任何神灵，而且全副武装，准备跟斯库拉战斗（*Od.*12.223—233）。奥德修斯的选择反映出他不愿意依赖神，而是相信自己的力量能够克服一切困难。当六头怪兽斯库拉吃掉6位战士时，奥德修斯根本看不到斯库拉，更不用说战斗。奥德修斯证明了自己的选择比基尔克的建议更正确和更有荣誉。

在临近特里那基亚岛屿时，奥德修斯向同伴报告了先知的预言和基尔克的警告，他要求同伴不要登岛，以免吃掉赫利奥斯的牛而死亡（*Od.*12.271—275），但欧律洛科斯和其他同伴不同意，于是奥德修斯又要求他们发誓（*Od.*12.297—304），这才同意登岛。不料，这一待就是一个月，在食物短缺的情况下，同伴们趁奥德修斯熟睡时偷吃了赫利奥斯的牛（*Od.*12.359—365）。即使奥德修斯严厉谴责他们，众神也向他们显示出了可怕征兆，"牛皮开始爬动，叉上的牛肉吼叫，无论生肉或已被炙熟，都有如

---

1 为了撇清6位战士死亡的责任，奥德修斯用"遗忘"（*Od.*12.227）基尔克的建议来替自己辩护，但是以他的智慧是不可能遗忘的，而且他选择了最小风险的水道恰恰证明他没有"遗忘"基尔克的建议。

牛鸣"（*Od.*12.395—396），他们还是连续6天宰杀赫利奥斯的牛，最终在第七天被宙斯毁灭（*Od.*12.416）。奥德修斯似乎一开始就知道同伴缺乏忍耐力，知道他们会为了满足口腹之欲而不顾生死的本性（*Od.*12.341—351），但他无法改变他们的本性，也无法强迫他们。同伴的死亡并非宙斯过度用刑和滥杀无辜的结果，而是他们自己违背誓言的结果。

　　奥德修斯在海上只身漂流，重新回到卡律布狄斯悬崖边，他抱紧树枝，躲过了卡律布狄斯吞海水时被卷入的危险，然后趁卡律布狄斯吐海水的时机，跳到海面，抓住木料，用手划水逃脱（*Od.*12.430—446）。奥德修斯凭借自己的智慧和双手战胜了卡律布狄斯。奥德修斯为自己的沉睡付出了所有同伴死亡的代价，并用自己继续流浪7年的苦难来为自己赎罪。荷马通过奥德修斯的言行传达了人要遵从理性但不可迷信理性的观点：人的尊严在于依靠自己的理性、知识和智慧而生活，但是即使最聪明的奥德修斯也无法解决所有的问题，他会自负，他有过失，他不得不承受苦难。

第八章　奥德修斯返乡

　　奥德修斯在旅途中逐渐放弃暴力，质疑诸神，但这却构成其同伴全部死亡的原因之一，这是他的困境。他明白回家的危险，所以要考验他遇到的所有对象，包括雅典娜、奴隶、儿子、求婚者、乞丐、家仆、妻子和父亲。他在雅典娜的帮助下杀死了所有不忠不义之人，包括在场的求婚者、牧羊奴和12位女奴，并跟忠诚的妻子和软弱的父亲相认。奥德修斯的回归是哲人王的回归，这位智慧的国王瞒住妻子和父亲，重新拾起对暴力的依赖和对诸神的信仰，重建城邦秩序，制定新制度和打造新公民。他注定要再次离开城邦，他不再是国王和被统治者，而是异邦立法者；他要为自己的不虔诚向诸神献祭，换来自己的寿终正寝和城邦的幸福——"和好结友谊，充分享受财富和安宁"（*Od.*24.485—496）。

第一节　考验诸神及其信徒

一、考验雅典娜

回到伊塔卡的奥德修斯仿佛经历了一番重生或复活，"深沉的睡眠降落到奥德修斯的眼睑，安稳而甜蜜地睡去，如同死人一般"（*Od.*13.79—80）。就像柏拉图的哲人在爬出洞穴后重返洞穴一样，奥德修斯外出二十年之后也返回故乡，落脚点正是故乡的"洞穴"（*Od.*13.103），那个他过去经常向女神献祭的洞穴（*Od.*13.345—350）。也像柏拉图那返回洞穴的哲人一时无法适应黑暗的洞穴世界一样，奥德修斯由于离家太久远一时无法辨识故乡，雅典娜布下的迷雾不过是加剧了这种模糊感而已（*Od.*13.188—194）。

当他看到雅典娜的化身的手握长枪的少年时，他担心自己的财物被抢劫（*Od.*13.208），但他的第一反应却是把这个少年当作神来赞扬和请求（*Od.* 13.231），并询问当地信息，其目的是麻痹少年和思考对付少年的策略。在少年指出此处是伊塔卡之后，奥德修斯表示怀疑，他从不轻信未经自己证实的消息。他讲述自己的故事来考验少年（*Od.*13.256—286），他的故事是从他流浪的开端与结束的经历改编而来的：他从特洛伊带回来的财富在克里特被抢劫对应在伊斯马罗斯被抢劫，他被腓尼基人护送对应被费埃克斯人护送。奥德修斯部分隐瞒自己的身份，他的故事意在警告少年：如果少年胆敢抢劫他的财物，他就会像杀掉奥尔西洛科斯那样杀掉他。

雅典娜现出本尊，她赞扬了奥德修斯，"你我两人都善施计谋，你在凡人中最善谋略，最善词令，我在所有的天神中间也以睿智善谋著称"（Od.13.296—299），但也表明自己比奥德修斯更有智慧和能力，并要为奥德修斯提供建议。奥德修斯第一次向雅典娜发出祈求（Od.13.324）。这样一种转变基于他意识到诸神对于自己获得财富和成功的意义：他在费埃克斯人那里借助神的祝福和有关诸神的言辞与神相关的言辞所获得的礼物，比在特洛伊的长期艰苦战斗所获得的礼物要多得多。对于此时的奥德修斯而言，如果诸神总是嘲弄和欺骗人，并为人送来苦难，那么他也就没有必要祈求诸神，只有诸神待人诚实和友善，他才会愿意信仰诸神（Od.13.314—328，比较 Od.13.355—360）。

因此，即使他亲自看到雅典娜，还是怀疑雅典娜（Od.13.325）。与其说雅典娜主动帮助奥德修斯，不如说她被逼帮助他（Od.13.331），以便赢得他的信任和崇敬。雅典娜向奥德修斯证实了伊塔卡，帮助他把财物藏在洞穴，要求他屠杀求婚者，把他变成一个老乞丐，建议他去找牧猪奴打听消息，保证支持奥德修斯成功杀死求婚者。雅典娜的所有建议其实是奥德修斯凭靠自己也能够想到的计划[1]，因此奥德修斯同意雅典娜的所有方案，但他并不相信雅典娜对所有人物的评价和对他的支持，阿伽门农的惨痛教训足以让他有理由怀疑所有人物的忠诚和神的支持。奥德修斯接下来对所有人物的考验也包含着对雅典娜的考验，即检验雅典娜是否撒谎或有能力。

1　例如阿伽门农曾经建议奥德修斯秘密回家，奥德修斯曾经乔装打扮（从外公处学来的计谋，比较 Il.10.266）进入特洛伊刺探消息，也曾经凭借自己的谋略战胜过独目巨人波吕斐摩斯。

二、考验欧迈奥斯

奥德修斯与欧迈奥斯的故事可以分为三部分：第一部分为欧迈奥斯向奥德修斯报告伊塔卡的现状，包括财产、求婚者、佩涅洛佩、特勒马科斯；第二部分为奥德修斯向欧迈奥斯讲述自己流浪的传奇故事；第三部分为奥德修斯向欧迈奥斯讲述自己在特洛伊战争当中偷袭敌人的故事；第四部分为欧迈奥斯向奥德修斯报告自己的来历，以及奥德修斯父母的消息。

奥德修斯来到猪舍，遭到了4条猛犬攻击（*Od.*14.30）。新犬不认识、不服从旧主人，正如新生代不认识、不服从奥德修斯，唯有旧犬阿尔戈斯才认识和服从他（比较*Od.*17.301），这暗示着新生代还不如一条老狗忠诚。牧猪奴欧迈奥斯帮奥德修斯打新犬（*Od.*14.36），就像他后来帮助奥德修斯屠杀求婚者。欧迈奥斯在奥德修斯面前显得敬畏宙斯和遵从礼俗，他表达自己对旧主人的怀念、同情和感恩，对求婚者的控诉和憎恶（*Od.*14.39—108）。他抱怨特洛伊战争给奥德修斯带来的苦难，进而抱怨和诅咒引起战争的海伦（*Od.*14.69），同理，伊塔卡老人会抱怨战争夺取他们的儿子，进而抱怨和诅咒带走他们儿子的奥德修斯（*Od.*24.428）。奥德修斯不能不明白自己重返伊塔卡可能面临的危险。

欧迈奥斯对奥德修斯的忠诚得益于奥德修斯以往的仁政，但这样的仁政显然已经崩坏，奥德修斯并不确定欧迈奥斯的言辞是否真实，他需要亲自考验欧迈奥斯。奥德修斯追问"奥德修斯"是谁，欧迈奥斯却答非所问，谴责眼前的流浪汉为了骗吃骗喝而胡言乱语，指出佩涅洛佩对丈夫的忠诚，认为奥德修斯已经死去（*Od.*14.121—147）。奥德修斯如果不能赢得最忠诚的欧迈奥斯的信任，他就很难赢得任何人的信任和支持；他以诸神的名义发誓奥德修斯会回来，报复恶人（*Od.*14.149—164）；欧迈奥斯并非不相信诸神，而是不相信奥德修斯，还透露出特勒马科斯被求婚者伏击的危险（*Od.*14.174—184）。当然，奥德修斯早已知道儿子的处境和结局（*Od.* 13.411—426），因此他并不关心儿子，而是通过讲述自己的流浪故事来骗取欧迈奥斯的信任。

这次的故事是从他向费埃克斯人所讲的故事改编而来的（*Od.*14.199—358）：克里特人就是奥德修斯本人[1]，在家逗留一个月对应在特里那基亚岛逗留一个月（同样是最后六天连续杀牛），在埃及滞留七年对应在奥古吉埃岛跟卡吕普索生活七年，在腓尼基人的家逗留一年对应在艾艾埃岛跟基尔克逗留一年，独自漂到特斯普罗托伊人国土对应独自漂到费埃克斯人国土，奥德修斯前去多多那询问神意对应奥德修斯下降地狱询问归程。主要差别在于：奥德修斯对虚构的费埃克斯人所讲的故事是不可能的，而他对现实的欧迈奥斯所讲的故事是可能的；此前故事的主角从未得到诸神帮助，此时故事的主角却一直得到诸神的帮助（比较*Od.*16.64）；此前强调同伴的愚蠢导致他们的死亡，如今强调诸神的意志导致同伴的死亡（*Od.*14.235，268，305）。显然奥德修斯要为自己的过失和罪责进行自我辩护。虽然欧迈奥斯敬畏诸神，但他曾经被一位无名的埃托利亚人欺骗过，因而并不相信奥德修斯的故事（*Od.*14.379—386），直到奥德修斯以诸神的名义

1　克里特人无名，奥德修斯也曾"无名"（*Od.*8.366）；他是唯一奴妾所生，奥德修斯也三代单传；他娶的富家女就是佩涅洛佩；他跟奥德修斯一样勇敢、得到雅典娜宠爱、有计谋、喜欢冒险和战斗、富裕、令人恐惧、遭受无数苦难（*Od.*14.199—234）。

发誓，要是撒谎就可以被欧迈奥斯杀死（*Od.*14.390—401），欧迈奥斯才基于对诸神的敬畏相信奥德修斯，并更加慷慨地招待奥德修斯。毫无疑问，欧迈奥斯经受住了奥德修斯的第一次考验。

欧迈奥斯愿意相信这位流浪汉的话，愿意相信这位流浪汉是奥德修斯的挚友是一回事，但他是否愿意帮助这位流浪汉又是另一回事。奥德修斯对他发起了第二次的考验，他"对众人开言考验牧猪奴，他是否会脱下外袍给他或者吩咐其他同伴把衣让"（*Od.*14.459—461）。奥德修斯虚构了自己在特洛伊战争时于下雪天打埋伏的故事：他把自己的外袍让给了同伴（*Od.* 14.480），自己却被冻得要死，多亏"奥德修斯"机智地支走了另一个同伴，他才获得了外袍。欧迈奥斯出于"友情"和"尊重"战士（*Od.*14.505），将自己唯一的外袍给了奥德修斯，然后独自背起武器，外出守护猪群。奥德修斯很满意，不仅得到了温暖，也使自己的财产得到了精心照料，更是确信欧迈奥斯完全愿意和有能力帮助他复仇。

第三天晚上，奥德修斯对欧迈奥斯发起了第三次考验，"看牧猪奴是想继续热情地接待他，让他留在田庄，还是想劝他去城里"（*Od.*15.305）。奥德修斯与欧迈奥斯进行了三次不断丰富的对话。在第一场对话中（*Od.* 15.307—339），奥德修斯提议去城里向佩涅洛佩报告消息和跟求婚者厮混，以便获得赏赐食物或被雇佣自食其力，欧迈奥斯建议奥德修斯留下来，等特勒马科斯返回再做定夺。显然，欧迈奥斯关心奥德修斯，而且会不厌其烦地照料他，也相信特勒马科斯会安全回来。

在第二场对话中（*Od.*15.340—379），奥德修斯向欧迈奥斯询问父母的现状，欧迈奥斯的答复与奥德修斯所听到的有所不同，即他的父亲向宙斯祈祷，母亲由于"伤心过度而亡故"。[1] 欧迈奥斯只能理解到他能看到的现象，并用神意来解释自己的理解，他感激奥德修斯的父母，谴责求婚者的狂妄，并把自己没有得到佩涅洛佩的安慰归咎于求婚者。

在第三场对话中（*Od.*15.380—484），奥德修斯询问欧迈奥斯是由于战败为奴还是被劫掠来到伊塔卡，欧迈奥斯交代了自己神秘的来历：他出生在一个只有生与死而没有饥饿与疾病的海岛；他被一位被拐来的腓尼基保姆拐走，因为这位保姆为了报答腓尼基商人把她送回腓尼基而跟他们通奸和拐走他；结果腓尼基保姆被女神射中跌入海中喂鱼，他则被腓尼基商人卖给拉埃尔特斯。欧迈奥斯坚信人间的一切由神来掌控，而且这就是正义的，但他如何解释自己的苦难呢？他认为奥德修斯比父母更"仁慈"，思念奥德修斯甚于思念父母（比较 *Od.*14.138—144）。显然，他并不认为祖国的生活方式是最好的，虽然没有饥饿和疾病，却玩物丧志、不关心孩子教育和安危、对奴隶（可能包括臣民）缺乏管教。腓尼基女奴的恶行与结局暗示着奥德修斯的12位女奴的恶行与结局：她们跟求婚者通奸且被杀死（参见 *Od.*22.424—473）。欧迈奥斯对奥德修斯的照顾、对奥德修斯家庭的热爱和对伊塔卡仁政的欣赏使得他通过了奥德修斯最严苛的考验。

三、考验特勒马科斯

在奥德修斯前往牧猪奴住处时，雅典娜前往斯巴达鼓励特勒马科斯返

---

1 奥德修斯的母亲告诉他，他的父亲躺在床上什么也不想做，他的母亲因"思念和渴望"儿子而死亡（*Od.*11.195，202）。

回，并建议他也去寻找牧猪奴，好让他们父子相聚和相认。雅典娜通过讲述社会普遍存在的现象来鼓动特勒马科斯回家：一个人离家太久，财产会被他人侵占（*Od.*15.13，比较 *Od.*14.230），即使贞洁的妻子也会被诱惑或说服，忘掉丈夫和儿女，带着财产改嫁（*Od.*15.16—23）。雅典娜还为特勒马科斯躲避危险指明航程，并建议他去找牧猪奴（*Od.*15.28—42）。特勒马科斯全盘接受了雅典娜的建议，因为他的思想和行为严重依赖于神灵，例如在他见到老鹰抓白鹅的征兆时（*Od.*15.161），他完全相信海伦的正确阐释（比较 *Od.*19.536—558），即奥德修斯"早已返抵家园，正在给求婚人谋划灾难"（*Od.*15.178，比较 *Od.*14.110）。墨涅拉奥斯同意让特勒马科斯回家，他骄傲地表达了自己的思想和"适度"待客之道[1]，然后和海伦赠送了特勒马科斯大量礼物，包括最精美的金银酒缸和最华丽的衣服（*Od.* 15.114，124），以便为自己赢得赞扬和荣誉。[2]

特勒马科斯一行人返回皮洛斯，就在他向雅典娜献祭准备乘船离开时（*Od.*15.223），一位游荡人特奥克吕墨诺斯前来请求上船和寻求庇护（*Od.* 15.271—278）。荷马为什么要安排特奥克吕墨诺斯突然出现，并对其家世做出精细描述？这让人非常费解，因为他对随后的故事情节发展似乎没有发挥任何作用，他向佩涅洛佩预言的奥德修斯的消息是海伦已经说

---

1 "我也不赞赏那种待客的主人，他招待客人过分殷勤，或是过分冷淡：事事都应合分寸。两种待客方式同样与情理不相容：客欲留时催客行，客欲行时强留客。应该是客在勤招待，客去诚挚送客行"（*Od.*15.69—74），墨涅拉奥斯这种说教跟荷马史诗的讲故事方式很不匹配，除非荷马是要表现出墨涅拉奥斯的骄傲和虚伪。

2 墨涅拉奥斯说："我企求两种荣誉：光辉的赠礼和食物（*Od.*15.78）。"学者们常常争论他是为自己祈求，还是为特勒马科斯企求，还是为双方企求，参见 Alfred Heubeck，Arie Hoekstra，*A Commentary on Homer's Odyssey. Vol.II：Books IX—XVI*（Oxford：Clarendon Press，1990），p.235。

过的话（*Od.*17.151—159），他向求婚者描述他们死亡的惨状也类似于奥德修斯曾经向求婚者发出的诅咒（*Od.*18.143—150）。特奥克吕墨诺斯（Theoclymenus）的字面意思是"听从神灵"，他出身预言世家（*Od.*15.225—255）：他的曾祖父墨兰波斯（到阿尔戈斯称王）是精通鸟兽语言的预言家，他的父亲波吕费得斯（由于触怒父亲而逃亡）是预言家，他的堂兄弟安菲阿拉奥斯（在攻打特拜时死亡）是预言家，他本人（由于杀亲属而逃亡）也是预言家。所有这些预言家都遭受了苦难，尤其是特奥克吕墨诺斯的罪孽最重（杀了一位亲属），但他没有遭到复仇女神的追讨，也没有事实上遭到死者亲属的追讨，这只能说明他是无辜的。预言家的突然出现可以做这样解释：他是雅典娜的替身，既要考验特勒马科斯的虔诚，看看他是否会好生招待预言家（*Od.*15.508—546）和听从雅典娜的建议，又要考验求婚者的品性，看看求婚者是否反复忽略来自外邦预言家的警告，正如埃吉斯托斯忽略宙斯派来的赫尔墨斯的警告而遭遇身亡一样（*Od.* 1.38）。

特勒马科斯经受住了雅典娜的考验，顺利回到了家乡，证明了自己的勇敢和明智（*Od.*16.346），但他还需接受奥德修斯的考验。奥德修斯发现特勒马科斯与欧迈奥斯的关系就像他自己曾经跟欧迈奥斯的关系（即父子关系，*Od.*16.17），特勒马科斯对待他也像欧迈奥斯对待他那样好客（*Od.*16.44）和关心（*Od.*16.85—87，比较 *Od.*15.329）。奥德修斯询问特勒马科斯，造成这种混乱状态的原因是他的无能，还是他被人民恨，还是他跟兄弟不和睦，因为如果自己是特勒马科斯或其兄弟，定然不饶恕求婚者（*Od.*

16.90—110）。[1]特勒马科斯否定了后面两个原因，但不承认自己的无能，而是指出自己无法对付众多贵族求婚者，只能把自己的命运交给诸神（*Od.*16.129），与此同时，特勒马科斯打发欧迈奥斯去向母亲秘密报告自己归来的消息（*Od.*16.130—134），然后让母亲派女奴去向爷爷秘密报告自己归来的消息（*Od.*16.150—153）。特勒马科斯的秘密安排并非出于雅典娜的建议（比较*Od.*15.41），这是他自己思考的结果，奥德修斯由此又发现特勒马科斯跟他自己有相同的品质：信赖人力[2]和足智多谋。

不过欧迈奥斯犯了严重错误，他公开宣布了特勒马科斯归来的消息（*Od.* 16.335—340），这个错误几乎要将特勒马科斯置于死亡境地。求婚者对于特勒马科斯躲过伏击感到惊讶，他们相信特勒马科斯肯定得到诸神的帮助（*Od.*16.356，364），但他们仍然想要"设法让特勒马科斯悲惨地死去……夺过他的家财，在我们之间公平地分配，这座宅邸可留给他的母亲和将要娶她的那个人"（*Od.*16.371—386）。求婚者一而再再而三地想要谋害特勒马科斯，他们的狂妄和邪恶得到了进一步的强化，尤其是求婚者首领安提诺奥斯和欧律马科斯更是恩将仇报，前者曾经得到奥德修斯的挽救（*Od.* 16.430），后者也经常被奥德修斯当作儿子一样抚养（*Od.*16.443）。

欧迈奥斯的不谨慎是他必须被支开的理由，在他被支开之后奥德修斯

1　奥德修斯的询问与涅斯托尔的询问略有不同（*Od.*3.210—224）：涅斯托尔没有提及兄弟，只希望雅典娜帮助特勒马科斯，而奥德修斯提及兄弟，但完全没有提及诸神。虽然涅斯托尔说他和奥德修斯意见一致，但是奥德修斯显然不承认这一点，最核心的分歧是涅斯托尔依赖诸神而奥德修斯依赖人力。

2　特勒马科斯说："如果所有的事情都可为凡人实现，那我们首先盼望我的父亲能归返（*Od.*16.148—149）。"

才能跟特勒马科斯秘密谋划屠杀求婚者。当雅典娜改变奥德修斯的外貌之后，特勒马科斯从未见过父亲，他把眼前的奥德修斯视为神（*Od.*16.183），在他的认知世界里，只有神才具有瞬间变形的能力（*Od.*16.196—200），因此他并不相信眼前的奥德修斯就是自己的父亲。只有当奥德修斯提到自己的变形是雅典娜帮助的结果（*Od.*16.207），他才因相信雅典娜而相信奥德修斯。当然，荷马还提供另一个理由可以支撑特勒马科斯的信念，即他跟父亲长得很像。

奥德修斯与儿子相认之后商议如何对付求婚者。奥德修斯搞清楚了求婚者超过100人（*Od.*16.247—251），他用诸神的帮助来鼓励儿子战斗（*Od.*16.260）。他提议自己以流浪汉身份入城，考察求婚者和家奴，建议儿子将所有大厅的兵器藏起来，并要求儿子严格保密和见机行事（*Od.*16.270—305）。特勒马科斯不仅敢于战斗，而且能够给出自己的见解（*Od.*16.311—320），这说明他在寻找父亲的过程中获得了自我教育和自我成长，虽然他的处事能力有待提高，但是至少他如今"作事已丝毫不轻率"（*Od.*16.310）。

第二节　考验求婚者和佩涅洛佩

一、考验求婚者

奥德修斯一开始就下定决心要屠杀求婚者[1]，他为什么还要考察求婚

---

[1]　例如特瑞西阿斯告诉他屠杀求婚者（*Od.*11.119）；他和雅典娜商量如何杀戮求婚者（*Od.*13.373）；他对欧迈奥斯说奥德修斯会回来报复求婚者（*Od.*14.163）；他跟儿子商量如何杀戮求婚者（*Od.*16.234）。

者呢？这是否意味着如果求婚者有所收敛或改邪归正，经受住奥德修斯的考验，便可以避免被屠杀的结局呢？我们并不排除这样的可能性，只有这种可能性才符合荷马的伦理要求。奥德修斯在听说求婚者的狂妄和邪恶时决定要屠杀求婚者，这是基于他的伦理要求，但他只有经过亲自验证求婚者的言行符合传闻才动手，这是基于他本人一贯的行事风格或信念。另一方面，他对求婚者的考察也包括对屠杀方式的考察，即在什么时间和地点借助什么工具和联合哪些人屠杀哪些求婚者。例如，联合牧猪奴和牧牛奴，用弓箭屠杀求婚者都不在他事先的计划范围之中（比较 *Od.*16.295—296），饶恕歌手费弥奥斯和传令官墨冬是临时的决定等。

特勒马科斯进城的第一件事情是让母亲给宙斯奉献百牲祭，祈求宙斯报复恶行（*Od.*17.50—60），然后把预言家领进家里殷勤招待（*Od.*17.90），随后秘密告诉母亲自己在皮洛斯和斯巴达打听到父亲还活着的消息（*Od.*17.109—146）。他诚实地报告了自己的见闻，但隐瞒了父亲已经回来的事实。另一边，奥德修斯进城途中偶遇牧羊人墨兰透斯，此人狗眼看人低，总是欺负牧猪奴，因此也羞辱、威胁和踢打奥德修斯，但准确地预言了奥德修斯将会被求婚者用板凳砸的事实（*Od.*17.462—463）；奥德修斯愤怒地想要杀死他，但最终还是克制住自己的怒火（*Od.*17.215—238）。欧迈奥斯祈求水泉女神制服狂妄的墨兰透斯，墨兰透斯则祈求阿波罗杀死特勒马科斯（*Od.*17.239—253）。奥德修斯还在府邸外面意外地见到了他的猎狗阿尔戈斯，尽管奥德修斯和狗都改变了外形，但他的狗还是通过声音辨识出主人，只是这条狗已经无法发声和行动，而且在认出主人之后立即死掉了

（*Od.* 17.291—327）。与这条老狗相比，墨兰透斯简直连一条狗都不如，愚蠢、狂妄、不忠和歹毒，最终遭到最悲惨的死法，鼻子、耳朵和四肢被剁掉，阳具被割下来喂狗（*Od.*22.474—477）。

奥德修斯发现，安提诺奥斯作为求婚者的首领最为狂妄，他申斥欧迈奥斯带来流浪汉，不听从特勒马科斯的劝告，拒绝给奥德修斯施舍食物，抛出板凳击中奥德修斯的右肩脊背，并威胁要杀掉奥德修斯（*Od.*17.374—380）。奥德修斯向安提诺奥斯虚构的故事其实就是奥德修斯本人的故事：以前"幸福而富有，经常资助这样的游荡者"，后来"宙斯毁灭了一切"，如今"受尽苦难"之后独自"来到此处"（*Od.*17.420—444）。但安提诺奥斯无法理解奥德修斯所显示的面相，愚蠢和狂妄遮蔽了他的认知和回忆。

佩涅洛佩曾经从儿子那里听说丈夫还活着，如今又从欧迈奥斯那里听说这个流浪汉是丈夫的旧友且声称丈夫正在回来（*Od.*17.527），于是她想要亲自会见这个流浪汉（*Od.*17.544），然而奥德修斯以躲避求婚者为由将会面的时间推到了晚上（*Od.*17.565—570）。奥德修斯推迟会见佩涅洛佩是出于审慎的考虑：只有在晚上奥德修斯才可能在最熟悉他的妻子面前更好地掩饰自己，从而更有效地考验妻子，如果在白天被佩涅洛佩认出来，那么奥德修斯会陷入危险，要么佩涅洛佩早已跟其他求婚者勾结，从而联合求婚者杀掉自己，要么佩涅洛佩保持贞洁，但无法控制自己的情绪，从而被求婚者洞悉真相，最终被求婚者联合杀戮。

奥德修斯每走一步都可能陷入万劫不复的深渊。求婚者让奥德修斯与另一个乞丐伊罗斯相斗，以便从中取乐（*Od.*18.37—39）。奥德修斯明知求婚者不相信诸神（*Od.*17.488），但还是让他们向诸神发誓，不能干预他与伊罗斯的决斗（*Od.*18.55）。奥德修斯既要战胜伊罗斯，又不能过多地显示自己的力量，否则将会引起求婚者的疑虑和防备，因此他决定打伤而不是杀死伊罗斯（*Od.*18.90—107）。安提诺奥斯履行了求婚者的诺言，赐给胜利的奥德修斯食物，奥德修斯趁机借用诸神的权威来教育他：

> 大地上呼吸和行动的所有生灵之中，
> 没有哪一种比大地抚育的人类更可怜。
> 他们以为永远不会遭遇到不幸，
> 只要神明赋予他们勇力和康健；
> 待到幸福的神明们让各种苦难降临时，
> 他们便只好勉强忍受，尽管不情愿。
> 生活在大地上的人们就是这样思想，
> 随着人神之父遣来不同的时光。
> 原来我从前在世人中也属幸福之人，
> 强横地作过许多狂妄的事情，听信于
> 自己的权能，倚仗自己的父亲和兄弟。
> 一个人任何时候都不可超越限度，
> 要默默地接受神明赐予的一切礼物。
> 现在我看见求婚的人们只顾作恶事，
> 耗费这家人的财产，不敬重他的妻子，
> 我认为主人离开他的家人和乡土
> 不会再很久，他现在就在附近某地；
> 神明会让他回返，愿你不会遇见他，
> 当他返回自己亲爱的故乡土地时，

因为我认为当他返回自己的家宅时，

要解决他和求婚人间的冲突非流血不可。（*Od*.18.130—150）

诸神赐予人幸福或不幸，但诸神的赏赐取决于人的行为善恶，因此作恶的求婚者会被奥德修斯（代替诸神）杀戮。奥德修斯这个发言并不符合他此时的身份，他作为一名乞丐如何敢教育最狂妄的安提诺奥斯，又如何能够拥有和表达出这番极具"哲学"或"神学"高度的思想呢？唯一合理的解释是，奥德修斯本人想要向求婚者展示自己的力量和他的政治智慧，检验求婚者是否会因认出他而有所收敛。就在他可能被安提诺奥斯怀疑或认出时（*Od*.18.153—154），佩涅洛佩以性感的形象出现，引起了所有求婚者的性欲（*Od*.18.212—213），将他们的注意力转移到唱歌跳舞等娱乐活动上来（*Od*. 18.304—306）。

我们可以追问，求婚者到目前为止所犯的罪恶是否超出了限度，是否已经到了必死无疑的地步？从行为动机的角度来看，他们试图谋财害命、夺权劫色确实该死，但从行为结果来看，他们仅仅是吃喝玩乐和羞辱他人也就罢了，而且被挥霍的财物也可以补偿（*Od*.22.55—58）。更重要的是，佩涅洛佩改嫁是奥德修斯事先允许的，奥德修斯远征特洛伊出发前交代过，如果自己战死沙场，佩涅洛佩需要照顾父母和儿子，等到儿子成年则可以"离开这个家，择喜爱之人婚嫁"（*Od*.18.270）。因此我们有理由假设，如果求婚者此时悬崖勒马，他们仍然可以得救，正如荷马反复描述雅典娜的意志所暗示的那样：

> 雅典娜不想让那些高傲的求婚人就这样
>
> 中止谩骂刺伤人，却想让他们激起
>
> 拉埃尔特斯之子奥德修斯更深的怨恨。
>
> （*Od.*18.346—348；20.284—286）

求婚者接下来的行为加深了他们的罪恶。欧律马科斯嘲笑奥德修斯年老秃顶、好逸恶劳和贪得无厌（*Od.*18.350—364），又用板凳当面砸奥德修斯，所幸被奥德修斯躲过，却砸中和砸倒了司酒（*Od.*18.394—398），其言行表明他正是奥德修斯所说的无能、卑贱和胆小之徒（*Od.*18.365—386）。第二天，求婚者继续图谋杀死特勒马科斯（*Od.*20.241），但他们又不敢动手，转而继续在奥德修斯的府邸吃喝玩乐。狂傲无耻的克特西波斯当面用牛蹄砸奥德修斯的脑袋，同样被奥德修斯躲了过去（*Od.*20.287—302）。求婚者对奥德修斯的疯狂嘲笑到达顶峰：

> 帕拉斯·雅典娜
>
> 激发求婚人狂笑，搅乱了他们的心智。
>
> 他们大笑不止，直笑得双颌变形，
>
> 吞噬着鲜血淋淋的肉块；笑得他们
>
> 双眼噙满泪水，心灵想放声哭泣。（*Od.*20.345—349）

预言家特奥克吕墨诺斯把这个场景描绘成他们死亡的景象，"墙壁和精美的横梁到处溅满鲜血"（*Od.*20.354）。他们不仅没有收敛，反而将特奥克吕墨诺斯赶走了，并恶毒地建议特勒马科斯把"奥德修斯"和特奥克吕墨诺斯卖掉（*Od.*20.345—383）。由此可见，求婚者的恶言恶语在不断加深，他们的死亡是他们一步步错误选择的结果，正如奥德修斯在屠杀求婚者时所说的：

> 朋友们，我现在命令你们向求婚的人群
> 投掷长枪，他们竟然想杀死我们，
> 在原先种种卑劣恶行上又添新罪孽。（*Od.*22.262—264）

二、考验佩涅洛佩

待求婚者散去，奥德修斯又支开了儿子，他要在深夜单独"刺激"（erethizō，*Od.*19.45）女奴和妻子。这非常符合人之常情，也体现出奥德修斯的谨慎，他与妻子和女奴之间存在着某些不宜让儿子看到或听到的事情。墨兰托是最无耻的女奴，她曾经深得佩涅洛佩的喜爱，如今却跟求婚者厮混（*Od.*18.325），很可能也是她向求婚者拆穿了佩涅洛佩的计谋（*Od.*19.154；24.144）。她两次斥责和羞辱奥德修斯，并要将奥德修斯赶出府邸（*Od.*18.325，19.65—69），最后为自己的无耻付出生命代价。

佩涅洛佩是美貌与智慧兼备的女人，她对丈夫奥德修斯充满爱与怕，因此她对奥德修斯而言是最难捉摸和最危险的人，奥德修斯始终没有显示自己的身份，也完全没有让她参与和见证重建家庭和城邦的血腥事件。佩涅洛佩"不拒绝可恶的求婚，但也不应允"（*Od.*24.126，比较 *Od.*16.126），因为她深知自己的两难处境：在最表层的意义上，如果她拒绝求婚者，她也就拒绝了客人，这违背宙斯的"主客之道"，如果她应允求婚者，她可能会像海伦和克吕泰墨涅斯特拉那样犯下罪恶；在最深处的意义上，奥德修斯给了她二十年的期限，如果她未到期就改嫁，奥德修斯要是活着回来必然会惩罚她，如果奥德修斯已死而她拒绝改嫁，那么她必定无法守住自己的财产和地位。为了解决这个困境，她想出了纺织和拆毁寿衣的计谋来拖延时间（*Od.*19.137—155，比较 *Od.*24.128—148）；她终日躲在自己的房间里，在女仆面前哭泣，以表达对丈夫的思念。

但奥德修斯所看到的佩涅洛佩并非她所说的那样，他第一眼看到的佩涅洛佩是一个充满性诱惑的形象（*Od.*18.212—213），他第一次听到她说的话是谴责儿子特勒马科斯"心智、思想不坚定"（*Od.*18.215），还说自己愿意改嫁并要求求婚者送来礼物。在单独与奥德修斯见面时，佩涅洛佩表达了对丈夫的思念，将自己的改嫁描述为一个被迫的行为（*Od.*19.123—161），却从未明确自己是否愿意改嫁。奥德修斯当然不能确认她是否忠诚，他需要进一步"刺激"她，试探她的反应和真实想法。

奥德修斯对佩涅洛佩所讲的故事（*Od.*19.172—307），大体上是从他对虔诚的费埃克斯人和虔诚的欧迈奥斯所讲的故事改编而来的，但它们之间仍然有根本的差异。例如，他说在二十年前跟"奥德修斯"只有一面之缘，并没有跟他一起参加特洛伊远征；他完全没有提及自己是如何来到这里的，以及自己跟诸神有什么关系；他对"奥德修斯"内心的描述最符合真实的奥德修斯。[1] 此时奥德修斯陷入了一个困境，如果他不能展示一个

---

1 例如"他心中认为，若在大地上漫游，聚集更多的财富，这样更为有利。奥德修斯比所有有死的凡人更知道收集财物，任何人都不能和他相比拟"（*Od.*19.283—286）。

更真实的自己，他就无法获取佩涅洛佩的信任和洞悉她的内心，如果他过多地展示真实的自己，特别是只有他和佩涅洛佩才知道的信息，他就会暴露自己的身份。所以他只能用一些所有人都可以看见的信息（如衣服和传令官）来证明自己的真实性，并用一些看不见的信息（如宙斯同意奥德修斯回家）来掩盖自己的真实性。奥德修斯发现佩涅洛佩一直怀念丈夫却不相信丈夫会回来，还发现她在思想和行为上仍然跟他保持一致：不轻易相信人，不盲从诸神，对人性有根本洞察，也为了获得人间荣誉而坚守德性。她说：

> 人生在世颇短暂。
> 如果一个人秉性严厉，为人严酷，
> 他在世时人们便会盼望他遭不幸，
> 他死去后人们都会鄙夷地嘲笑他。
> 如果一个人秉性纯正，为人正直，
> 宾客们会在所有的世人中广泛传播
> 他的美名，人们会称颂他品性高洁。（*Od*.19.328—334）

智者千虑，终有一失，奥德修斯还是暴露了自己的秘密。他拒绝狂妄无耻的女奴触碰自己的身体，让"善良知礼，像我一样，心灵忍受过那许多苦难"（*Od*.19.346—347）的奶妈欧律克勒娅为自己洗脚，而他脚上恰好有一块被野猪咬过的伤疤（*Od*.19.449）。欧律克勒娅一开始就对这位流浪者与奥德修斯的相似性感到惊讶（*Od*.19.380—381），直到她触摸到主人的身体，认出这块伤疤，才确信眼前的乞丐就是奥德修斯（*Od*.19.476—477）。

这块伤疤是奥德修斯唯一、独特和不变的身体特征，它是唯一让人们将现在与过去的奥德修斯等同起来的可见特征[1]，但只有对奥德修斯的身体非常熟悉且关心的人才能认出它来，例如宴会上所有人都没有认出来（*Od.*18.68），但牧猪奴和牧牛奴却认了出来（*Od.*21.221—222）。"奥德修斯的伤疤"是荷马的神来之笔，"伤疤"的无意显露让奥德修斯被发现的过程合情合理，这种写法得到亚里士多德的高度赞扬。[2]"伤疤"的表象指示出奥德修斯本人，荷马的表述被我国学者陈中梅认为是西方思想史的认识论的先兆。[3]

　　奥德修斯为自己的失误懊悔不已，但他很快解决了这个麻烦，他把自己的失误解读为神的意志，并通过威胁和拒绝欧律克勒娅来掩盖自己的失误（*Od.*19.480—502）。似乎雅典娜也陷入困境，雅典娜没有改变奥德修斯衣服下面的身体，导致奥德修斯暴露了自己，但如果雅典娜不这样做，奥德修斯就无法被牧猪奴和牧牛奴认出，从而无法获得他们的帮助。因此，这个困境是由奥德修斯造成的，如果奥德修斯拒绝沐浴和洗脚就不会暴露自己。不过，如果奥德修斯完全拒绝净化自己，他留在家里过夜是不合适的，因此奥德修斯除了洗脚别无选择。但他为什么非要睡在家里呢？只有睡在家里才能发现女奴跟求婚者厮混的秘密（*Od.*20.6—8），这就解释了女

1　现在的奥德修斯表面上是流浪汉，名为艾同（Aethon，*Od.*19.183，字面意思是"皮肤黝黑、精力充沛"），但已经是有智慧和节制的，过去的奥德修斯名字源于愤怒，字面意思是"愤怒"且行为鲁莽（*Od.*19.408—409，447）。

2　参见亚理斯多德、贺拉斯：《诗学，诗艺》，罗念生、杨周翰译，人民文学出版社，1962，第16章。

3　参见陈中梅：《〈奥德赛〉的认识论启示——寻找西方认知史上logon didonai的前点链接》，《外国文学评论》2006年第2期，第66—79页。

奴墨兰托为什么要把奥德修斯赶出去，并表明这些女奴是多么厚颜无耻和色胆包天。奥德修斯也发现其他女奴是忠诚的，她们还没等到天亮就起来干活，甚至祈求宙斯杀死求婚者，因为她们不服从求婚者而被安排最重的活（Od.20.105—119）。

　　奥德修斯发现，佩涅洛佩始终左右摇摆，在改嫁与继续守寡的两难选择中挣扎（Od.19.526—530）。一方面，她的"天鹅梦"明确指出奥德修斯会回来和屠杀求婚者，但她对梦境真假参半[1]的本性的理解又让她怀疑"天鹅梦"的真实性（Od.19.535—568）。另一方面，她决定通过射箭比赛来选择夫婿（Od.19.570—581）[2]，却预感奥德修斯就在身边，对自己选择改嫁深感懊悔，甚至希望女神杀死自己，以解除自己内心的痛苦挣扎（Od.20.58—90）。佩涅洛佩跟海伦一样面临不同丈夫的选择，但海伦是无论世界如何变化、无论如何选择也不会影响自己的命运，而佩涅洛佩深受世界变化的影响，一旦选择错误则会彻底改变命运。佩涅洛佩面临的两难处境和不确定性决定了她的选择困难，她的左右摇摆恰恰证明了她的智慧和忠诚，否则她要么早就主动或被动改嫁了，要么盲目地守寡到底。

1　牛角门与象牙门的真假之分恰恰表明事物的真假本性与实物的美丑外观不一致，丑陋的牛角门代表真实，漂亮的象牙门却代表虚假（Od.19.552—567）。荷马通过丑陋的奥德修斯外观和把奥德修斯的眼睛比作牛角（Od.19.211）暗示出佩涅洛佩"天鹅梦"的真实性。

2　弓箭比赛并非拍脑子想出来的计谋，因为第二天就是"弓箭神的全民的神圣节庆"（Od.21.258），佩涅洛佩在弓箭比赛的基础上添加了自己的择婿内容，她似乎愿意把自己的命运交给神来决定。

第三节　复仇和重建秩序

一、杀死求婚者

奥德修斯分辨忠奸和决定复仇是一回事，他能否成功复仇和成功之后如何应对局面又是另一回事。他睡前辗转反侧思考这些问题，然后要求雅典娜给出可以战胜求婚者的明确承诺（*Od.*20.25—53），黎明又向宙斯祈祷并得到了征兆（*Od.*20.97—121），在用弓箭杀死求婚者之前又向弓箭之神阿波罗祈祷（*Od.*22.7）。荷马想要表明求婚者有多么不虔诚、愚蠢和无能[1]而被杀死，奥德修斯就得有多么虔诚、智慧和勇猛而杀死他们。

诸神的帮助是奥德修斯重返"洞穴"后重建政治秩序的必要手段，但不是充分条件，否则特勒马科斯也可以在雅典娜的帮助下完成父亲的任务，因此拉弓和射箭竞赛就成为证明奥德修斯最勇猛的必要环节（比较 *Od.* 21.94）。荷马交代了奥德修斯的弓箭的来历，细致描述了佩涅洛佩取出弓箭的过程和伤感情绪。佩涅洛佩称：

> 如果有人能最轻易地伸手握弓安好弦，
> 一箭射出，穿过全部十二把斧头，
> 我便跟从他，离开结发丈夫的这座
> 美丽无比、财富充盈的巨大宅邸。（*Od.*21.75—78）

有意思的是特勒马科斯为了证明自己的能力率先去立斧装弦，就在他

1　在弓箭比赛中，求婚者没有向阿波罗神祈祷，也不懂得如何装弦，没有足够力气将弦装上。

快装上的时候被奥德修斯阻止了（*Od.*21.113—129）。多亏了奥德修斯的审慎，否则特勒马科斯的鲁莽行为很容易导致他犯下"乱伦"的悲剧，而且极有可能搞砸奥德修斯的复仇计划。

第一个装弦的求婚者是预言家勒奥得斯，他是唯一愤慨求婚者和讨厌他们恶行的人，所以他坐在距离其他人最远的左边（*Od.*21.144—147）。他第一个登场并非出于恶意或逞强，而是由他的座次所决定的（*Od.*21.141）。勒奥得斯无法装上弦，他的感叹成为他自己和所有求婚者死亡的谶言：

> 这把弯弓将会使许多高贵的人物
> 失去灵魂和生命，其实死去远比
> 失望地活着好得多，我们一直为她
> 聚集在这里，在期待中一天天过去。（*Od.*21.153—156）

尽管勒奥得斯是最不坏、也是第一个求饶的求婚者，但他之前从未用自己的预言劝告和阻止其他人作恶，而且很可能祈祷奥德修斯死亡来怂恿求婚者，他这种明知故犯的伪预言家比其他人更可恶，因此他最后一个被杀死，而且在求婚者中死得最恐怖——被奥德修斯砍头（*Od.*22.310—329）。

第二个装弦引弓的是第二狂妄、狡诈和恶毒的欧律马科斯，他是第二个被杀死的求婚者。他为自己无法装弦而感到羞耻（*Od.*21.245—255），他试图把所有罪恶归咎于已经死去的安提诺奥斯，提出用礼物来偿还自己的罪恶，最后号召求婚者联合起来反击，立即被奥德修斯射中肝脏死亡（*Od*.22.44—88）。奥德修斯在欧律马科斯装弦时，发现牧猪奴和牧牛奴从屋里走出来，他用诸神考验他们的虔诚和忠诚，将腿上的伤疤展示给他们，让他们认出并协助自己，并允诺给他们许多现实利益（*Od*.21.188—241）。这并不在奥德修斯的计划之内，完全是他仔细观察和思考之后临时决定的。

最后一位试图装弦引弓的是安提诺奥斯，他是求婚者的首领，最强大和最狂妄，也将第一个被奥德修斯杀死。他建议向阿波罗神献祭之后再装弦，但奥德修斯不等他献祭便请求自己装弦。求婚者们既为奥德修斯胆敢参与他们的竞赛感到愤怒，又唯恐他成功装弦射箭使得他们自己蒙羞（*Od*.21.285—329）。安提诺奥斯用"马人"的故事（*Od*.21.295—304，比较*Il*.1.260—272）谴责和威胁奥德修斯，讽刺的是，他把奥德修斯比作马人欧律提昂，而他本人才最像欧律提昂。在佩涅洛佩的建议、特勒马科斯和欧迈奥斯的有意帮助下，奥德修斯拿到弓箭，轻易装弦射箭，完成任务，转而一箭封喉把正在仰头喝酒的安提诺奥斯杀死（*Od*.22.8—21）。

在屠杀求婚者的过程中，特勒马科斯忘记锁紧武器房门，导致求婚者迅速获得武器；多亏奥德修斯急中生智，派牧猪奴和牧牛奴去锁门，并抓住给求婚者搬运武器的牧羊奴（*Od*.22.135—202）。直到这个最危险的紧要关头，雅典娜才不请自来，但神不会完全帮助人，换言之，人只有证明自己值得神帮助才能够获得神的帮助（*Od*.22.236—240）。奥德修斯四人屠杀了14位有名有姓的求婚者以及其他无名的求婚者，奥德修斯饶恕了歌手费弥奥斯和传令官墨冬，倒不是由于惧怕歌手的诅咒[1]和同情歌手的被迫处境（*Od.*
21.351），而是出于儿子特勒马科斯的请求（*Od.*21.355—360）。奥德修斯
要为儿子继承王权奠定基础：让歌手日后歌唱特勒马科斯的勇猛和仁慈以
及由此带来的荣誉；让传令官日后辅助特勒马科斯，教导贵族和人民"作
善事比作恶事远为美好和合算"（*Od.*22.374）；让奶妈去教导女奴们不尊重
神灵，作恶多端，最终会遭到神的惩罚，落得悲惨结果[2]；让儿子按照自
己的方式去处置女奴和男奴[3]；让男奴们明白背叛主人将会像墨兰提奥斯
那样落得最惨不忍睹的下场（*Od.*22.474—477）。

二、夫妻团圆

佩涅洛佩的命运与奥德修斯的命运无关，也不属于日后特勒马科斯
（用暴力和神意来建立）的新政治秩序，因此奥德修斯完全没有让她参与
和目睹这场血腥。由于不在场，佩涅洛佩起初不相信求婚者会被杀光，然
后不相信奥德修斯已经回来，不相信那位流浪汉就是奥德修斯，不相信那位
流浪汉会杀死求婚者，她更愿意用神意来解释这一切（*Od.*23.62—67）。即
使欧律克勒娅指出了奥德修斯的伤疤，特勒马科斯也证实了自己的父亲，但
是佩涅洛佩仍然不轻易相信眼前这位既熟悉又陌生的流浪汉就是自己的丈夫

1　"如果你竟然把歌颂众神明和尘世凡人的歌人也杀死，你自己日后也会遭不幸。"（*Od.*22.345—346）
　　奥德修斯知道自己未来的命运，因此歌手的诅咒对于他来说不会奏效。

2　"神明的意志和他们（求婚者）的恶行惩罚了他们，因为这些人不礼敬任何世间凡人，对来到他们
　　这里的客人善恶不分，他们为自己的罪恶得到了悲惨的结果。"（*Od.*22.413—416）

3　特勒马科斯的处置方式与奥德修斯的建议恰好相反：奥德修斯建议用利剑杀死那12位女奴
　　（*Od.*22.443），吊死牧羊奴墨兰提奥斯（*Od.*22.176），特勒马科斯则吊死那些女奴（*Od.*22.467），并将
　　墨兰提奥斯分尸和喂狗（*Od.*21.474—477）。

（*Od.* 23.94—95）。这种失而复得又患得患失的复杂情感是人之常情，当一个人日夜期盼的爱人，在阔别数十年之后，突然以模糊的形象出现在自己的面前时，他往往会感到恍若隔世，很难立即接受。

即使奥德修斯沐浴更衣，又在女神雅典娜的帮助下恢复了原貌，佩涅洛佩仍然不敢相信眼前的人就是自己的丈夫，怀疑这是神欺骗人的策略（比较 *Od.*23.82，222），并暗地里吩咐奶妈移动婚床来考验奥德修斯（*Od.*23.187）。那张用橄榄树桩做成的婚床是奥德修斯与佩涅洛佩最隐秘的"标记"（*Od.*23.202，226），它象征着那些唯有夫妻之间才共享的最私密的事情，唯有它才是佩涅洛佩认同奥德修斯的真正标记。佩涅洛佩对奥德修斯的考验也可以转化为奥德修斯对佩涅洛佩的考验，如果有人"移动"（*Od.*23.204）了那张床只能说明佩涅洛佩的不忠，佩涅洛佩再不认同奥德修斯必然会遭到严厉的惩罚。奥德修斯从冷酷的克制中恢复了他的"愤怒"（*Od.*23.183）本性，他的愤怒反而溶解了佩涅洛佩的"铁石心肠"。

世事沧桑，斗转星移，他们还能成为奥德修斯期待的"情投意合"的夫妻吗？佩涅洛佩的疑心来自她对难以揣测的神灵的信任，而奥德修斯的疑心则来自他本人的智慧；佩涅洛佩用神的怂恿来为海伦开脱（*Od.*23.222）[1]，奥德修斯肯定从海伦和克吕泰墨涅斯特拉那里明白女人的罪恶和不幸乃是她们自作自受；佩涅洛佩怀疑奥德修斯能否跟他白头偕老（*Od.*23.210—212），而奥德修斯早已知道这是不可能的事实；佩涅洛佩为苦尽甘来而哭泣（*Od.*23.239），而奥德修斯更多是为自己未来的苦难而哭泣（*Od.*

1　她的言下之意是女人只要足够聪明和忠诚是不会被诱惑的，因此海伦的行为必定是神意的结果，这个说法抹掉了海伦的责任和特洛伊人的不义，同时也抹掉了特洛伊远征的正义。

23.248）。他们之间的差异归咎于奥德修斯的改变，不可能要求佩涅洛佩抬高自己去适应丈夫，而只能要求奥德修斯降低自己去适应妻子。他们的"情投意合"在最低层面上是性爱（*Od.*23.296），在最高层面上是过去的回忆所带来的快乐（*Od.*23.308）。

三、父子相认

《奥德赛》第23卷最后交代奥德修斯前去看望父亲，到24卷开头却突然离奇地插入地狱亡灵的对话，这种离题令人百思不得其解，甚至有注疏家（如 Aristarchus）建议删掉它，在现代统一派与分析派之间也展开很多讨论。荷马重新讲述地狱的故事是必须的吗？如何跟其他部分统一起来呢？如果把诗歌视为一个生命整体，那么诗歌的开端与结局犹如人生的开端与结局，在诗歌的结局描述死亡对于理解人生有着伦理和认识的意义[1]，《伊利亚特》通过描述葬礼来理解这些意义，而《奥德赛》通过描述地狱来理解这些意义。从地狱中能够获得认识，是因为自我在天堂[2]和人间都是不透明的，有表象与本质之分，而自我在地狱中是透明的，没有表象与本质之分。[3]死亡是凡人生活的终点，从地狱故事得来的认识将会给凡人生活提供一个靶子，为人应该如何生活提供一个方向。

为了认识自己的未来，佩涅洛佩强迫奥德修斯讲述地狱的故事（*Od.*

1　正如柏拉图在《理想国》结尾处描述地狱状况，迫使普通人去认识和实践道德。

2　例如赫拉不能洞察宙斯的意志（*Il.*1.543），宙斯也无法洞察赫拉的意志（*Il.*14.160）。

3　在地狱里不能拥抱（*Od.*11.204—214），在地狱里阿伽门农一眼就认出20年前有过一面之缘的安菲墨冬（*Od.*24.103—104）。

23.261—265）；由于奥德修斯毁掉了荷马的英雄世界[1]，这也迫使荷马重新建构地狱故事，以便重新树立英雄世界的意义。荷马的地狱故事与奥德修斯的地狱故事（《奥德赛》第11卷）有所不同，前者涉及勇敢和荣誉的英雄主义，后者则涉及智慧与荣誉的英雄主义，关键的差异典型体现为阿基琉斯与奥德修斯的差异。奥德修斯作为一名智慧者拒绝了诸神和地狱的原则，在他看来地狱是为那些灵魂真正堕落且无法为自己行为负责的人而存在的，奥德修斯对荷马英雄世界复仇将遭到荷马的批判，荷马通过讲述他的地狱故事来表达这种批判。

在荷马的地狱当中，阿基琉斯不仅在地狱做了王，也得知自己在人间拥有至高荣誉和不朽名声（Od.24.93—94），所以他不再后悔当初的选择，接受了地狱及其法则。正如阿基琉斯把自己的快乐建立在阿伽门农的痛苦之上一样，阿伽门农也从阿基琉斯的死亡中获得了一丝丝快乐，不过这种安慰随着特洛伊战争的结束而彻底毁灭。阿伽门农对求婚者安菲墨冬死亡原因的追问（Od.24.104—113），正是奥德修斯对阿伽门农死亡原因的追问（Od.11.397—403），被奥德修斯视为十恶不赦的求婚者被阿伽门农视为像奥德修斯一样的英雄。自我在地狱的透明并不意味着自我所说的是真理，而是出于自我的真实想法，安菲墨冬所说的话并不符合真相，但并不妨碍这些话出于他的真实想法。他的所有言辞旨在开脱自己的罪责：他从佩涅洛佩的"织布"计谋中错误地将她"射箭择偶"的无奈之举描述为她的诡

---

1 奥德修斯从行动上毁掉了所有远征特洛伊的伊塔卡英雄和留在伊塔卡的贵族，又从观念上毁掉了荷马的英雄主义，在他所说的地狱故事中，阿基琉斯懊悔追求荣誉而丢掉性命，阿伽门农的英雄行为却落得悲惨结局，奥德修斯将这一切归咎于宙斯的谋划（Od.11.435—439）。

计和恶意（*Od.*24.128）；他说求婚者不论长幼都对奥德修斯拳脚相加（*Od.*24.160—161），好像奥德修斯完全失去所有人心一样，实则是只有三个求婚者远远扔东西砸奥德修斯；他对求婚者谋财、害命、鬼混和夺权的罪恶只字不提。阿伽门农基于安菲墨冬的片面说辞表达了他自己的片面说辞：既然自己的最大不幸源于拥有邪恶的女人，那么奥德修斯拥有德性的女人就是有福的（*ὄλβιε*, *Od.*24.192—193）；有德性的女人将会被缪斯女神谱写的歌曲称颂，邪恶的女人则被凡人的歌曲传世，"给整个女性带来不好的名声"（*Od.*24.201—202）——他夸大了克吕泰墨涅斯特拉的影响。

　　奥德修斯去看望父亲，与其说是思念父亲或寻求父亲帮助，不如说是想要验证来自地狱的说法。因为他母亲在地狱中对其妻儿的说法与他所看到的不同，所以他想知道父亲是否像母亲所说的那样怀念他。奥德修斯并不像其他英雄那样尊敬自己的父亲，而是打算试探和戏弄自己的父亲（*Od.*24.216，238，240）。父亲代表一种习俗意义上的传统和权威，然而拉埃尔特斯软弱无能，在家庭和城邦都没有权威。[1] 奥德修斯更属于外公的传统而不是父亲的传统，他对父亲的试探和戏弄表明他完全无视习俗意义上的传统和权威。奥德修斯放下武器[2] 去面见父亲，谎称自己是奥德修斯 5 年前

1　拉埃尔特斯曾经以 20 头牛的代价买来欧律克勒娅，却惧怕妻子怨气而不敢碰她一下（*Od.*1.430—433）；他一直退居乡下，在失去妻子后，过着孤苦伶仃的痛苦生活（*Od.*1.189—193；11.187—196；24.226—231）；在他的独孙特勒马科斯受到生命威胁时，他唯一能做的也许是向人们哭诉，看看有没有人怜悯他并帮助他挽救孙子（*Od.*4.738—741）。拉埃尔特斯唯一的辉煌是曾经夺取过涅里科斯（*Od.*24.378）。

2　他放下武器可能是防止父亲受到惊吓，更可能是不希望父亲认出他。拉埃尔特斯对儿子的印象也许就像哈姆雷特对父亲的印象那样——全身披挂、手握武器和满脸怒气——因此他无法辨识卸下武器的儿子。

的好朋友，他看到父亲由于长期思念儿子而眼花耳背，但仍然迫不及待地
向这位客人打听儿子的下落，又看到父亲没有儿子的消息而倍感失望、愁
云满面和伤心欲绝。[1] 奥德修斯表明了自己的身份，承认自己杀了求婚者
（即犯罪，比较 *Od.*23.118—122），并用大腿伤疤和果树数量来证实自己。
奥德修斯与父亲的相认基于过去父子共同的经验和记忆。

雅典娜突然帮助拉埃尔特斯，这引起了奥德修斯的惊讶（*Od.*24.370）。
忠诚的老奴仆多利奥斯通过声音辨识出奥德修斯，并带领6个儿子协助奥
德修斯战斗（*Od.*24.497）。求婚者的父亲们要为儿子复仇，他们对儿子的
溺爱超过了对奥德修斯和对诸神的敬畏，以至于他们愤慨奥德修斯过去的
仁政和现在的"暴政"（*Od.*24.426—429），不听从传令官墨冬和先知哈里
特尔塞斯的劝告（*Od.*24.442—465），宣称要联合起来杀死奥德修斯。奥德
修斯本来能够用暴力方式解决他跟城邦的最紧张关系（*Od.*24.528），然而
这只会导致城邦的毁灭，并非最佳解决方法。最佳解决方法是奥德修斯重
新信赖诸神，在城邦中重新建立城邦宗教（*Od.*24.483—486）。雅典娜鼓舞
拉埃尔特斯杀死欧佩特斯（*Od.*24.523），又通过恐吓阻止了所有复仇者的
进攻（*Od.*24.530—536），为奥德修斯认识到诸神的重要性和重新信赖诸神
奠定基础。

奥德修斯杀死了不服从的年轻人，获得了其他年轻人的支持，与所有
老人达成了和解，重新建立了新的城邦和秩序。这种新秩序跟过去的仁政
有所不同，过去的仁政建立在奥德修斯的暴力（攻城略池，劫掠财富）和

---

1 他像阿基琉斯那样抓起黑土洒在自己身上（*Od.*24.315—317，比较 *Il.*18.23），象征着自我埋葬，体现
人生不如死的痛苦。

对诸神的无条件信任的基础上，而新秩序则建立在奥德修斯对暴力的克制和对诸神的有条件信任的基础上。看起来，奥德修斯更像柏拉图的"哲人王"，他拥有智慧，获得年轻人的支持[1]，让所有民众服从他的统治，实现了宙斯的意志：

> 便让他们立盟誓，奥德修斯永远为国君，
> 我们让这些人把自己的孩子和兄弟被杀的
> 仇恨忘记，让他们彼此像从前一样，
> 和好结友谊，充分享受财富和安宁。（Od.24.483—486）

不过，奥德修斯仍然陷入两难处境，如果他留在城邦他将无法净化自己的罪责，如果他外出自我流放将继续承受苦难。奥德修斯最终必定会选择归还求婚者的尸体，让他们得以埋葬，以免遭到他们的报复，然后外出接受自己的苦难，最后通过一些象征性的仪式（献祭）来安抚波塞冬和诸神的愤怒。奥德修斯不再是统治者而成为一位立法者，就像制定法律之后就离开城邦的梭伦。奥德修斯"永远为国君"并不是说他本人永远为国君，因为他要外出，他终究要死，他的王权最终将落在他的儿子和后代手中，而是说城邦只有遵循他所制定的法律才能获得繁荣和安宁。伊塔卡人服从奥德修斯的法令，就是服从宙斯的话，由此荷马借助奥德修斯建立了一套依赖于诸神、力量和德性的新政治神学。[2]

1　特勒马科斯对父亲说："因为人们都说你在人间最富有智慧，任何有死的凡人都不能和你相比拟。我们都会坚定地跟随你，我敢担保，我们不缺少勇气，我们仍然有力量（Od.23.125—128）。"

2　有关这种新政治神学的更详细分析，参见何祥迪：《埃涅阿斯当新王——〈伊利亚特〉新解读》，徐松岩主编《古典学评论》（第4辑），上海三联书店，2018，第195—210页。

参考文献

[1] Alfred Heubeck, Arie Hoekstra, *A Commentary on Homer's Odyssey. Vol. II: Books IX—XVI*, Oxford: Clarendon Press, 1990.

[2] Alfred Heubeck, Stephanie West, J. B. Hainsworth, *A Commentary on Homer's Odyssey. Vol. I: Introduction and Books I—VIII*, Oxford: Clarendon Press, 1990.

[3] Barry B. Powell, *Homer*, Oxford: Blackwell Publishing Ltd, 2004.

[4] Bryan Hainsworth, *The Iliad: A Commentary, Vol. III: Books 9—12*, Cambridge: Cambridge University Press, 2000.

[5] Cedric H. Whitman and Ruth Scodel , "Sequence and Simultaneity in Iliad N, ξ, and O", in *Harvard Studies in Classical Philology*, Vol. 85, 1981.

[6] Cedric H. Whitman, *Homer and the Heroic Tradition*, Cambridge, Mass.: Harvard University Press, 1958.

[7] F. A. Wolf, *Prolegomena to Homer 1795*, translated with Introduction and notes by Anthony Grafton, Glenn W. Most, New Jersey: Princeton University Press, 1985.

[8] Francesca Schironi, *The Best of the Grammarians*, Ann Arbor: University

of Michigan Press，2018.

［9］H.W.Clarke，*The Art of the Odyssey*，Englewood Cliffs： Prentice-Hall，1967.

［10］Hesiod，*The Homeric Hymns and Homerica*，with an English Translation by Hugh G. Evelyn-White，New York： G. P. Putnam's Sons，1924.

［11］James M. Redfield，*Nature and Culture in the Iliad*，Chicago： The University of Chicago Press，1975.

［12］Jenny Strauss Clay，*Hesiod's Cosmos*，Cambridge： Cambridge University Press，2003.

［13］Joachim Latacz，*Troy and Homer: Towards a Solution of an Old Mystery*，New York： Oxford University Press，2004.

［14］John A. Scott，*The Unity of Homer*，Berkeley，California： The University of California Press，1921.

［15］M. N. Nagler，*Spontaneity and Tradition: a Study in the Oral Art of Homer*，Berkeley，Los Angeles and London： University of California Press，1974.

［16］Martin L. West（ed），*Lives of Homer*，Mass.，Cambridge，London： Harvard University Press，2003.

［17］Matthew Arnold，*On Translating Homer*，London： Longman，Green，Longman and Roberts，1861.

［18］Milman Parry，*The Making of Homeric Verse: The Collected Papers of*

Milman Parry，edited by Adam Parry，Oxford：Clarendon Press，1971.

［19］Robin Osborne，"Homer's society"，in Robert Fowler（ed.），*The Cambridge Companion to Homer*，Cambridge：Cambridge University Press，2004.

［20］Stephen Scully，"Reading the Shield of Achilles：Terror，Anger，Delight"，in *Harvard Studies in Classical Philology*，Vol. 101，2003.

［21］Werner Jaeger，*Paideia：The Ideals of Greek Culture，Volume I*，translated by Gilbert Highet，Oxford：Basil Blackwell，1946.

［22］阿尔伯特·贝茨·洛德：《故事的歌手》，尹虎彬译，中华书局，2004。

［23］柏拉图：《克拉提洛斯》，刘振译，刘小枫主编《柏拉图全集：中短篇作品》（上），华夏出版社，2023。

［24］柏拉图：《理想国》，何祥迪译，云南人民出版社，2021。

［25］柏拉图：《希帕库斯》，胡镓译，刘小枫主编《柏拉图全集：中短篇作品》（上），华夏出版社，2023。

［26］伯纳德特：《弓弦与竖琴：从柏拉图解读〈奥德赛〉》，程志敏译，华夏出版社，2003。

［27］陈中梅：《〈奥德赛〉的认识论启示——寻找西方认知史上 logon didonai 的前点链接》，《外国文学评论》2006年第2期，第66-79页。

［28］陈中梅：《神圣的荷马：荷马史诗研究》，北京大学出版社，2008。

［29］程志敏：《〈荷马史诗〉导读》，华东师范大学出版社，2007。

[30] 第欧根尼·拉尔修：《名哲言行录》，徐开来、溥林译，广西师范大学出版社，2010。

[31] 恩斯特·狄尔：《古希腊抒情诗集》（第一卷），王扬译注，上海人民出版社，2018。

[32] 何祥迪：《埃涅阿斯当新王——〈伊利亚特〉新解读》，徐松岩主编《古典学评论》（第4辑），上海三联书店，2018。

[33] 何祥迪：《海伦的罪与罚》，刘小枫、贺方婴主编《古典学研究：肃剧中的自然与习俗》（第八辑），华东师范大学出版社，2021。

[34] 荷马：《奥德赛》，王焕生译，人民文学出版社，2003。

[35] 荷马：《伊利亚特》，罗念生、王焕生译，人民文学出版社，2003。

[36] 亚理斯多德、贺拉斯：《诗学，诗艺》，罗念生、杨周翰译，人民文学出版社，1962。

[37] 吴雅凌：《劳作与时日笺释》，华夏出版社，2015。

[38] 吴雅凌：《神谱笺释》，华夏出版社，2010。

[39] 黑格尔：《精神现象学》（上），贺麟、王玖兴译，商务印书馆，1979。

[40] 列奥·施特劳斯：《自然权利与历史》，彭刚译，生活·读书·新知三联书店，2003。

[41] 尼采：《论道德的谱系：一篇论战檄文》，周弘译，生活·读书·新知三联书店，2017。

[42] 皮埃尔·布迪厄：《实践感》，蒋梓骅译，译林出版社，2003。

［43］普鲁塔克：《希腊罗马名人传》（上），席代岳译，吉林出版集团，2009。

［44］波默罗伊等：《古希腊政治、社会和文化史》，傅洁莹、龚萍、周平译，上海三联书店，2010。

［45］史蒂芬·霍金、列纳德·蒙洛迪诺：《大设计》，吴忠超译，湖南科学技术出版社，2011。

［46］维拉莫威兹：《古典学的历史》，陈恒译，生活·读书·新知三联书店，2008。

［47］西塞罗：《论演说家》，王焕生译，中国政法大学出版社，2003。

［48］希罗多德：《历史》，王以铸译，商务印书馆，1959。

［49］修昔底德：《伯罗奔尼撒战争史》，何元国译，中国社会科学出版社，2017。

［50］亚里士多德：《尼各马可伦理学》，廖申白译，商务印书馆，2003。

［51］晏绍祥：《荷马社会研究》，上海三联书店，2006。

［52］约瑟夫：《驳阿皮安》，吴轶凡译，上海三联书店，2023。

后　记

　　本书是我十多年来为重庆大学本科生和研究生讲授荷马史诗课程的结晶。该课程在2019年建设为重庆大学校内SPOC通识课程，在2021年建设为MOOC通识课程并在智慧树网上面向全国推广，此后被评为"重庆市一流本科课程"（2021年）和"重庆市高等学校课程思政示范项目"（2022年）。可以说，荷马史诗伴随着我的教学生涯和人文科学研究的成长，正如它伴随着希腊人和西方人的成长一样。我始终坚信寻找伟大教师，阅读经典著作，了解他们的深刻思想，接受他们的教育是提高个人智识水平和道德素养的最佳途径。为此，我将自己的授课心得和研究成果凝聚成这本教材，希望通过它能够激发学生和读者对荷马史诗的兴趣，让荷马史诗也成为他们智识成长过程的伴侣。

　　跟现有其他研究著作相比，本书有两个完全不同之处：其一是沿着荷马史诗的故事发展线索来理解荷马的创作和思想。逐字逐句地阅读经典是中国古人和西方古典学者的正统做法，只是到了"不发表就出局"的今天才被抛弃或遗忘。细读荷马史诗需要注重人物、场景和结构，需要从字面深入字里行间的含义，需要仔细体会作者的意图，这种读法完全不同于把经典当作材料或参考文献的读法，或者用经典印证某个抽象概念或某套理论的读法。知识的获取总是需要细心、耐心和恒心，不能指望通过一分钟或一两句话就秒懂伟大著作的伟大思想。

其二是在疏解故事发展的过程中逐步呈现荷马史诗的多重世界和多重伦理。荷马史诗是希腊人的百科全书，又经过后人不断修订和阐释而得到充实，可谓一座取之不尽、用之不竭的思想宝藏。从整体上看，荷马史诗的世界可以划分为四个：文本组成的语言世界（素材），情节形成的艺术世界（情节），语言世界所反映的生活世界（历史）以及艺术世界所体现的思想世界（作者）。每个世界都有自身的伦理，因此荷马史诗至少也包含四重伦理，即语言世界的伦理（概念和语法），艺术世界的伦理（必然和可能），生活世界的伦理（道德和法律）和思想世界的伦理（知识和智慧）。

荷马史诗向不同读者展示不同的面相，不同读者会理解到不同层次，这并不意味着可以自由发挥，也不意味着异己者就是异端，而意味着阅读荷马史诗——包括其他经典著作——需要保持一种开放而不自封的态度，养成一种自我怀疑且兼容并包的精神，最终才能形成自己的知识和信仰。

本书的规划和写作得到各方面的帮助，我希望在此表达对他们的感激之情。感谢学院一贯支持荷马史诗课程建设，将本书列为学院第一批教材出版规划，并提供相应的出版资助。感谢唐杰副院长对本书写作的不断鼓励和有益建议。感谢我的研究生孙浰萍为本书所做的文字校对工作。感谢重庆大学出版社对本书出版的大力支持。